Une journée sans histoires

Jean d'Espinoy

# Une journée sans histoires

roman

© 2016, Jean d'Espinoy

Edition : BoD - Books on Demand
12/14 rond-point des Champs Elysées, 75008 Paris
Imprimé par Books on Demand GmbH, Norderstedt, Allemagne
ISBN : 9782810624195
Dépôt légal : Janvier 2016

À S.W.

*Cecy est un livre de haulte digestion...*
*Honoré de Balzac (Les contes drolatiques)*

# PROLOGUE

En ces temps singuliers où les politiciens nous mettent en demeure de nous interroger sur notre identité, ce que nous sommes, qui nous sommes, croyons être, affectons de paraître, prétendons avoir été, serons peut-être demain, l'auteur des pages que l'on va lire s'est trouvé fort déconcerté par la question, embarrassé au plus haut point, emberlificoté, tiraillé en tous sens, tarabusté, interdit devant cette interrogation nouvelle et, dirons-nous, saugrenue, comme peut l'être un potache séchant sur sa feuille lors d'un contrôle et réalisant qu'en cette vie, il n'est pas de matière plus abstruse, plus ingrate, en un mot plus douloureuse que celle qui nous confronte à l'examen des évidences, lesquelles, comme chacun sait, ont la malicieuse et irritante tendance à se tenir muettes.

Sur les ondes si volontiers clabaudeuses, le débat sur l'identité nationale fit grand bruit, et l'on vit bientôt quantité d'intellectuels se gratter la tête et d'autres parties du corps jusqu'au sang, des philosophes s'agiter beaucoup, se convulsionner, se demander quelle puce on voulait leur mettre en l'oreille, des hommes d'affaires s'en mêler, des industriels, des sociologues, des juristes, des mages, des fakirs...tout le monde y voulut mettre un grain de sel quand ce n'était un grain de poivre.

À en croire certains, la chose était simple comme bonjour, tout était question de méthode; il suffisait d'égrener patiemment le très long chapelet de nos différences, des plus grossières aux plus subtiles, des plus ostensibles aux plus intimes, sans en omettre aucune, et au terme de ce long pensum, après avoir additionné toute une ribambelle de moins, d'y trouver un plus par quoi chacun pourrait dès lors affirmer être quelqu'un, quelque part, au sein d'une communauté accablée du même sort. Mais l'entreprise était fastidieuse. Ainsi, apprit-on que nous n'étions pas comme les Chinois, les Papous, les Indiens, les Arabes, les gens du Nouveau-Monde, les Aztèques, les Iroquois, les Bantous, les Pygmées, les Vikings, les Huns, les Goths, les Ostrogoths, les Bédouins, les Norvégiens, les Australiens, les Allemands, les Suédois, les Hollandais, les Tatares, les Luxembourgeois, les Bretons, les Corses, les Espagnols... La liste s'allongeait de jour en jour, réduisant comme une peau de chagrin, nos chances de trouver quelque chose, quelqu'un, une entité qui nous correspondît plus ou moins, par quoi l'on pût dire : nous voici ou nous voilà...

Les politiciens conscients d'avoir, une fois de plus, bouté le feu à une casserole qui allait leur péter dans les mains, finirent par se demander qui avait eu l'idée de soulever cette très malencontreuse question, par proclamer que, pour sûr, qui qu'il fût, c'était un sot, un mauvais plaisant, un homme bien maladroit, un imbécile. On enterra l'histoire sur la pointe des pieds en oubliant à la hâte, le qui, le quoi, le pourquoi, le comment.

L'auteur qui n'a point l'entendement des personnes susnommées et s'en félicite parfois, a suivi tous ces débats avec la perplexité que l'on devine et, en son humble sagesse, s'est hâté d'ouvrir une bouteille de Bordeaux, puis une deuxième et d'autres encore dont il a oublié le saint nom, chose qu'il fait toujours lorsqu'il effleure des considérations trop abstraites pour sa pauvre cervelle ou lorsqu'il voit poindre sur un trottoir une peau de banane qui s'approche de lui à la vitesse du son.

Au fil de franches lippées, délibérant pour soi-même au fond de sa tanière et de son tanin, démêlant mille idées creuses rondement pourpensées, il envisagea d'explorer ses tréfonds, ses soutes, ses valises afin d'y trouver une chose qui l'enracinât comme du chiendent à une quelconque friche, un lopin, une terre, un pays. En ses plus intimes fibres, il se mit en quête du petit détail, du critère, du paradigme par lesquels il pourrait identifier ses semblables puis, s'identifier à eux et être, ainsi que le chantait autrefois Brassens, un imbécile heureux qui est né quelque part.

Plus facile à dire qu'à faire, pensa-t-il avec un bel à-propos. Il commença par les us et coutumes de son terroir. Des images futiles, loufoques, incongrues défilaient dans sa tête ; ainsi, par exemple, le quignon de pain beurré que l'on trempe dans un café-crème, le fricot de sa grand-mère, le bœuf bourguignon qui a mitonné toute la journée près de l'âtre, une salade aux foies de volailles qu'il convient d'accompagner d'un cabernet, toutes choses de déglutition, de palais, d'instincts et d'intestins, d'estomac, de bouffe dont il eut honte en lorgnant son ventre du coin de l'œil.

Se voulant hisser aux choses de l'esprit, il douta d'abord de la direction à suivre, en bas, en haut, l'entreprise méritait la question. Enfin décidé, il constata que les ficelles dont il disposait pour cette périlleuse escalade, étaient bien ténues. Ses maîtres, en son jeune temps, avaient voulu faire entrer le latin dans sa caboche rétive et durent vite renoncer à déverser cette langue immense dans ce dé à coudre.

Il s'empressa de perdre le peu qui y entrât et, de ce long chemin de croix, il ne lui reste plus aujourd'hui que le souvenir confus d'odes à Bacchus ou à Dionysos.

Au prix d'efforts qu'il convient de saluer, il passa au crible tout ce qui, en son chef, pouvait porter le nom de savoir, conviction, appartenance, intuition, certitude, prétention, connaissance, bref, tout ce qui, un jour généralement funeste, permet à un chacun de distinguer la gauche de la droite. Il fut enfermé dans une nuit noire, ne trouvant rien, en cette belle ascèse, que ne sût le commun des mortels en toutes latitudes que ce monde comporte.

Au fond du tantième godet, force lui fut d'admettre qu'il était aux prises avec un problème qui le dépassait, dont même la sagesse légendaire de Salomon ne pourrait venir à bout, qu'il n'y avait, en son coin de terre, rien d'explicitement péremptoire qui pût l'intégrer à un troupeau, une meute, à d'hypothétiques semblables ; ce en quoi, ces mêmes hypothétiques semblables lui rendent probablement grâce.

Aussi, se sentant prit du mal de mer que procurent souvent les cimes et les creux des grands principes, résolut-il de quitter sa tanière et ses bouteilles, lesquelles étaient naturellement vides, et entreprit-il d'arpenter son quartier, son bourg, de long en large, du nord au sud et d'est en ouest, afin de comprendre et de révéler ensuite ce pour quoi, il avait chu là, y demeurait, aimait à y demeurer et le faisait dissembler de tous les autres.

Que le lecteur ici ne s'illusionne, les lignes que son temps, assurément bien désœuvré, consent à lire, ne sont pas le fait d'une imagination débridée galopant sur une page blanche comme un étalon au cul d'une jument. Tel un nouveau Candide, l'auteur s'est tout simplement promené de trottoirs en trottoirs de son lieu, de bonnes maisons en basses-cours, de perrons en caves (plus souvent les caves que les perrons), et en a rapporté ce qu'il a vu ou cru voir, compris ou cru comprendre, entendu ou cru entendre. Après quoi, il se mit à écrire ce manuscrit dont, par honorable franchise, il doit reconnaître que chaque ligne est davantage mouillée de bon vin que de belle encre.

Mais baste ! En guise d'ultime avertissement et pour prévenir les oreilles sensibles de tout ce qui pourrait leur dissoner, le style de cet écrit fera davantage penser à celui de Rabelais, de Villon, de Rutebeuf ou de Marot, « Beuveurs très illustres, Goutteux très précieux », plutôt qu'aux bégueuleries de Madame de Sévigné.

L'auteur se repent très sournoisement d'avoir pris parfois quelque licence avec Dame Française, laquelle aime l'audace, comme une maîtresse avertie celle d'un bon amant.

Lectrice, lecteur, prenez place. Comme l'écrit le sieur Balzac en ses beaux Contes drolatiques, cecy est ung livre de haulte digestion.

# CHAPITRE I

Les mardis de Fernandel

On racontait beaucoup d'histoires sur le vieux Fernand; on disait tout de lui, tout et son contraire, tout et n'importe quoi.

Son passé peu commun, sa vie de bâton de chaise, son métier, ses origines, tout ce qu'on pouvait lui supposer tantôt de grandiose tantôt d'obscur alimentait les conversations du quartier. Chacun, à son propos, avait une thèse, parfois plusieurs, chacun la défendait, l'argumentait, la peaufinait comme la trame d'un roman dont lui seul connaissait les rouages et le cours aventureux.

Ainsi, la biographie du vieillard prit-elle l'aspect d'un grand kaléidoscope dont la rosace ne cessait de se métamorphoser au caprice d'inspirations loufoques souvent, prudemment pondérées, parfois. Mais quand un jour, il disparut mystérieusement et que ses biographes affolés se mirent à le chercher partout, ce magma d'élucubrations, de conjectures et d'hypothèses se mit à bouillonner comme jamais, prit une température jusque-là inégalée et donna lieu à une explosion volcanique en comparaison de laquelle, les éruptions du Krakatoa, de la montagne Pelée ou du mont Fuji font figure de petits boutons de fièvre bien anodins.

Cette disparition, il est vrai, était assez étrange du fait des circonstances et des éléments qu'elle laissa autour d'elle. Mais, chose plus contrariante encore, elle avait pris tous les habitants du quartier au dépourvu, les laissant dans une ignorance intolérable, inacceptable pour des gens habitués à tout deviner, à tout voir, à tout entendre, à tout savoir et à savoir tout mieux que tout le monde.

C'était là un camouflet sans précédent, un affront qui obligea tous les esprits de l'Escalette à rivaliser entre eux d'imagination, de sagacité, de finesse afin d'accréditer, auprès de leurs semblables, l'une ou l'autre explication des faits et de leurs causes. Dans ce branle-bas inopiné, la mêlée promettait d'être féroce.

– On ne disparaît pas comme ça, bon Dieu ! s'indignaient les uns. Alors ça, c'est encore plus fort que du Roquefort ! s'offusquaient les autres.

Après tout, ce pauvre Fernand, en sa soixante-douzième année vulnérable et fragile, ne s'était-il évaporé que bien malgré lui. Peut-être avait-il été sorti de son trou manu militari, kidnappé pour on ne sait quelle raison : l'argent, quelque affaire du passé ou des fredaines inavouables. Peut-être l'avait-on assassiné, tout bonnement, et que son corps gisait quelque part près d'une berge ou au fond d'un bois. Avec tout ce qu'on entend aujourd'hui, cela était bien possible, présumait-on ici, ne faisait pas un pli, affirmait-on là-bas. Certains, trouvant l'hypothèse trop convenue, insipide à leur goût, prétendaient que le scénario était tout autre sans toutefois en révéler le contenu. Mystère et boule de gomme.

Il était environ dix heures lorsque Fernandel, l'agent de police, fut mis au parfum de cette absence sinon suspecte, en tous les cas insolite. Le hasard voulut qu'il en soit l'un des premiers avertis, si l'on peut raisonnablement parler de hasard dans un quartier qui, à tout casser, n'excède pas son kilomètre carré, dont les habitants se croisent dix à vingt fois par jour, se retournent ensuite pour tâcher de deviner où va l'autre et où la moindre rumeur atteint toutes les oreilles à une vitesse voisine de celle de la lumière.

L'Escalette compte environ quatre cents âmes. Agrippé comme un lierre aux anciennes murailles de la ville, ce faubourg s'étend jusqu'à la campagne par un réseau de rues et d'avenues d'une rectitude monotone et navrante. Il fait partie de ces excroissances urbaines qui sortirent de terre dans les années soixante, produit d'un joyeux optimisme d'après-guerre, et que le temps, aujourd'hui, cinquante ans plus tard, caresse déjà d'une patine vieillotte et tendrement désuète. C'est aussi un heureux mélange d'habitations modestes et de villas moyennement cossues qui contraignit deux classes sociales à faire la file chez le même boulanger, le même boucher, le même bureau de poste, à s'accouder au même bar devant un verre de bière. Il s'ensuivit comme un petit miracle propre aux sociétés qui se côtoient, s'acceptent, finissent par s'apprécier et, plus encore, grandissent l'une par l'autre. L'exact contraire d'un ghetto.

Ce miracle fut avant tout verbal. Si le pauvre exprime sa langue par la racine, le bourgeois, en revanche, l'exprime par son feuillage qui est le produit souvent oublié de la première. Lorsque ces deux niveaux de langage parviennent à se rencontrer, il en résulte une ferveur d'expression qui ne tarit pas. Si bien que dans ce quartier éminemment bavard, on peut se permettre de sortir sans son portefeuille, sans ses chaussures, sans sa chemise, mais jamais sans sa langue.

Fernandel, le policier, avait deux obsessions : Michel le chemineau et les mardis. Michel le chemineau était une espèce de manant, volontiers braconnier, assurément maraudeur, qui vivait de l'air du temps dans une roulotte à la lisière de la campagne. Les deux hommes s'étaient connus sur les bancs d'école, l'un était devenu argousin, l'autre clochard, et, dès lors, l'un ne cessa plus de courir derrière l'autre. Souvent, lorsque quelques verres de bière enflammaient son imagination, il se transportait comme par magie, sur les lieux où Michel était en train de perpétrer d'hypothétiques brigandages. Dans les brumes de son subconscient, il le voyait poser des collets dans les jardins publics, chaparder une poule dans une ferme, grappiller les beaux fruits d'un verger, filouter à gauche et à droite tandis que lui, garant de l'ordre public, assistait impuissant à toutes ces exactions. Lorsqu'il émergeait de ces fâcheuses méditations, il se redressait droit comme un i, se mettait à arpenter tous les environs de l'Escalette à la recherche du malandrin, zieutant, flairant partout ainsi qu'un prédateur à la recherche de sa proie. À la vérité, le chemineau était le sel de sa vie de policier.

Il y avait aussi les mardis. Depuis son plus jeune âge, les ennuis, les rossées, les punitions, les accidents, les mauvaises nouvelles, en un mot, les emmerdements étaient toujours au rendez-vous ce jour-là.

Entre autres exemples, sa femme l'avait quitté un mardi, il était entré dans la police un mardi, lui qui rêvait de devenir chanteur. C'est un mardi qu'il oublia fâcheusement de valider son billet de Loto et que les chiffres qu'il jouait depuis vingt ans sortirent gagnants. C'est encore un mardi qu'il constata que ses cheveux commençaient à grisonner, qu'une clairière ajourait le sommet de son crâne alors que la veille, un lundi, il n'en paraissait rien. Dans la rue de Lannoy, un de ces funestes jours, le fils de Cécile, une habitante du coin, dont le permis de conduire était tout neuf et n'avait pas encore eu le temps de sécher, l'avait renversé d'un coup de pare-chocs ; il fit une brève apparition sur le capot de la voiture, puis, alla rouler contre une bordure : trois côtes cassées, arcade sourcilière ouverte et contusions multiples. Ce n'est pas votre jour, avait déclaré le médecin. C'était enfin un mardi qu'il était venu au monde et, comme la vie peut parfois faire montre d'acharnements mesquins envers les hommes, il ne naquit point le soir ni l'après-midi ni même le matin, mais un mardi à zéro heure une.

Lorsque, chaque semaine, ce maudit jour venait à poindre, il se levait une heure plus tôt afin de se préparer mentalement au pire, rassemblait ses forces, tâchait d'élaborer des plans et des manœuvres pour traverser ce champ de mines, cette rivière grouillant de piranhas, ces escarpements hostiles et atteindre le mercredi sans coup férir et sans dommage : une véritable paranoïa motivée par un peu de statistique et beaucoup de superstition.

Aussi ne s'étonnera-t-on pas de le voir tenir en cette histoire, un rôle quelque peu difficile, vu que celle-ci se passe un mardi.

Il s'était réveillé avec une migraine affreuse, probablement ce cabernet dont il avait soupé la veille. De mauvais rêves l'avaient tourmenté ; lorsqu'il ouvrit les yeux, il sentit ses draps mouillés d'une mauvaise fièvre.

En homme dûment averti, sachant déchiffrer les signes et pénétrer les augures, il comprit tout de suite, ce matin-là, que le mauvais œil était bien ouvert, frais et dispos, plus éveillé que jamais, et fixait sur lui sa prunelle sombre et menaçante.

Le mois d'août de cette année avait été épouvantablement chaud. D'ordinaire, dès après l'Assomption, l'été se met à fléchir, l'humidité commence à monter du sol, les soirées fraîchissent et les matins se laissent gagner par une légère mais inexorable timidité. Mais en 2001, alors que nous approchions de la mi-septembre, la fournaise ne donnait encore aucun signe d'apaisement. Un de ces étés où l'orage menace sans jamais éclater, un véritable bain turc qui met tout en nage, perle les fronts, les joues, le nez et y allume une couperose de vigneron. Une chaleur d'enfer avait donc plongé le quartier dans une torpeur morbide, certains se réfugiaient dans leur cave, d'autres au bistrot pour prendre un peu de fraîcheur et se désaltérer. Cet étouffoir finit par indisposer les gens, les rendre irritables, vétilleurs, irascibles ou ténébreusement taciturnes.

Fernand a disparu. Il était dix heures, peut-être un peu moins. Des brumes de chaleur flottaient au-dessus des trottoirs, des rues, elles sourdaient aussi des jardins, des parterres et des murs. C'est Nanard, le petit postier qui, en grand émoi et visiblement affecté, lui avait appris la nouvelle alors qu'il passait dans la rue du Casino.

Les deux hommes avaient le visage constellé, les mains moites, des mèches de cheveux plaquées sur le front et les tempes, la sueur auréolait leur chemise, aux aisselles et dans le dos. Le petit postier regardait Fernandel d'un air implorant comme si par une formule magique, en claquant des doigts, ce dernier eût pu retrouver Fernand, faire pleuvoir et mettre fin à la grève.

Parce qu'il y avait aussi cette foutue grève dont il avait eu quelque prémonition, la veille au soir, et qui se confirmait tapageusement, ce matin, à la une de toute la presse régionale. Sûr que ça ferait un sacré chambard, les gens se mettraient sans doute à paniquer ; qui sait, il y aurait peut-être des émeutes. Saisissant la gravité de ce lock-out, peut-être même que tout le quartier se mettrait à briser les vitrines, à piller les magasins, à dévaliser les stocks. Et lui, lui Fernandel qui rêvait d'être chanteur, de monter à Paris, de parcourir le monde sur un tapis de gloire et de fleurs, lui Fernandel, petit agent du quartier de l'Escalette - agent de proximité comme on dit, non sans quelque malice - que pourrait-il faire à ce moment-là pour endiguer ces vagues humaines marchant vers lui au pas de charge ?

Comment s'y prendrait-il pour retrouver un vieillard septuagénaire perdu dans la nature, peut-être pris d'une crise de démence ? Allez savoir. Et Michel pendant ce temps-là, Dieu sait quel mauvais plan préparait-il dans l'ombre. Et cette pluie qui ne se décidait pas à tomber...

– Crénom de nom, soupira-t-il en ôtant son képi et en essuyant de la paume son visage qui dégoulinait, ça ne va pas être de la tarte, ce mardi. Vivement demain.

# CHAPITRE II

## Une bouteille de cabernet

**Je** ne suis pas près de l'oublier, ce 11 septembre, un vrai mardi de chien ! Dès le début, tout est allé de travers. Quelle histoire que cette journée ! Mais quelle affaire ! Vingt ans de turbin, jamais vu ça. Et pourtant, on en voit de toutes sortes dans ce métier, mais un tel sac de nœuds, c'est à vous faire bien gamberger sur l'utilité de se lever, oui ou non, le matin, et d'aller par deux roues, par tous les temps, tous les aléas, délivrer le courrier qui réjouit les uns et consterne les autres.

Vous savez, être postier, c'est un métier bien moins banal qu'il n'y paraît ; en tous cas, c'est bien plus que de jeter des plis ou des journaux dans une boîte, que de tirer de pauvres sonnettes qui tintinnabulent joyeusement si elles annoncent l'arrivée du mandat tant attendu ou sonnent le glas du sinistre recommandé généralement frappé du sceau glacial d'une administration publique. Ah, il est souvent terrible le « il faut signer ici » qui précède le gribouillis fébrile craché comme à regret dans un rectangle noir ! Et si, de surcroît, ce dernier s'accompagne d'un accusé de réception qui sent le prétoire, je ne vous dis pas... C'est que j'en ai vu des cheveux se dresser sur les têtes !

Eh bien, nous autres, voyons tout cela et n'en soufflons mot à personne. Comme le curé dans la pénombre du confessionnal, le notaire en l'étude, le médecin au cabinet, un facteur véritable nage dans son eau telle une carpe dans l'étang bien qu'il sache à peu près tout ce qui partout se passe : misères, espérances, joies, peines et ce qui évente ordinairement les femmes et les hommes en ce monde.

Un vrai postier, un tant soit peu averti de son art, apprend à renifler une lettre comme le groin du cochon la truffe ou l'étalon les chaleurs d'une jument. Il sait, par exemple, lorsque l'expérience l'a suffisamment aguerri aux marées des missives, quel courrier concerne une invitation à payer, quel autre une mise en demeure, quel ultime enfin une dernière sommation avant commandement. Après, c'est Robert Bertusse qui prend la relève ; Bertusse, c'est un vilain bonhomme accablé d'un vilain nom, Bertusse c'est l'huissier du quartier.

À peu près tout ce qui arrive dans une existence passe par les mains du facteur et c'est lui - je le dis sans forfanterie- qui en est le premier averti et connaît les mots et les intonations qu'il convient d'adopter en toutes circonstances : « votre fille vous a écrit une carte postale de Grèce, elle dit qu'elle a du beau temps et que les enfants sont sages... » ou bien « il y a une lettre de l'hôpital, j'espère que vos analyses sont bonnes » ou bien encore « il y a une facture du chauffagiste, c'est donc réglé vos problèmes de chaudière ? »

Oh, j'essuie bien de temps à autre un « de quoi tu t'mêles ? » mais ce n'est là que mauvaise bile de balourds qui ne savent pas prendre la mesure de ce que doit être un bon facteur.

Tenez par exemple, l'autre jour, j'avais un colis pour la Josette, une fraîche veuve qui habite la rue du Casino. Moi, bien sûr, avec mon flair, j'ai tout de suite humé qu'il provenait de chez Kado, vous savez, Kado, cette société qui vend des articles coquins par correspondance, de ces choses en lingerie qui harnachent les dames, en beaux tissus ajourés de partout, enfin, de ces trucs qui mettent le feu au feu. J'ai sonné à la porte de la veuve en faisant un large sourire qui lui découvrait mes trois chicots et je lui ai dit : « vot'colis est arrivé, Madame Josette, il ne pèse pas bien lourd… » Là-dessus, elle a rougi jusqu'à la racine des cheveux puis, elle m'a arraché sa lingette des mains avec une mine de tison. « Où c'est qu'on signe ? » qu'elle m'a dit, méchante comme la gale. J'ai failli ramasser la porte au nez. Bah, je ne lui en veux pas à la Josette, elle est si malheureuse depuis qu'elle a perdu son brave mari.

Comme dit mon chef, notre rôle est avant tout social : le facteur ne livre pas, il accompagne, qu'il dit. Un « récipient » – c'est comme ça qu'on appelle un destinataire dans notre jargon – un récipient qui a un bon facteur, ne peut plus s'en passer.

Si vous saviez le nombre de mes anciens clients qui, par suite d'un déménagement malheureux, se sont fourvoyés dans des quartiers de basse poste et ont sombré dans la dépression, l'alcoolisme, la solitude, la déchéance : on les compte par brassées entières.

Ah, on croit toujours que l'herbe est plus verte ailleurs et puis on passe sa vie à regretter son Nanard en versant des larmes bien amères.

Nanard, c'est ainsi que l'on m'appelle dans le quartier. On dit aussi « Nanard, celui qui quand il arrive, on dirait qu'il part » pour ce qu'à la fin de ma journée, la tête me tourne, je tangue, je titube pris de vertiges.

Ça fait dix ans que je suis à l'Escalette, un beau quartier que celui-là, avec de belles rues bien larges, de beaux trottoirs, de la lumière partout, des arbres de toutes sortes et rien que des braves gens. Mes journées sont réglées comme du papier à musique, jamais d'anicroche, enfin, à part aujourd'hui.

Je commence le turbin à huit heures, toujours par l'étude de l'huissier Bertusse vu qu'à cause de son métier, il reçoit chaque jour des tonnes de lettres malodorantes et que ça me soulage un peu de m'en délester. Un gros récipient que ce Bertusse et pas commode avec ça. Jamais un bonjour, jamais un merci, jamais un sourire, jamais une bistouille : une vraie tête de faire-part. Notre curé, Père Edgard, il dit de lui qu'il est glacial et croupi comme l'eau de la flache.

Bref, après Bertusse, je file vers la zone industrielle, du côté du Pont de la Folie avant de rejoindre Les Mottes que l'on nomme aussi le cimetière des éléphants, un hameau de vieux riches plus ratatinés les uns que les autres, qui n'ont plus à la surface de cette terre qu'un doigt de pied qui dépasse, encore est-il déjà tout bleu, un pâté de maisons où jamais rien ne bouge, pas même les feuilles des arbres et où ne circulent que l'ambulance et le corbillard.

Ma tournée démarre vraiment à l'Escalette dont un chacun s'accorde à reconnaître que c'est le plus beau quartier de la ville en ce que naturellement bien fait et heureusement agencé, il offre aussi tout le confort d'un vrai quartier : un bon facteur et deux bistrots.

C'est à huit heures trente que j'arrive à la rue du Casino et que je sonne chez Fernand. Un personnage, ce Fernand ! Vieux comme cent hivers et toujours vif comme un lièvre. Quand il travaillait, il faisait dans l'Histoire et dans les objets d'art. L'Histoire, dit-il souvent pour m'expliquer, elle est comme toi, Nanard, quand elle arrive, on dirait qu'elle part.

Au printemps, quand les beaux jours arrivent, on décapsule quelques Jupiter, la bière que l'on brasse près du canal, par-delà le Pont de la Folie. On en boit deux, parfois trois, vu qu'elle étanche comme il faut et rafraîchit de partout.

Tous les jours, je passe une heure chez Fernand. Il allume sa vieille pipe et me raconte ses souvenirs et ses voyages en Chine, en Amérique, en Égypte, en Grèce. Même à Deauville qu'il est allé, quand il était jeune et beau, quand il avait encore assez de souffle pour courir le jupon et le guilledou.

Lorsqu'il a des états d'âme, il nous met un peu de musique, toujours le même disque, une chanson de l'ancien temps qu'on n'entend nulle part ailleurs. J'ignore où il a été la pêcher ; il me dit que je n'étais même pas encore dans les choux qu'on l'avait déjà oubliée. Quand il l'écoute, il se met à pétuner comme une locomotive et devient tout bizarre. Son regard s'évade dans les panaches de fumée, il regarde dans le vague et semble voir des choses que moi, je ne vois pas.

« *La Voix de son Maître* » qu'il fait marqué sur le tourne-disque. Un vieil appareil en forme de valisette qui crépite à tous les diables et passe toujours la même chanson, « *Baisse un peu l'abat-jour* » que ça s'appelle ; j'en connais les paroles par cœur, tant il m'en a déjà seriné.

Quel phénomène que ce Fernand ! Parfois, quand les jours raccourcissent et que les arbres sont tout nus, il me dit qu'il est foutu, au bout du rouleau, au fond de son hiver. Mais passé les Saints de Glace, le voilà qui bourgeonne de partout et redevient plus vert que l'année précédente. Fernand, c'est mon meilleur récipient.

Ensuite, je fais halte chez Michel, le boucher, et sa femme Jacqueline, à la rue de Lannoy. Il est fait comme une armoire berrichonne le Michel, cent cinquante kilos de viande sur pieds, il a les bras comme j'ai même pas les cuisses. « Le vermillon » qu'il l'appelle Père Edgard vu que, par la forme et la couleur, il a la tête d'un verre de Beaujolais. A-t-on déjà vu un boucher pâlot ?

Et sa femme, Jacqueline, une sainte femme ! Elle appelle son mari « nounou », sûr que ça fait drôle à entendre quand on voit la bête. Nounou ! qu'elle hurle comme une truie à qui on tire la queue, le facteur est là ! Viens deux minutes, petit, on va se mettre un peu de cœur à l'ouvrage... Alors, on s'assied dans la cuisine et l'on boit un Cognac en mangeant des tranches de Rosette.

À dix heures précises, c'est la pause et sans doute le meilleur moment de la journée. À l'angle de la Chaussée de Maire et de la rue de Lannoy, où c'est qu'il y a l'ornière, un grand trou dans la route que la Ville promet toujours de reboucher, mais qu'elle ne répare jamais au motif qu'elle n'a pas de sous et que l'argent ne pousse pas sur les arbres, là, devant l'ornière, se trouve la supérette qu'on appelle Les *Quat' Saisons* et juste en face, il y a le *Derby*, le bistrot de madame Réjane. Quand à dix heures, s'ouvrent ces deux établissements, on peut dire alors que le quartier s'éveille. Car c'est chose commune ici que d'aller boire un verre chez Réjane après avoir fait ses courses aux *Quat' Saisons*. Une « osmose » qu'il dit que c'est le Père Edgard. Il en connaît des mots, ce curé.

Je ne loupe jamais l'ouverture de la supérette pour aller voir Lili, Béa et Zoé, trois belles grenouilles qui sentent bon l'herbe verte et la rosée. L'une plus fraîche que l'autre, et coquettes avec ça, vous ne pouvez imaginer. Toutes les femmes du quartier en sont jalouses vu que leur homme, dix fois par jour, invente un brimborion à y aller quérir. – J'étais venu chercher quequ'chose, mais je ne sais plus quoi, qu'ils disent ces hurluberlus en matant leurs gambettes. – Eh bien, faites le tour, peut-être que la mémoire vous reviendra, qu'elle leur répond la Lili en faisant tournoyer ses froufrous.

Moi, c'est pas pareil, j'ai le courrier à distribuer et vers les dix heures, il n'y a encore personne ; à cette heure-là, elles sont perchées sur leur escabelle, occupées à ranger les boîtes de flageolets, de champignons, d'ananas ou à se baisser avantageusement pour passer la serpillière. Quel spectacle que ce ballet de robes légères, quel voyage que ce bouquet de senteurs rares ! Souvent, quand je lanterne un peu trop, elle fronce les sourcils, la Lili, en plantant ses petits poings sur ses hanches : - Nanard ! Si tu continues, il va t'pousser des racines, qu'elle dit. Faut bien vous dire que des femmes, je n'en ai jamais eu beaucoup dans ma vie, même que les cinq doigts de la main sont tous de trop pour les compter. Alors, les *Quat'Saisons*, c'est mon petit coin de paradis, mon oasis. Au milieu de tous ces beaux atours qui virevoltent, de ces parfums sucrés qui m'enivrent, souvent je me prends à rêver... - Aide-toi toi-même ! me dit le curé quand je lui parle de mes chimères. Ah, celui-là, toujours une parole d'Évangile à vous souffler dans les nasaux.

Ensuite, je m'en vais à regret chez Réjane, lui porter *L'Éclair du Nord*, le journal de la région.

Quand je quitte Les *Quat'Saisons*, passé le *Derby*, j'arrive au *Bleu Sarrau*, qui habille l'homme de la tête au talon, comme c'est écrit sur la publicité. Celui qui le tient, il s'appelle Reynold le mal foutu. On l'appelle ainsi car sa mère l'a mal cousu et lui a fait deux longues pattes de sauterelle chevillées dans un tout petit torse. Si grand qu'il est avec son mètre quatre-vingts, quand il s'assied, eh ben, on n'en voit plus que le quart et la table lui arrive au menton.

Le roi des fainéants ce Reynold, jamais il ne l'ouvre sa boutique ; par contre, sa boîte à boniments, celle-là, elle ne ferme que quand il dort. Il a mis un écriteau à son huis :

« *L'aimable clientèle est priée de s'adresser au Sportif (100 mètres à gauche).* »

Le *Sportif* c'est le deuxième bistrot du quartier. Le *Derby*, le *Sportif*, ils ont tous des noms comme ça nos bistrots, car, il y a quelques années, sur la chaussée de Maire, était un grand stade de football qui attirait les foules et mettait une ambiance folle dingue dans le quartier. Mais les politiques, ils l'ont démoli pour le reconstruire ailleurs, sous prétexte que c'est une mode du temps présent que de démolir ce qui va bien pour le remplacer par quelque chose qui boite.

Le *Sportif* est un beau bistrot avec quatre pompes et deux machines à sous. C'est là que tous les jours, il reste « incrinqué », le Reynold. Il y passe toutes ses journées et même le dimanche, à boire son frusquin et à se remettre de la colle palatale toutes les heures pour fixer son dentier. Quand il oublie sa colle, ça lui fait la bouche comme une auge à cochons, il se met à vous postillonner au visage : un véritable mascaret !

L'autre jour, j'avais besoin de chaussures de travail ; alors, je suis allé le voir. - Reviens demain qu'il m'a dit, un Ricard dans chaque main - un riri comme il dit - tu vois bien que j'suis occupé. Ah, on ne peut pas dire qu'il traque le client, celui-là.

Ensuite, je vais au *Grand Tiercé Vincennes*, chez Krim, un Marocain. Lui, c'est tout le contraire de Reynold : il vendrait un œuf dans le cul d'une poule. Cigare au coin de la bouche, souliers vernis, blouson de cuir et casquette sur l'oreille, à la parisienne. Tous les jours, il parvient à me grappiller dix parfois vingt francs à parier sur un canasson. – Nanard ! J'ai un tuyau, ne le dis à personne, tel cheval dans la deuxième ! C'est du tout cuit, je te jure ! Mais les tuyaux de Krim sont bien souvent percés. Ce matin encore, il est parvenu à me tirer quinze francs à miser sur Vernouillet, un cheval de trois ans, une « bombe », qui devrait créer la surprise cet après-midi, à Auteuil.

Après Krim, vient le tour d'Anita, la cuisinière. Au milieu de la rue de Lannoy, il y a une espèce de cantine que l'on appelle « *L'Assiette pour Tous* », où c'est que vont les malheureux qui sont sans un liard. C'est le curé qui est parvenu à embobiner l'évêque pour lui faire dénouer les cordons de la bourse et ouvrir cette cambuse qui donne à manger à tous les chiens perdus des environs. Il s'y restaure tous les jours pour s'assurer que les va-nu-pieds ont bonne chère et surtout au motif que charité bien ordonnée commence par soi-même.

Puis viennent Babette la boulangère et les « *Mille Chaussettes*» où l'on vend des bas, des soutiens, des petites culottes et tout un bataclan de babioles qui siéent aux dames.

Vers midi, je termine au *Sportif* où c'est que je rejoins Buridan, le cantonnier, qui prend son heure de table. Ensemble, on secoue les machines à sous et on se refait de l'humide en buvant quelques bières. C'est à cause du curé que nous autres, on l'appelle Buridan. Buridan, il crie toujours haut et fort « qu'il travaille, LUI » et qu'il a tellement d'ouvrage qu'il ne sait jamais par où commencer. Sur ce que le curé nous a raconté qu'il y avait autrefois un type du même nom qui avait un âne, lequel ne savait choisir entre l'avoine et l'eau, et que par l'ineptie qui habite naturellement la caboche de cet animal, il était mort de faim et de soif. Un « paradoxe » qu'il dit que c'est, le curé, il en connaît des mots ce Père Edgard. Eh bien, Buridan, il est atteint d'un paradoxe pour ce que devant le travail, il ne sait jamais si c'est à gauche, si c'est à droite, si c'est tout droit, si c'est derrière, si bien que tout au long de sa journée, appuyé sur sa binette, il n'en touche pas une.

Mais aujourd'hui, tout est allé de guingois. Tout ça, c'est la faute à Serge, le patron du *Sportif*, la faute de l'enterrement, la faute à Fernand, la faute à la grève, la faute à tout le monde.

Avant-hier, c'était l'anniversaire de Serge ; alors, pour montrer l'affection sincère qu'il porte à ses clients, il a offert une bouteille de vin à chacun. Il est écrit sur l'étiquette « *vin du pays d'Oc, cabernet sauvignon, clos de la Chanterelle* ». Sûr qu'avec un nom pareil, il a dû se saigner aux quat' veines, le bon Serge, et ça nous a émus.

Ce matin, avant de démarrer et pour me mettre du cœur à l'ouvrage, j'ai décoiffé le cabernet. C'est qu'il passait bien, tellement bien que je ne l'ai pas vu passer. Après ça, malgré la chaleur, j'ai enfourché mon biclou avec une énergie à m'envoyer la Grande Boucle d'un seul trait. Faut vous dire que ça fait au moins quatre semaines qu'on n'a pas vu une goutte de pluie et nous autres, gens du Nord, on n'a pas l'habitude et ça nous met les nerfs en boule. Quatre semaines qu'on n'a pas senti, venant de la zone industrielle, la moindre odeur de vanille. Car à l'Escalette, voyez-vous, personne ne lit jamais la météo du journal ni n'écoute celle de la radio. À côté du Pont de la Folie, il y a la Grande Biscuiterie de Servy, et lorsque le vent nous apporte les effluves de la biscuiterie, cela signifie que le temps va changer. Bref, lorsque l'air est saturé de vanille, il pleut des cordes.

Je suis arrivé chez l'huissier Bertusse qui, à son habitude et dans son habit de croque-mort, s'apprêtait à aller cueillir un lièvre au gîte. Je ne sais pas pourquoi, il m'a regardé d'un drôle d'air, il n'arrêtait pas de me renifler comme si j'avais un rat mort dans la bouche. – Eh, l'arsouille, qu'il m'a dit en gaussant, t'as déjà pris l'coup d'bouteille à cette heure-ci ? Non mais franchement, de quoi se mêle-t-il, cet oiseau de malheur ?

Quittant Bertusse et descendant à toute vitesse vers la zone industrielle, j'aperçus au loin de noirs panaches de fumée autour desquels une escouade d'ouvriers en sarrau bleu était en train de s'agiter, de vociférer un charivari coléreux et insurrectionnel. L'entrée de la zone était obstruée par des palettes empilées auxquelles on avait bouté le feu. Les grévistes démontés jetaient des pneus dans le brasier en scandant rageusement : « Polo ! Polo ! Le peuple aura ta peau ! » Polo, c'est ainsi que se prénomme leur patron. Ils brandissaient aussi des calicots sur lesquels une bombe de peinture avait craché des lettres houleuses et rouge sang, on y lisait des slogans d'une teneur assez voisine de leurs cris : « Polo ! Salaud ! » ou encore « Polo ! Tu nous as fait un enfant dans le dos ! » Lorsqu'ils m'aperçurent émergeant de leurs nuages de fumée, ils vinrent par devers moi et l'un d'eux, un petit excité avec des yeux brillants et venimeux, empoigna mon guidon pour m'empêcher de passer.

- Fous le camp Nanard ! Pas besoin de ton courrier aujourd'hui, passe ton chemin ! C'était le petit Juju, le fils de Mélanie, la femme d'ouvrage de Fernand.

- Juju que je lui ai dit, laisse-moi faire mon boulot ! J'ai du courrier pour l'usine...

Mais il m'a arraché le courrier des mains et, avec un sourire fielleux et plein de défi, il l'a jeté dans le feu. Là-dessus que je lui en ai collé une. Furieux, il a voulu riposter mais ses camarades l'ont ceinturé en me priant de déguerpir. Je suis reparti.

Arrivé aux Mottes, je ne saurais dire si c'était l'effet du cabernet ou les tracas de la grève ou les deux, il m'est venu une de ces coliques à vous faire serrer les fesses comme un étau, un vrai tonnerre de Brest dans le ventre, et j'étais là en grande stupeur ne sachant où aller ni quel saint prier. Parce qu'aux Mottes, pas question de tirer un grabataire de son lit pour lui faire ouvrir sa porte et s'enfuir dans ses latrines, vous pensez bien.

« Que faire ? » me disais-je en me contorsionnant sur ma selle, les yeux plus bridés que ceux d'un Chinois. Heureusement, aux Mottes, il y a un ru. Un p'tit ru qui contourne le hameau, puis qui disparaît sous terre et va on ne sait pas où. On l'appelle le ru de Maire, et la chaussée de Maire a nom chaussée de Maire parce qu'avant le Pont de la Folie, pas loin du canal, là où l'on brasse la Jupiter, le ru, eh ben, il passe en dessous et puis il s'en va, on ne sait pas où.

À toutes jambes donc, j'ai couru au ru. J'ai dévalé le fossé, baissé mon froc et me suis accroupi, un pied sur chaque versant du ru. Il était moins une et j'ai remercié Dieu d'avoir mis ce ru là et quelques feuilles d'arbre pour me sécher.

Tout cela se serait résolu à moindre mal si la Ville n'avait eu la sotte idée d'envoyer Buridan aux Mottes écouter pousser l'herbe et compter les escargots.

Pour bien vous éclairer, il faut vous dire que ce matin, on a enterré Boule, un éléphant qui a passé toute sa vie à s'empiffrer, qui était rond comme une pleine lune et que la camarde a surpris dans sa graisse.

Jusqu'à son dernier déménagement, le Boule, il avait sa bicoque derrière les Mottes, laquelle est accessible via un chemin de remembrement qui longe le ru. Comme l'église du Père Edgar est à un jet de pierre de la bicoque à Boule, tout le quartier, enfin presque, s'était donné rendez-vous en grand deuil devant son antre et avait décidé de suivre sa boîte jusqu'à l'église pour, comme qui dirait, l'accompagner en longeant le ru. C'était bien une guigne que la chiasse m'eût surpris au moment où le cortège passa. Mais moi et mon vélo que j'avais accoté au versant du ru, étions bien cachés et personne ne m'aurait vu si cet écervelé de Buridan me voyant le cul tout nu, ne s'était mis à hurler de rire en se serrant les côtes et à gueuler de toutes ses forces : « Eh, Nanard ! Qu'est-ce que tu fous dans l'ru ? » Sur ce, tous les endeuillés se sont penchés – ils étaient bien une quarantaine – et m'ont regardé avec des yeux exorbités lors que j'étais à califourchon, les braies en bas, une feuille de peuplier en main. Avec mes trois chicots, je leur ai grimacé un sourire, vous savez, un de ces sourires que l'on fait quand aucune parole ne peut venir à votre secours et que l'embarras vous précipite dans un puits de solitude sans fond.

Pour finir que je me suis redressé d'un bond en empoignant mon pantalon d'une main et mon vélo de l'autre. Mais j'ai glissé sur le versant si bien que je me suis étalé de tout mon long dans le ru avec le cadre du vélo autour du cou, parmi le courrier qui buvait la tasse et partait à vau-l'eau.

Quand Boule et sa suite se furent éloignés, Buridan est venu me tirer de là par le collet ; misère, dans quel état j'étais ! Et le courrier ! C'est qu'il en a fallu des feuilles pour nettoyer tout ça, de quoi décoiffer un grand chêne ! Et que pendant ce temps-là, Buridan se tapait sur les cuisses, riait comme une baleine à s'en décrocher la mâchoire. Mais je lui pardonne car, bien que bâti comme Hercule, il est un peu fragile, le Buridan. Dans le quartier, on dit qu'il n'a pas toutes les tasses dans l'armoire, qu'il est un peu simplet, voyez-vous. Alors, pour pas le vexer, on parle par image et on dit qu'il est fragile, ce qui ne sert pas à grand-chose vu que ça le rend fou furieux. Approche un peu, dit-il, rouge de colère, tu vas voir si je suis fragile !

Tout cela me mit bien en retard et je pédalai comme un dératé, distribuant à la hâte un courrier qui sentait la bouse, craignant que la bistouille de Fernand ne fût froide à mon arrivée ou que, las de m'attendre, il ne l'eût bue lui-même.

Arrivé devant chez lui, je sautai de mon vélo et courus cogner à sa porte : en vain.

J'ai sonné, sonné, frappé, tambouriné, toqué : rien n'y fit. Personne en la demeure. Là-dessus que tout s'est chamboulé en moi, que des maux d'estomac me tenaillaient comme si on y avait bouté le feu et qu'après dix minutes à poireauter sous son préau, la frousse me prit.

J'avais bien les clés de chez lui – il m'en avait passé une au cas où il viendrait à se trouver mal – mais je n'osais entrer de peur de le trouver froid dans son lit ou ailleurs.

En face, embusquée derrière son rideau, la Josette observait mon manège depuis le début, et faisait la plante pour que je ne la visse point. J'ai sonné chez elle ; elle m'a ouvert en faisant mine d'être surprise, cette sournoise.

Quand je lui demandai où Fernand était passé, elle m'a répondu, toute en bogue, qu'elle n'était pas la mère de Fernand, ni sa sœur ni sa fille et que ce n'était pas dans son habitude de surveiller les allées et venues des gens, qu'elle ne se mêlait pas des oignons des autres vu que les siens propres la faisaient déjà moult pleurer.

Par bonheur, je vis arriver au loin Fernandel, l'agent du quartier, ainsi nommé non pas à cause de la ressemblance qu'il a avec l'artiste, mais parce qu'il passe ses après-midi à chanter le « *Tango Corse* » chez Réjane en se prenant pour la vedette.

– Fernandel ! que j' l'ai huché, viens par ici ! J'ai l'impression qu'un malheur est arrivé, j'ai sonné chez Fernand, il n'y a personne qui répond et moi, je n'ose pas entrer.

Là-dessus qu'il m'a pris la clé des mains, qu'il a ouvert la porte et qu'on l'a cherché de la cave au grenier : pas de Fernand en la demeure ! J'étais tout tourneboulé parce que ce n'est pas dans ses habitudes de disparaître sans crier gare. Et puis, avec mon œil de facteur, j'ai tout de suite remarqué qu'il y avait des choses pas normales. Vous pensez bien, je le connais mon Fernand, tout autant que sa maison d'ailleurs, puisque j'y vais tous les jours ou presque.

À l'arrière, sous la véranda, on avait déposé un bac de bière. Sur le bac, il y avait aussi deux bouteilles de vodka melon que Fernand boit le soir pour s'endormir. Pourquoi, ce bac de bière avait-il été abandonné là ?

Dans le salon aussi, il y avait des choses qui clochaient. Fernand avait laissé sa pipe dans le cendrier, lui qui ne la quitte jamais et l'a toujours en bouche sinon en main, du matin au soir. C'est tout juste s'il ne dort pas avec : pas plus qu'un chien ne part sans sa queue, jamais Fernand ne serait parti sans sa pipe. Je l'ai fait observer à Fernandel.

– Ah ouais, t'as raison, c'est bizarre, qu'il s'est étonné d'un air nigaud. C'est ce qui m'a frappé d'abord ; mais il y avait d'autres choses.

Dans le salon est une vieille cheminée au chambranle de pierre, au-dessus de laquelle est habituellement accroché un tableau. Pardi, un tableau pareil, on ne peut pas ne pas le voir !

Il représente un homme nu comme un ver coiffé de grappes de raisin. On le voit plaisamment assis près d'une fille tout aussi nue que lui. D'une main, il tient un verre de cabernet, de l'autre, il enlace amoureusement la jeune fille. Son regard est planté sur la poitrine de sa compagne, deux beaux petits seins droits et pointus comme ceux de Béa, de Zoé ou de Lili. Bien sûr, je ne les ai jamais vus, mais je me les imagine ainsi.

Fernand m'a raconté que ça représente un dieu d'autrefois, et que quand on buvait du vin, en ce temps-là, eh ben, on priait ou on remerciait ce dieu-là, vu qu'il était dieu du vin. Boire un cabernet en se disant que Dieu est dedans, voilà bien de la belle foi ! Le tableau avait disparu.

Posé sur un guéridon, le fond de son cadre en carton avait été arraché, comme s'il avait caché de l'argent ou autre chose. Est-ce qu'un voleur était entré chez Fernand pour lui voler son tableau ? Pour lui extorquer de l'argent caché au revers de son cadre ? Si cela avait été le cas, le voleur devait connaître la cachette ; jamais Fernand n'aurait eu la sottise de la lui révéler ; il se serait contenté de lui filer quelques clopinettes et voilà tout. Et puis, pourquoi ne le trouvait-on pas ? Le voleur, une fois en possession de son butin, aurait dû foutre le camp sans demander son reste en laissant Fernand seul chez lui, vivant, assommé ou mort : mais il n'y était pas. Où était-il donc ?

- Tout ça m'a l'air bien étrange, souffla Fernandel, il n'y a pas d'effraction, pas de traces de lutte. Qu'est-ce qui a pu se passer ? Ah là là, ça n'arrive que le mardi des histoires pareilles.

- C'est peut-être un enlèvement...

- Un enlèvement? Pour demander quoi à qui ? Fernand n'a plus de famille, à ce qu'on m'a dit.

- C'est peut-être à nous qu'on va demander la rançon. Après tout, c'est nous autres sa famille.

- Ne dis pas de conneries, Nanard, qu'il a maugréé, Fernandel, en se tenant la tête dans les deux mains.

Sur la table, à côté du cadre vide et cassé, il y avait la bouteille de cabernet qu'il avait reçue au *Sportif*, à l'apéro du dimanche. Elle était posée sur une enveloppe. Je l'ai tout de suite reconnue cette enveloppe, je la lui avais apportée le jeudi de la semaine précédente. La plupart du temps, son courrier lui vient de Paris. Mais celle-ci provenait d'Espagne, ce qui était tout à fait inhabituel. J'ai bien essayé de distinguer ce qu'il y avait dedans, mais le papier était trop épais.

Lorsque je fis remarquer qu'elle venait d'Espagne, Fernand m'a répondu sèchement qu'il n'était pas encore à ce point sénile que pour ne pas savoir d'où lui venait sa correspondance.

– Mêle-toi de tes oignons, m'a-t-il aboyé avec agacement.

– Bon, qu'il a soupiré, Fernandel, ce n'est pas ici qu'on apprendra ce qu'il s'est passé. Surtout, ne dis rien à personne sinon ça va encore nous faire un tintouin de tous les diables dans le quartier. Il y en a déjà bien assez avec la grève, pas besoin d'en rajouter. Tu la boucles, compris ? Je vais enquêter discrètement. Rendez-vous ce soir à « l'apiour », je te dirai ce que j'ai pu apprendre.

J'ai repris mon biclou sous les yeux de Josette, planquée derrière ses cactus : sûr qu'elle savait quelque chose mais ne disait mot pour enquiquiner son monde. Pas la peine de compter sur elle pour lâcher le morceau. En prenant mon élan, j'ai tourné la tête vers ses rideaux de dentelle fripés, et je lui ai tiré la langue, à cette gerce.

# CHAPITRE III

Une veuve

Misérable petit freluquet de facteur ! Ouistiti ! Pour faire le singe sur ses deux roues, celui-là, pas besoin de le forcer, ça lui vient tout naturellement. À le voir clopiner en piaillant, on lui jetterait des friandises ou des morceaux de banane. C'est qu'il m'a tiré la langue, ce babouin! Une vraie rognure que ce foutriquet, mêle-tout, cafeteur et pochard avec ça. Et puis cette odeur ! Je ne sais pas dans quoi il s'est trempé ce matin, une infection ! Mais à la Poste, vous pensez bien, on prend n'importe quoi. Ah, nous vivons une époque bien dissolue. Autrefois, du temps de grand-père, tout était à sa place mais maintenant...

Fallait le voir tambouriner à la porte du vieux ; la panique ! Un instant, j'ai cru qu'il allait s'oublier sur le paillasson, ce trouillard... Appelle-t-on cela un homme ? Laissez-moi rire !

C'est qu'il doit s'en poser des questions en poussant ses pédales, vous pensez bien, trouver porte close, ça n'est jamais arrivé, ça lui aura embrouillé l'esprit, si tant est qu'il ait quelque chose de ce genre.

À l'heure qu'il est, il doit avoir tiré toutes les sonnettes comme un forcené : z'avez pas vu Fernand ? S'il compte sur son copain de flic pour élucider l'histoire, il n'a pas fini d'attendre ! Avec une police pareille, on peut dormir tranquille…Imaginez ce bibendum courir derrière un voleur, c'est à pleurer de rire. On se demande à quoi on le paye d'ailleurs, rien qu'à le voir arpenter poussivement les rues de l'Escalette, on a envie de bâiller. Il n'y a qu'au café qu'on lui connaît quelque ardeur ; ah ça, pour faire le zouave, une main sur le ventre et l'autre tenant un verre, il s'y entend. Monsieur se prend pour un artiste, passe ses après-midi au *Derby* à amuser la galerie, à fredonner je ne sais quelles ritournelles, la belle affaire. C'est qu'il s'y croit, ce maître sot !

Je m'appelle Josette Braquemart, née de Germiny, descendante de Charles Lebègue de Germiny qui fut, au XVIIe siècle, le conseiller du Cardinal de Lorraine. Une lignée brillante qui servit la France tout au long de son histoire ; nous avons eu des généraux, des gouverneurs, des chambellans, des députés, des alliances avec les de villequier, les Langlois de Motteville, les de Quièvremont, les La Croix Chevrière de Sayves, une union avec le roi de Sardaigne, Charles Emmanuel, en 1737. Il ne serait pas outrancier de dire que notre nom fut de tout temps au chevet de l'Histoire.

Souvent, en repensant à cet illustre passé, je me demande comment j'ai pu me laisser enliser dans ce marais, cette fange, ce quartier de culs-terreux. C'est à pleurer. Tous plus péquenauds les uns que les autres. Si mon arrière-grand-père n'avait pas eu tous ces malheurs, je serais loin d'ici, à Neuilly, à Florence ou peut-être à Monaco. Que voulez-vous, un mauvais mariage, des peines d'argent, tout cela vous fiche une vie par terre.

Mon arrière-grand-père en 1880, dans un moment d'étourderie, prit la funeste décision d'investir tous nos avoirs dans le chemin de fer russe et dans les mines du Caucase : on n'en revit jamais un kopeck. Mon père, bien des années plus tard, acheva la besogne en claquant le reste sur le tapis vert de Deauville et dans le train de vie de ses maîtresses. Il fallut tout vendre, payer les dettes, souffrir le déshonneur, la calomnie et l'humiliation, mener une vie de gueux, s'échiner au travail, aux tâches ancillaires, aux besognes obscures. Bel héritage. Trop occupé à ses glissades, mon père me maria à la hâte à un petit agent d'assurances sans nom, sans relief ni destin. L'année qui suivit, je tombai enceinte de ses modestes œuvres. Voilà toute ma vie.

Il s'appelait Robert Braquemart, vous voyez ça d'ici, une de Germiny contrainte de céder son nom pour ça, de porter ce bonnet d'âne ! La vie ne m'aura donc épargné aucune vexation. Madame Braquemart ! Vous pensez bien que le quartier ne s'est pas privé de rire à mes dépens, d'ironiser stupidement dans mon dos. Je vous passe leurs plaisanteries du plus bas étage qui soit. J'ajoute au passage que Robert fut toujours en ces choses d'une promptitude tout à fait navrante, un vrai lapin, une ondée indécise, si je puis dire.

Durant trente années, je l'ai vu partir tous les matins, sa serviette et sa misère sous le bras, toujours affublé d'un costume pelliculeux, mal seyant qui lui donnait l'air d'une marionnette pendue à quatre ficelles, le cou coincé dans des cols d'un blanc équivoque, la mine servile et les chaussures gorgées de lassitude. Un minable sans substance. Il n'arrêtait pas de gémir, de couiner comme une porte de prison, se plaignant que je ne lui fisse pas la cuisine et toutes ces choses dont les soubrettes trouvent à s'occuper. Et puis quoi encore ? Que je lui ravaude ses chaussettes ?

La providence m'en délivra au printemps dernier. Un an auparavant, il s'était mis à décatir à vue d'œil, à perdre ses cheveux, à blanchir. Son crâne se couvrit de plaques et de croûtes, on eût dit un vieux chien. Sur les derniers mois, il était comme euphorique, guilleret, sautillant benoîtement sur ses jambettes, porté par un optimisme niais, une hilarité singulière qu'ont parfois les gens dans l'antichambre de la mort. Quelque temps, je crus qu'il perdait la raison ou retombait en enfance.

Un jour – ce devait être un mardi, me semble-t-il – Fernandel, ce lourdaud d'argousin, sonna à ma porte :

– Madame La Bègue, demanda-t-il en écorchant sciemment notre nom.

– Lebègue de Germiny, monsieur l'agent, de-Ger-mi-ny.

Il resta un moment silencieux, ahuri, hébété comme s'il comptait les mouches, puis fit mine de reprendre contenance :

- oui, enfin, Madame Braquemart... J'ai une bien triste nouvelle à vous annoncer...

En le regardant, la casquette de travers, la cravate fripée et l'air coincé, j'eus toutes les peines à ne point pouffer de rire. Il me faisait l'effet de ces saltimbanques qui, nés pour être clowns, se fourvoient dans la tragédie et font rire tout le monde en ânonnant des vers qui font habituellement pleurer.

- Madame, votre mari est... Robert avait cassé sa pipe !
- Une « trombone célébrale » en pleine rue, oh madame, il n'a pas eu le temps de souffrir, il ne s'est pas vu mourir, « la trombone » lui est tombée dessus, euh, comment dire, inopinément, ajouta ce pitre de pandore.

Une « trombone », avait-il bu ? À la fin, voyant ses yeux imbéciles, ridiculement contristés, je n'y tins plus et partis dans de grands éclats de rire, quelque chose d'irrépressible qui m'étreignait de toute part. J'avais un peu honte, bien sûr, mais n'y pouvais rien faire.

- Excusez-moi, lui dis-je entre deux hoquets, excusez-moi, l'émotion, vous comprenez...
- Oui, Madame, je comprends, je comprends bien, l'émotion...euh, Madame, le corps se trouve à l'hôpital, à la morgue, la mort est venue si vite que...
- Oui, monsieur l'agent, « la trombone » l'a foudroyé, c'est ça...
- Je suis désolé, Madame.

Il avait prononcé ces dernières paroles en un decrescendo de pneu qui se dégonfle: mon fou rire en décupla et je n'osais plus le regarder.

- Vous comprenez, lui dis-je à la fin, les yeux pleins de larmes, ce n'est pas à cause de lui, c'est vous et votre trombone qui...

Robert avait été emporté par une thrombose, quelle nouvelle ! Cet homme était entré dans ma vie par erreur, il en sortit sur la pointe des pieds : c'est bien là la seule élégance qu'il ait jamais eue. Trente ans de mariage et de patience me laissaient comme une femme sur le retour : je n'avais rien vu de l'aller, ou si peu.

Il n'y eut pas d'obsèques. Ce vaniteux, voulant sans doute faire montre d'originalité ou d'élévation d'âme, avait légué son corps à la science : une belle crânerie qui m'épargna le crêpe, les simagrées de l'enterrement, les sermons du curé ou les discours de quelque politicard en quête de voix.

Ah, j'avoue avoir aimé ce printemps et son air plus pur, ses odeurs de fleurs, ses chants d'oiseaux dans la ramée pleine de sève et de promesses. Pourquoi m'en cacher ? Fallait-il par surcroît mouiller ma délivrance de faux pleurs, gémir d'être débarrassée d'un boulet qui m'a pris ma jeunesse, qui a flétri mes belles années et s'est empressé de me mettre deux surgeons dans les jambes ? Il faut les voir les surgeons, leur père tout craché, rien qui ne laisse transparaître une once de naissance. Si petits qu'ils étaient, ils avaient déjà l'air nigaud des Braquemart, des minois craintifs et serviles, des traces de collier au cou. La caque sent toujours le hareng, dit le proverbe.

Pour bien s'assurer de me mettre les chaînes aux pieds jusqu'à ma mort, ce maraud de Robert ne me légua que l'usufruit de ses biens conformément au contrat de mariage que mon père avait négligemment entériné. La jouissance de cette maisonnette, une maigre retraite et le revenu de quelques terres et masures que ses parents, des censiers, lui avaient léguées. C'était le bouquet ! Non content d'avoir gâché ma vie, ce scélérat m'obligeait encore à la terminer petitement, à passer le reste de mes jours à grignoter de la fouace. Misère !

Enfin, inutile de maronner, l'histoire ne se refera pas, il est trop tard à présent.

J'ai comme le sentiment que cette journée va nous apporter son lot de piments; pour une fois qu'il se passe quelque chose dans ce marécage. Lorsque le ouistiti aura claironné partout que le vieux a disparu, vous les verrez tous accourir et débonder leur réservoir à sornettes. Déjà qu'ils sont échaudés par la grève et la chaleur... Comme d'habitude, ceux qui en savent le moins seront les plus bavards.

J'avoue attendre « l'apiour » avec une certaine impatience et me régaler déjà des inepties qui ne manqueront pas d'y couler à flots. Tous les mardis, madame Réjane, la tenancière du *Derby*, donne une espèce de sauterie, ces béotiens appellent cela « l'apiour » dans leur pauvre patois, une purée de mots rugueux et souvent orduriers tout droit sortis des égouts de la ville. Oh, ce n'est pas que j'aime à me commettre au *Derby*, dans ces petites distractions bien ordinaires, mais bon sang, je ne peux quand même pas m'emmurer dans cette bâtisse comme une nonne en son couvent !

Que faire d'autre dans cette bourgade empoissée d'ennui que de se distraire - un peu puérilement, sans doute - des billevesées du menu peuple ? De toute manière, qu'ils ne comptent pas sur moi pour apporter de l'eau à leur moulin : réserve et discrétion, c'est ma règle. Muette comme une tombe, la de Germiny ! Et pourtant, il s'en passe des choses, ces derniers temps...

J'ai vu Fernand pour la dernière fois dimanche. Il devait être seize heures environ. Il s'en retournait chez lui clopin-clopant, un sachet en plastique à la main. De la fenêtre de ma chambre, l'angle de vue m'a permis de distinguer que le sachet contenait une bouteille de vin. Je n'en fus pas surprise, au demeurant ; c'était l'anniversaire de Serge, un cabaretier qui a son commerce sur la chaussée. Chaque année, c'est pareil, il empoisonne le quartier en offrant des litrons de vinasse à tout le monde. Et ce troupeau de moutons que sont ses clients, l'en remercie en faisant des courbettes et des mines de cagots. Faut entendre ça : oh, quelle surprise ! Oh merci Serge ! De véritables paillassons.

Je m'étonnai toutefois de ce que Fernand fût de retour si tard dans l'après-midi ; d'habitude, il rentre vers midi trente et déjeune avec le curé et Anita qui leur prépare la cuisine. Après quoi, il s'endort généralement sur une chaise longue jusqu'à seize heures. Non que je l'espionne, vous pensez bien, je tiens cela de Mélanie, une pauvrette qui demeure avec un certain Bernard, un camionneur. La petite fait les ménages au Tribunal, chez Fernand, chez moi et chez d'autres particuliers.

Ce jour-là donc, pas d'Anita, pas de curé, pas de repas. Que le curé se soit désisté pour l'une ou l'autre raison, ma foi, passe encore ; qu'Anita ait eu un empêchement, tout cela est bien normal ; mais que les deux aient été absents le même jour, me paraît tout à fait insolite, je dirais même concerté. Y aurait-il de l'eau dans le gaz entre eux ? Cela mérite d'être élucidé.

À la réflexion, ce curé est un personnage bien atypique, comment dire, il me semble un peu étriqué dans sa charge. On le sait, malgré son âge, assidu au bistrot où il s'enivre parfois sans mesure. Il est vrai que la foi a ses abîmes. Certains bruits laissent à penser qu'il entretiendrait aussi un trafic obscur et souterrain avec les commerçants de l'Escalette à cette fin de faire prospérer la petite cantine qu'il tient à la rue de Lannoy et dont il ne fait aucun doute qu'il tire des bénéfices personnels, en premier lieu, celui d'y bâfrer tous les midis. « *Une assiette pour tous* », je ne serais pas étonnée que dans l'ombre de cette appellation charitable et bienveillante, se cache en réalité le plus nauséabond des maquignonnages. Un manœuvrier, un chipoteur, voilà l'impression qu'il me laisse. Nous vivons une époque bien dissolue. Autrefois, du temps de grand-père, tout était à sa place mais maintenant...

Et puis, il y a cette Anita et sa face d'eau dormante, je m'en méfie comme de la peste. Elle pèle les patates à « l'assiette pour tous » et prend des allures de baronne, c'est à mourir. Il faut la voir toiser les gens avec effronterie, il faut la voir se panader sur tous les trottoirs du quartier : mais enfin, pour qui se prend-elle ? Pour le moutardier du pape ? Je me suis laissé entendre qu'entre le curé et elle... Enfin, c'est du moins ce que le vent colporte. Il n'y a pas si longtemps, chez Michel le boucher, j'ai surpris une conversation qui m'a donné à réfléchir. Il paraîtrait, tenez-vous bien, que ce curé aurait un passé quelque peu sulfureux. Vers la fin des années cinquante, alors qu'il était encore vif et fringuant, il aurait, dit-on, hébergé une jeune fille qui se trouva enceinte par on ne sait quelle opération du Saint-Esprit. Je sais, il faut faire la part de la vérité et celle du ragot ; mais ne dit-on pas qu'il n'y a pas de fumée sans feu ?

Quoi qu'il en soit, ce curé est assurément une grande gueule et un malotru. Savez-vous ce qu'il m'a dit il n'y a pas une heure ? Après avoir fait quelques achats, je m'étais attablée chez Réjane vers onze heures trente pour prendre une fine. Réjane et moi étions en train de deviser des nouvelles tentures qu'elle venait de pendre aux fenêtres de son lieu. De belles tentures, relevant d'un goût certain, couleur bordeaux et joliment garnies de galons aubergine. Elle les a confectionnées elle-même. Réjane est une artiste aux doigts de fée, dotée d'une culture impressionnante : pour être franche, j'estime qu'elle n'a rien à faire derrière un comptoir. J'étais donc occupée à admirer ce beau travail lorsque entra ce forban de curé. À son air doucereux, à ses pieds lourds, j'ai tout de suite compris qu'il avait bu : c'est ainsi à chaque fois qu'il enterre quelqu'un. À croire que le voisinage de la mort lui flanque la frousse. Il s'est approché de moi en se dandinant de la manière la plus déplaisante, puis il a minaudé avec une haleine de chenal :

– Mes hommages, Madame Josette ! Oh, pardon ! Madame de Germiny avec un petit « de » comme dans « pomme de terre », n'est-ce pas ?

Ce Père Edgard est un méchant homme, un égrillard, un villotier. Réjane, cette brave, a cru bon de s'entremettre.

– Eh bien, Père Edgard, avez-vous perdu la raison ?

– Comment pourrais-je perdre ce que je n'ai pas, a-t-il confusément éructé. De cela, on peut conclure sans douter que la rumeur qui pèse sur lui n'est point vaine. Beuh ! Qu'ils aillent au diable, lui et sa gueuse !

Bref, l'arrivée tardive du vieux, l'absence du curé, celle d'Anita, sont des indices qu'il ne faut pas perdre de vue même si l'avenir devait nous apprendre qu'ils n'ont aucun lien avec la disparition. On se doit de ne rien négliger et le hasard est une chose qui, à mon sens, n'a pas sa place dans une enquête policière. Mais oui, je ne m'en cache pas, moi aussi, je mène mon enquête. Il s'agit de mon voisin, tout de même ! Je ne voudrais pas mourir idiote ! On a bien raison de dire que l'indifférence à autrui est un cancer qui ronge nos villes.

Pour tâcher de bien comprendre cette intrigue, il faut commencer par le commencement, c'est-à-dire vendredi. Vendredi, vers midi, Nanard – c'est le nom du ouistiti – est arrivé chez Fernand. Étant donné l'heure et le fait qu'un de ses collègues m'avait déjà livré un achat par correspondance dans la matinée, j'en ai naturellement déduit qu'il était en congé, comme, par ailleurs, j'ai déduit, à l'odeur du graillon qui empestait la rue, que les deux compères étaient convenus de dîner ensemble. À treize heures quarante-cinq, très précisément, un taxi est venu les prendre : jamais au grand jamais, Fernand ne prend de taxi ! C'est un fait sans précédent depuis le temps qu'il habite ici. Lorsqu'il se déplace en dehors de l'Escalette, il se fait conduire par un dénommé Philo, son voisin de droite, lequel était assurément chez lui puisqu'il avait parqué sa voiture sur mon trottoir. Cela donne donc à penser que Fernand et le facteur ne voulaient pas que l'on sache où ils allaient. En tous cas, il était treize heures quarante-cinq car on entendait à la télé le générique des « Jeux de l'Amour », une espèce de « soupe » (* soap) que toutes les femmes du coin regardent assidûment et que moi je visionne afin de n'être pas dans leur conversation une demeurée qui revient de Pontoise.

J'ignore, hélas, où ils sont allés mais on peut raisonnablement penser qu'ils se sont fait conduire au centre de la ville ou dans sa proche périphérie car ils étaient déjà de retour à quinze heures quarante-cinq. Ce qui est sûr, en revanche, c'est que le but du voyage n'était pas de faire des courses puisqu'ils sont revenus les mains vides.

Cet étrange déplacement avait piqué ma curiosité, que pouvaient-ils donc manigancer ces deux-là ? Mais à leur retour, j'ai bien observé le visage de Fernand. Lui qui est plutôt d'un naturel jovial, paraissait soucieux, sombre, tourmenté par je ne sais quelle mauvaise nouvelle. Que le petit postier ne puisse être étranger à ces tracas ne fait, à mon sens, aucun doute. Pas besoin de beaucoup d'imagination pour deviner la nature de ces soucis : une histoire d'argent, je vous en fiche mon billet ! Bien que vivant chichement à la manière d'un grigou, il est notoire que le vieux a, ici et là, quelques beaux bas de laine bien garnis dont l'origine n'est pas vraiment claire. Et l'Escalette ne tarit pas de palabrer sur le magot de Fernand, non pas tant par souci de son origine que de son épaisseur. Il faut dire qu'on ne lui connaît pas d'héritiers et que des chacals en tous genres redoutent de le voir partir intestat. Pas besoin de faire un dessin pour comprendre pourquoi, tous les dimanches, le curé et sa gouge lui mettent le couvert et lui ajustent ses coussins.

Lorsque le taxi s'est éloigné – c'est évidemment le vieux qui a payé la course – les deux hommes sont rentrés dans la maison où ils ont dû discuter pendant une heure environ, après quoi, vers dix-sept heures, j'ai vu Nanard repartir seul en direction de la chaussée de Maire, se rendant plus que probablement au *Sportif*.

Mais il me faut ici rapporter un détail qui pourrait ne pas être anodin et qui remonte à jeudi dernier. Ce matin-là, Nanard est venu sonner à ma porte pour me remettre un colis, quelques petites folies que j'avais achetées par correspondance. À son habitude, il avait la tête embrumée comme un marais et trifouillait dans sa sacoche pour trouver son Bic et ses papiers.

Dans sa tremblote de pochetron, il a soudain laissé choir une enveloppe sur le sol. Le temps qu'il s'en rende compte, je l'avais déjà ramassée : c'était un recommandé en provenance d'Espagne, destiné à Fernand. Le pli n'émanait pas d'une administration ni d'aucune instance publique car il ne portait aucun en-tête. Ce qui me parut avant tout singulier était la manière dont l'expéditeur avait rédigé l'adresse, en lettres calligraphiées avec un soin extrême, toutes dessinées en ambages harmonieux, enchevêtrées l'une dans l'autre avec une certaine affectation. Cela ne me parut cependant pas être l'écriture d'une femme mais je ne puis l'assurer vraiment. En y repensant aujourd'hui, je me demande pourquoi ce bel ouvrage d'écriture telle qu'on en rencontre dans les lettres du XIX$^{è}$ siècle, a été expédié sous cette forme. Voilà qui n'est pas ordinaire. Bien que Fernand ait toujours laissé entendre qu'il n'avait plus un parent en ce monde, on ne peut exclure qu'une nièce, un neveu, un cousin éloigné ait soudain refait surface et souhaité reprendre des relations avec lui ; pourquoi pas ? Ce pourrait être aussi un amour d'antan qui, alléché par les beaux avoirs du vieux aurait trouvé opportun de rallumer la flamme. Mais le faire par recommandé relève de la dernière inélégance, ce qui me porte à croire qu'il ne peut s'agir d'un envoi de cette nature. Fernand aurait-il des cadavres inavoués dans son passé de bourlingueur ? Ce n'est pas exclu, sous ses dehors de vieux père tranquille, il se pourrait bien qu'il traîne derrière lui quelques lourdes valises, des dettes, l'une ou l'autre mauvaise histoire qui aurait mal tourné.

Mais passons au samedi.

À l'angle de la rue de Lannoy et de la chaussée de Maire, il existe une sorte de supérette où l'on trouve de tout hormis ce que l'on cherche. Tenu par trois péronnelles plus soucieuses de montrer leurs miches que d'achalander leurs rayons, ce commerce charrie régulièrement des commentaires mouillés d'aigreur de la part des dames de l'Escalette, du fait que tous les hommes y bombinent sans cesse comme des mouches autour d'un étron. On les surprend embusqués derrière des boîtes de riz, des bouteilles d'huile, des conserves de viande, occupés à manger des yeux la croupe de ces filles en feignant d'examiner studieusement la composition du produit qu'ils tiennent en main. Pauvres hommes ! Un bout de satin, un morceau de dentelle au-dessus d'un genou, il n'en faut pas davantage pour les égarer. À la vérité, ces filles ont mauvais genre. Elles affectent des airs de sainte nitouche, s'habillent de manière à mettre le feu au bois et feignent de s'épouvanter lorsque le bois flambe. Des allumeuses qui n'ont pour elles que leur âge, voilà tout. J'ajouterai qu'un œil de femme, de femme telle que moi, qui a vécu et sait à l'occasion vivre encore, discerne tout de suite ce qu'elles cachent sous leurs fouffes : de la misère, tout bonnement ! Croyez-moi, rares sont les soutiens-gorges qui disent la vérité.

De plus, comme on l'observe bien souvent chez ce genre de poupées, elles n'ont pas davantage d'esprit dans la tête que de chair sur les os, s'amusent d'un rien et passent leur temps à cacarder sur le dos de leurs clients. Au mois de février dernier, je leur avais acheté une bouteille d'Armagnac. C'était la Chandeleur, j'avais envie de crêpes flambées. Quoi de plus ordinaire ? Dans mon dos, j'entendais leurs rires étouffés et devinais leurs mimiques imbéciles. Finalement, excédée, je me suis retournée et leur ai demandé sèchement ce qu'il y avait de saugrenu à faire flamber des crêpes à l'Armagnac.

– Oh rien Madame de Germiny !

Petites pisseuses ! S'imaginaient-elles que j'allais m'envoyer la bouteille ? Enfin, laissons cela.

Parmi ces trois donzelles, il en est une qui s'appelle Zoé. À la foire du mois de mai, elle s'est amourachée d'un grand escogriffe à longs cheveux qui monte et démonte les manèges lorsque viennent les beaux jours. Le quartier, toujours prompt à donner des surnoms à tout le monde, l'a baptisé « le Grand Gaulois », à cause de sa chevelure, de sa moustache sévère et de sa taille impressionnante. À la fin de la saison, vers la mi-août, notre Grand Gaulois, au lieu d'atteler la roulotte et de repartir sur les chemins, s'est installé à l'Escalette, dans l'appartement de Zoé, où il coule des jours de coq en pâte. Il s'occupe, depuis lors, à de vagues besognes et notamment à quadriller la région au volant d'une vieille camionnette à cette fin de récupérer partout les vieux métaux dont on voudrait se débarrasser. Nous qui vivions une paix relative jusqu'alors, devons à présent subir le passage et le repassage de ce ferrailleur armé d'un porte-voix :

– Allô Allô les ménagères ! Ici le Gaulois ! Je ramasse vélos, machines à laver, chaudières, fers à repasser, vieux métaux. Allô Allô les ménagères...

Tout cela sous l'œil admiratif et ravi de Zoé : que voulez-vous, la main d'une enfant est vite remplie.

Samedi, sur le coup des neuf heures, je vis arriver ce grand sauvage dans son tas de ferraille d'où il sortit une faux et d'autres outils. Il sonna chez Philo. Un quart d'heure plus tard, les deux hommes se mirent à faucher une frange de terrain laissée depuis longtemps en friche et séparant sur toute leur longueur la maison de Fernand de celle de Philo.

Autrefois, la plupart des terres sur lesquelles l'Escalette s'est construite, appartenait aux de Germiny. Après le fiasco des actions russes, mon aïeul fut contraint de les vendre par lots et parcelles sur lesquels on se mit à bâtir librement et souvent de façon très anarchique. Les chaumières qui s'y trouvaient n'étaient accessibles que par des chemins de terre traversant les prairies ou par des sentiers étroits rejoignant l'ancienne chaussée de Maire, ainsi nommée à cause d'un ruisselet du même nom qui la croise et conflue ensuite quelque part avec une autre rivière. Ce n'est qu'après la Seconde Guerre, que la ville entreprit de cadastrer le quartier, de délivrer ou non les permis de bâtir, d'ordonner son accès par un réseau de rues asphaltées, pourvues de trottoirs. Mais il reste de l'ancienne époque, toute une série de conventions établies entre les habitants, la plupart non actées et tacites, définissant les droits de passage, les chemins de tolérance, les usages : un sac de nœuds qui décoiffa la Justice lorsqu'elle fut saisie pour les démêler.

Il se trouve qu'à l'arrière de la maison de ce « Philo », habite une dénommée Cécile, une femme sèche comme une galette et qui ne s'exprime généralement que par vociférations rauques et colorées. Depuis quelques mois, il semble qu'un contentieux ait divisé ces deux personnes à propos d'un droit de passage dont j'ignore à vrai dire l'origine. En observant les deux faucheurs, il m'est venu à l'esprit que non seulement l'entreprise ne pouvait être étrangère au litige, mais aussi que Fernand y serait inévitablement mêlé.

De la fenêtre du salon, j'entendais le ahanement régulier de ces colosses à l'œuvre et regardais à loisir leur corps robuste mais souple manier la serpe et la faux sous un soleil torride. J'avoue, tout entre nous, en avoir été, comment dire, attendrie. Le Grand Gaulois était torse nu, de ses épaules tout au travail jaillissaient de la lumière et de la belle force. À se demander ce qu'un pareil félin peut trouver à cet ossuaire de Zoé. L'amour est décidément bien aveugle.

En y réfléchissant aujourd'hui, je m'interroge : cet essartage n'a-t-il pas été demandé, voire exigé par Fernand lui-même qui, se voulant mettre en ordre de tout et ne pas embarrasser un hypothétique héritier, aurait souhaité que l'on fixe et que l'on acte les limites de sa propriété ainsi que les voies d'accès aux habitations attenantes ? Cela me semble tout à fait plausible, et même très probable. Cependant que les hommes étaient à leur besogne, Cécile a soudain déboulé de sa tanière, est accourue comme une folle, s'est mise à les agonir d'injures la bave aux lèvres et des flammes dans les yeux. Ameuté par ces cris, Fernand parut sur son seuil. S'ensuivirent d'interminables palabres que je n'ai, hélas, pas pu saisir et auxquels le vieux mit fin en s'écriant : « – j'en ai marre de vos histoires, démerdez-vous ensemble et fichez-moi la paix ! » Après quoi, il s'en fut chez lui en claquant la porte. En résumé, jeudi, Fernand reçoit une lettre d'un quidam dont le contenu pourrait éclairer le mystère de sa disparition ; le vendredi, le petit Nanard et lui prennent un taxi pour se rendre Dieu sait où, peut-être dans une banque pour y régler quelque souci d'argent, ils en reviennent brouillés ; samedi, le Grand Gaulois et Philo se mettent à faucher une parcelle de terre, s'ensuit une violente altercation entre les deux hommes d'une part, et Cécile et Fernand de l'autre. Le dimanche, contrairement à toute habitude, Fernand ne dîne pas chez lui en compagnie du curé et d'Anita ;  le mardi matin, Nanard fait constater la disparition du vieux à Fernandel, l'agent de police.

Voilà un bien joli puzzle dont, à première vue, il est difficile de réunir les pièces.

À cette heure-ci, tout le monde ou presque doit avoir appris la nouvelle, à moins que certains dont je suis, n'aient été témoins de quelques bizarreries semblables à celles que j'ai décrites et n'aient flairé les choses bien avant les faits. Selon moi qui ai tout de même quelques longueurs d'avance sur les autres en ce qu'étant la voisine de Fernand, j'ai l'avantage d'être aux premières loges des événements, il aurait disparu entre dimanche soir et lundi après-midi. Mais je pencherais plutôt pour le dimanche. Tous les soirs, en effet, Fernand s'attable à une espèce de liseuse et passe des heures, le nez dans un bouquin en sirotant de la vodka melon que la supérette commande spécialement pour lui (c'est Mélanie, la femme de ménage, qui me l'a confié). De la fenêtre de ma chambre, j'arrive à le voir invariablement accoudé à sa table, figé comme une statue, le visage dans les mains, baigné dans un pâle halo de lumière. Or dimanche soir, le salon n'était pas éclairé. Cela laisse supposer qu'il aurait quitté le domicile, de gré ou de force, entre dix-neuf heures et vingt-deux heures car je n'étais pas chez moi durant cet intervalle. Réjane avait préparé un riz cantonais et m'avait invitée à souper. Autre fait singulier, tous les lundis, Lili, la patronne des Quat'Saisons, lui livre sa vodka et son casier de Jupiter, une bière régionale que l'on brasse au-delà du Pont de la Folie, pas très loin du canal. Elle passe ponctuellement à huit heures, dépose le casier et les bouteilles sur le seuil, sonne à la porte, n'entre jamais, et repart sans attendre que Fernand apparaisse. C'est leur usage. Hier, à l'heure habituelle, Lili a livré le bac de bière sur lequel étaient couchées trois bouteilles de vodka melon. Le bac n'a pas été enlevé, il est resté sur le pas de la porte jusqu'en fin d'après-midi. Aux environs de dix-sept heures, le bac avait mystérieusement disparu. Croyez-en l'instinct d'une de Germiny, il y a dans tout cela comme un parfum de drame, et je sens monter en moi une inquiétude aiguë au fur et à mesure que mes soupçons se précisent et s'ordonnent.

Ne trouvez-vous pas curieux que l'on confie les clés de chez soi à son facteur ? Je sais que Nanard en dispose, il s'en est vanté au *Derby*. Admettons qu'il y ait à cela une raison qui m'échappe ; il n'en demeure pas moins que le postier est la seule personne à pouvoir s'introduire subrepticement et sans effraction chez Fernand. À l'évidence, s'il a fomenté et mis à exécution quelque mauvais coup, ce ne peut être qu'avec l'aide d'un complice qui possède une voiture. Mais qui ? Philo, pour une querelle de voisinage ? Ou pour une somme d'argent que le vieux aurait eue chez lui et dont le facteur lui aurait révélé l'existence ? Possible. Ce pourrait être aussi le Grand Gaulois, dont on ignore le passé et qui vit d'expédients. Après tout, on ne le connaît pas plus que ça. Étrange coïncidence, j'ai remarqué que Zoé n'était pas aux Quat'Saisons, ni hier ni aujourd'hui de même que personne n'a vu son ferrailleur depuis dimanche. Quant à Philo, je l'ai entraperçu peu avant l'arrivée du facteur. Il était dans sa voiture, carreau baissé, en train de proférer des injures en direction de Cécile qui partait à pied. Après quoi, il a disparu en démarrant en trombe. Voilà, à peu près toute l'histoire.

Le facteur et son complice ont-ils commis l'irréparable pour une liasse de billets et transporté ensuite le corps on ne sait où ? Cela se pourrait. Puis, jouant la comédie, le ouistiti aurait fait constater la disparition au policier tout en feignant l'innocence et le désarroi. Il n'y a qu'à ouvrir l'*Éclair du Nord* pour constater que pareils forfaits alimentent au quotidien les greffes des tribunaux correctionnels. Mais ne préjugeons pas trop vite, car un dernier fait assez étrange s'est produit il n'y a pas cinq minutes, dernier fait qui me plonge dans une perplexité inquiète.

Un homme vient de se présenter à ma porte. Il a débarqué d'une imposante berline grise, a sonné chez Fernand puis, n'obtenant pas de réponse, a lorgné vers mes rideaux comme s'il avait deviné ma présence. J'en étais toute confondue. Il a alors traversé la rue jusqu'à chez moi. Mon cœur battait à se rompre. Avec la canicule tardive qui sévit en ce moment, une chaleur de ménopause, je n'avais sur moi qu'un petit négligé de satin qui aurait pu paraître inconvenant. D'ailleurs, je pense que nous ne sommes pas près d'être quittes de cette sécheresse, pas la moindre odeur de vanille dans l'air. Alors que l'individu se dirigeait vers ma maison, le téléphone sonna. Je ne savais que faire. J'ai fini par décrocher. C'était Krim, ce raseur, le tenancier du *Grand Tiercé Vincennes.*

- Madame Josette ! Madame Josette ! La réunion numéro 4, cet après-midi à Auteuil... Vernouillet ! Vernouillet ! Une vraie bombe, Madame Josette, je vous le jure sur vos yeux, c'est du tout cuit !

Prise entre deux feux, je l'ai coupé net en lui disant de mettre cent francs sur le canasson et j'ai raccroché aussi sec. L'homme était à présent devant ma porte, j'étais comme pétrifiée. J'ai malgré tout ouvert ; il portait un costume sombre et froid, affectait un air grave de préposé aux pompes funèbres.

- Monsieur Fernand Sassoye n'est pas chez lui, savez-vous où je pourrais le trouver, Madame ?

Bien sûr, ne sachant pas à qui j'avais affaire, j'ai fait la bête et lui ai répondu qu'il devait être sorti faire des courses.

Qu'est-ce que c'est que cet oiseau-là ? Et que veut-il à Fernand ? En voilà bien une autre qui pourrait remettre tout en question. Dans quel bourbier Fernand est-il allé s'empêtrer ? Me serais-je totalement fourvoyée dans mon interprétation des choses ? Me voilà anxieuse, à présent : ce lascar est peut-être un voyou, qui sait ? Et moi qui suis seule dans cette demeure, et Philo et Cécile qui ne sont pas chez eux... Allez savoir ce qui peut se produire. Je vois encore cet individu tourner son œil de lynx vers mes rideaux, rien que d'y repenser, ça me flanque la chair de poule.

Heureusement, Michel ne devrait pas tarder à se montrer, c'est plus ou moins son heure. Michel est un garçon adorable qui, tout comme moi, n'a pas eu de chance dans la vie. On l'appelle Michel « le chemineau » afin de ne pas le confondre avec le boucher. Il passe chez moi, pratiquement chaque après-midi, me confier ses peines, ses tourments, ses espérances. Je suis pour lui comme une dame de compagnie, une confidente, un sein tendre sur lequel il peut reposer sa tête. C'est un esprit pénétrant, profond, doué d'une sensibilité supérieure. Parfois, touché par des accès de mélancolie profonde et subtile, il me déclame quelques vers déchirants qu'il a lui-même composés. Telles ces belles strophes d'un poème qu'il a intitulé « La mort d'un Bouvreuil » :

> *Le fusil d'un chasseur, un coup parti du bois,*
> *Viennent de réveiller mes remords d'autrefois :*
> *L'aube sur l'herbe tendre avait semé ses perles,*
> *Et je courais les près à la piste des merles*[1]

N'est-ce pas adorable ? Il vit à la campagne, dans une roulotte, loin du vacarme humain et des vanités ordinaires.

Je le fais entrer par le jardin, précaution élémentaire pour me prémunir des commérages et des vilenies que susciteraient à coup sûr des visites prolongées et quasi quotidiennes. On n'imagine pas les pensées misérables que les gens peuvent nourrir dans l'ombre. Oh, et puis, qu'ils aillent au diable, c'est ma vie après tout !

À cause du dénuement dans lequel il a choisi de vivre, ce grand enfant me demande souvent à prendre un bain chez moi. Ah, il faut l'entendre réciter son petit *Bouvreuil* tandis que je lui frotte le dos ! Voilà bien le seul rayon de soleil qui éclaire ma vie.

Je me demande toutefois, si parmi les croquants qui m'entourent, il n'en est pas un qui aurait surpris l'une ou l'autre visite de mon petit protégé et ne serait allé le crier sur tous les toits. Car mardi dernier, il y a juste une semaine, Fernandel est arrivé tout essoufflé à ma porte et m'a demandé fort discourtoisement si Michel n'était pas chez moi. Je lui ai répondu que non.

---

[1] Auguste Brizeux, poète romantique breton.

– Attention, Madame Braquemart, attention, a-t-il menacé, la police le recherche, prenez garde, s'il se découvre que vous cachez ce filou chez vous, vous aurez des ennuis...

Il est bien connu que les poètes ont toujours eu la police et le cachot à leurs guêtres, François Villon, Verlaine et tant d'autres.

Enfin, pour l'heure, ce Fernandel a du pain sur la planche ; lui dont le pauvre entendement ne ferait pas le lien entre une poule et son œuf, voyons un peu comment va-t-il dépatouiller cette histoire. S'il mène son enquête au bistrot, nous ne sommes pas là de savoir ce qu'il est advenu de Fernand.

Nous vivons une époque bien dissolue. Autrefois, du temps de grand-père, tout était à sa place mais maintenant...

# CHAPITRE IV

## Mademoiselle Luce

Mais quel raffut, nom d'un chien ! Mais qu'est-ce qu'ils ont tous aujourd'hui ? Ça doit être ce soleil de plomb qui les rend ainsi excités comme des puces ! C'est vrai qu'il fait chaud, nom de Dieu, et pas la moindre senteur de vanille en provenance du canal, il n'est pas près de pleuvoir. Cette chaleur va tous nous rendre dingues. À commencer par le petit Nanard que j'ai vu arriver vers onze heures, pédalant sur sa bicyclette tel un dératé, on eût dit qu'il avait le peloton du Tour de France à ses trousses. Il était très en retard. Où est Fernand ? Où est Fernand, s'est-il étranglé en soufflant comme un bœuf ?

Il m'a jeté mon *Éclair du Nord* sans même entrer prendre une Jupiter, la bière que l'on brasse près du canal, par-delà le Pont de la Folie. Puis il est reparti, avec l'air hagard et désemparé d'un oisillon tombé du nid. Où est Fernand ? Qu'est-ce que j'en sais moi ? Ah, si je disparaissais, ce n'est certes pas pour moi qu'on ferait un tel foin ! Mais pour un étranger qu'on ne connaît somme toute ni d'Ève ni d'Adam, on sonne le tocsin, en voilà bien une autre ! Il s'est installé chez nous, il y a deux ans environ; personne n'a jamais compris pourquoi ce

Parisien aisé, ayant eu, à ce que l'on dit, ses moments de gloire, est venu s'enterrer dans notre bled et habiter cette vieille bicoque toute désolée. Cela est toujours demeuré un mystère. Un mauvais mystère à mon sens.

Je m'appelle Luce, institutrice retraitée depuis trente ans. À l'Escalette, il n'est pas un homme, pas une femme avoisinant la cinquantaine qui ne soit passé par le « Petit Colisée », l'école du quartier, pas un qui n'ait eu affaire à moi, qui, sous ma pogne, n'ait eu le sang échaudé de s'être fait tirer les oreilles ou pincer la joue ; pas un de ces grimauds que je n'aie mis au pas, à qui je n'aie décapé la cervelle et appris à marcher droit. Je connais leur histoire, leurs racines les plus secrètes, leur père, leur mère, leur famille, leurs blessures d'enfances, les secrets de leur foyer, leurs qualités, leurs défauts, leurs faiblesses : je suis leur mémoire.

On me dit ratatinée, cacochyme, gâteuse, il n'en est rien. Bien sûr, à quatre-vingt-cinq ans, j'ai bien par-ci par-là quelques branches qui craquent, mais l'esprit est toujours vif et clairvoyant. Je les vois encore, garçons en culottes courtes ânonnant l'alphabet tous en chœur, filles en jupe plissée grattant leur dictée avec application. Il n'y a que la de Germiny qui ne soit pas passée par mes mains. Pour celle-là, l'école de la République, ce n'était pas assez bien. Rien qu'à voir sa tête de missel et l'amadou qu'elle a au derrière, on devine tout de suite que ce sont les nonnettes qui s'en sont occupées.

Tant que j'y pense, la p'tite Lili, la patronne des *Quat'saisons*, est passée en coup de vent me livrer mes légumes et les croquettes de ma chienne, ma belle Nina. Elle était toute ravie d'avoir acheté, hier, en solde, un beau sarouel aux *Milles Chaussettes* et tint absolument à me le faire voir sur elle. Ôtant sa jupette, elle se retrouva en petite culotte dans ma cuisine, mit son sarouel, tourna sur elle-même en me demandant avec inquiétude si, dans ce nouvel habit, tout était bien à sa place. Puis, tout en se revêtant, elle m'en a raconté une bien bonne à propos de la de Germiny. J'en ris encore.

Figurez-vous que la Josette, épouse du feu Braquemart – le destin a de ces facéties – se fait livrer par la poste, des colifichets, des lingeries et des ustensiles de toutes sortes ; elle les commande via un catalogue assez grivois et tape-à-l'œil qu'elle épluche, paraît-il, durant des après-midi entières. Selon Mélanie qui fait le ménage chez elle, elle aurait reçu vendredi, une gaine en caoutchouc de la marque « *Miraforme* », laquelle donne aux femmes d'un certain âge une silhouette de jouvencelle, aux pommes blettes l'illusion d'être sures et croquantes, d'être juste tombées de l'arbre. Hier, lundi, elle a décidé d'étrenner la fameuse gaine en se faisant aider par Mélanie pour pouvoir la passer. Il paraît que l'opération dura plus d'une demi-heure durant laquelle notre marquise n'arrêta pas de haleter plus bruyamment qu'un soufflet de forge, de tancer sa femme d'ouvrage en lui mugissant :

– Enfin Mélanie tirez donc ! Vous ne savez pas vous y prendre ! Êtes-vous manchote ?

Lorsque la gaine fut enfin mise, les deux femmes étaient épuisées, tout en sueur et leur visage ressemblait à un bouquet de coquelicots. Se sentant pousser des ailes dans ses nouvelles formes, la de Germiny décida aussitôt de sortir sous le prétexte fallacieux d'aller chez Michel le boucher, au motif réel de pouvoir se montrer. Elle fit tous les trottoirs du quartier, le nez retroussé, la bouche en cul-de-poule, épiant du coin de l'œil le regard de ces messieurs, la réaction des autres femmes. Ensuite, elle s'avisa d'aller aux Quat'Saisons dans l'espoir probable d'en boucher un coin à Lili, Zoé et Béa. Mais il y avait beaucoup de monde à cette heure-là, il régnait dans le magasin une chaleur épaisse que l'affluence alourdissait encore, si bien qu'enserrée excessivement dans sa gaine, la de Germiny se trouva mal, tourna de l'œil et s'étala de tout son long dans les cageots de pommes de terre, de concombres et de carottes. Misère, j'aurais voulu voir ça ! Pépé, un pompier retraité qui passe ses journées à mater les vendeuses de la supérette, accourut le premier à son secours, lui donna de l'eau, lui tapota les joues, tacha tant bien que mal de la faire revenir à elle. Les femmes s'en mêlèrent et ne furent pas longues à comprendre ce qui indisposait ainsi la Josette. Ne pouvant décemment la déshabiller dans le magasin pour la libérer de son étau, elles prirent une paire de ciseaux et entreprirent de découper la gaine et, bientôt, la de Germiny reprit des couleurs et se sentit mieux. Lili lui fit boire un verre d'Armagnac pour la requinquer tout à fait. Après quoi, elle s'en fut le profil bas, avec dans les yeux un mélange de honte et de rage, dans la main droite, son bout de caoutchouc. Heureusement que le ridicule ne tue pas, elle serait déjà morte cent fois ! S'imagine-t-elle que le quartier ignore qu'elle couche avec le Chemineau, après l'avoir trempé dans l'eau et décrotté de la tête aux pieds ? Michel, le chemineau ! Ah celui-là ! Il a trouvé le filon. Un bon bain chaud tous les jours, les après-midis douillets dans le boudoir de la marquise à siroter de l'Armagnac et les frusques du feu Braquemart en sus ! Il ne pouvait trouver mieux.

Il fut autrefois mon élève, à la fin des années soixante. Fernandel, l'agent de quartier, Michel et Reynold le mal foutu, celui qui tient le *Bleu Sarrau*, le long de l'avenue de Maire, ainsi nommée à cause d'un ruisselet qui la croise par en dessous et file ensuite on ne sait où. Un fameux trio que ces trois gaillards ! Reynold et Michel étaient des élèves assez brillants, nettement au-dessus de la moyenne, mais toujours à mal faire, toujours à carotter, toujours à tramer je ne sais quel mauvais plan. Quant à Fernandel, c'était un enfant mafflu, un peu lourdaud de corps et d'esprit, une espèce de pâte, un béni-oui-oui qui suivait ses deux acolytes dans leurs escapades et était toujours le dindon de la farce lorsqu'elles tournaient au vinaigre. Ils en ont pris des coups de trique, vous pouvez m'en croire.

Vers ses vingt-cinq ans, Michel rencontra une femme dont il tomba fou amoureux. Le malheureux connut alors que la vie fait payer à grande usure ce qu'elle fait semblant d'offrir. Une fieffée salope que cette femme, elle lui en fit voir de toutes les couleurs, lui suça jusqu'à la moelle des os et lui planta des cornes jusqu'au ciel. C'est à cette époque que tout a mal tourné pour lui. Un jour, revenant inopinément de son travail, il trouva sa femme et son amant, tous deux accolés comme le revers et l'avers, et ce fut le drame, un drame qui lui valut de passer douze ans à l'ombre. Sa famille l'oublia, ses amis l'ignorèrent ; seuls Fernandel et Reynold passaient au parloir chaque semaine durant tout le temps de son incarcération. Au sortir de la maison d'arrêt, ce n'était bien évidemment plus le même homme, il se mit à traîner, à marauder gentiment, à vivre à gauche et à droite sans domicile fixe.

Pour Reynold, le mal foutu, les choses n'allèrent pas beaucoup mieux, sans toutefois atteindre la même gravité. Aux alentours de ses douze ans, ce garçon contracta un bégaiement épouvantable qui, durant toutes ses études et même bien au-delà, en fit la risée de ses camarades. Déjà que la nature ne lui avait pas donné un corps aux proportions heureuses, cette nouvelle épreuve compromit toute la suite de son existence. Avec l'âge, cet affreux bafouillage s'est quelque peu atténué mais reste malgré tout perceptible. C'est une histoire assez curieuse, un traumatisme de l'enfance dont il ne s'est jamais tout à fait remis et dont les causes profondes suscitent des avis très partagés.

Voici, d'après moi, l'événement qui fut à l'origine de ce fâcheux trouble. Je puis l'affirmer avec une certaine assurance vu que Reynold, cette année-là, avait été mon élève et que, jamais, auparavant, je n'avais entendu sa langue fourcher. Au mois de juin, nous avions organisé comme chaque année, une épreuve de déclamation qui était ouverte au public et revêtait par là même, dans l'esprit des enfants, un caractère prestigieux et surtout fort intimidant. Chaque élève était libre de présenter un poème de son choix, poème qu'il devait déclamer sur une scène, devant un jury de professeurs et de notables.

Je m'en souviens comme si c'était hier. Lorsque le grand rideau sombre du théâtre municipal s'est ouvert, notre Reynold est apparu soulevant avec exagération ses longues pattes de criquet, on eût dit qu'il traversait une mare. Il était chaussé comme un charlot de souliers énormes et noyé dans un costume triste dont le pantalon trop court courait à peine jusqu'aux chevilles, laissant voir de stupides chaussettes blanches à pois rouges. Pour couronner le tout, on l'avait coiffé d'un calot ridicule et trop large qui s'appuyait stupidement sur ses sourcils. Je pressentis tout de suite la catastrophe. La récitation de chaque candidat était précédée d'un morceau de musique, espèce de menuet où dominait le son d'une flûte légère et bucolique qui, bien loin de détendre les élèves, intensifiait leur trac et leur angoisse. La mère de Reynold avait choisi pour son fils un poème d'Auguste Brizeux, « *La mort d'un bouvreuil* » qu'elle lui avait fait répéter pendant des semaines, chaque soir, juste avant le souper. Notre potache connaissait donc sa récitation sur le bout des doigts lorsqu'il parut sur l'estrade. Durant l'intermède musical, j'observai mon élève : il avait des yeux de bête traquée, le visage éteint et semblait suffoquer dans sa chemise blanche boutonnée jusqu'à la pomme d'Adam, laquelle était piteusement cachée par un nœud papillon rouge sang qui pendouillait en berne. Lorsque la musique cessa, il ouvrit les bras à la manière d'un crucifié et bredouilla dans un râle de moribond : la mort d'un bouvreuil… Puis, plus rien. Pour ce garçon, les secondes qui s'écoulèrent ensuite durent paraître des éternités de damnation. Il demeura figé, les lèvres entrouvertes, l'œil halluciné ; aucun mot n'en sortit. J'en étais mortifiée. Il y eut dans le public, des toussotements de gêne, des murmures, des questions. Finalement, comme Reynold ne bougeait pas et demeurait obstinément silencieux, les bras en croix, Michel et Fernandel vinrent le prendre et l'emportèrent vers les coulisses comme un accessoire du décor. Après cette humiliation, je n'entendis plus jamais Reynold parler correctement.

Sa mère m'a toujours prétendu que cela n'avait rien à voir et qu'il aurait été affligé de ce bégaiement dans les mois qui suivirent, à la suite d'une mésaventure qui survint au cours des grandes vacances. À la mi-juillet, les scouts avaient organisé un camp de vacances dans la Drôme, du côté de Saint-May. Au menu de ce camp figuraient de multiples activités, tels des jeux de nuit, des jeux de piste et, entre autres, une initiation à la spéléologie dans des grottes appelées « *les narines de Girard* », à cause de la double cavité qui permet d'y accéder. On ne sait très bien comment mais il arriva que l'enfant se trouva coincé pendant des heures, la poitrine et le dos comprimés entre deux parois rocheuses et qu'il se mit à hurler comme celui qui sent sa dernière heure venue. Il fallut l'intervention de la gendarmerie nationale et celle des pompiers pour le dégager. De ce fâcheux incident qui l'avait transi de frousse, sa mère inférait l'origine de son bégaiement et de sa claustrophobie aiguë. Quoi qu'il en soit, Reynold, à cause de son handicap, ne connut dans sa jeunesse que misères et avanies, et fut, ainsi qu'on peut le présager, très tôt jugé par le tribunal le plus implacable qui soit : celui des femmes. À chaque fois qu'il en rencontrait une, il prenait un râteau. Il en connut de toutes sortes, nourrit des chimères, essuya maints refus, se consola dans des draps souillés et des ruelles louches puis finit par tomber dans la boisson. Il s'occupe aujourd'hui vaguement de sa boutique dont la porte est close, la plupart du temps, et passe ses journées au *Sportif* à dépenser plus d'argent qu'il n'en gagne.

Une chose cependant me conforte dans ma thèse. Chaque fois qu'il est soûl, au bistrot, le voilà qui se lève, les bras écartés, l'œil pétillant, et, sans bafouiller cette fois, se met à haranguer l'assistance d'une voix de stentor. La mort d'un bouvreuil, clame-t-il avec emphase puis :

> *Tel j'allais dans les prés. Or, un joyeux bouvreuil*
> *Son poitrail rouge au vent, son bec ouvert et l'oeil*
> *En feu, jetait au ciel sa chanson matinale*
> *Hélas! qu'interrompit soudain l'arme brutale.*

C'est un rituel presque quotidien qui fait que tous les soiffards du coin connaissent par cœur le poème d'Auguste Brizeux, « *La mort d'un bouvreuil* ».

Enfin, tout cela, c'est du passé et le destin de ces hommes, Michel, Reynold, Fernandel, est à présent plus ou moins scellé. Ce qui n'est pas le cas de cette pauvre Zoé qui, d'après Lili, est alitée depuis dimanche, la tête enfouie dans un traversin, pleurant toutes les larmes de son corps. C'est un peu de ma faute, et je le regrette.

Samedi, elle est venue me rendre une visite impromptue ; je fus surprise de la voir la mine catastrophée, les yeux rouges et des nœuds plein la voix. – Eh bien ma petite Zoé, que se passe-t-il ? lui ai-je murmuré doucement. Tout cela remonte au printemps dernier.

À la foire de mai, elle s'est embéguinée d'un fier-à-bras qui monte la grand'roue sur l'esplanade. Il répond au nom de Vincent et a l'air de sortir tout droit de la Guerre des Gaules ou de la forêt des Carnutes. Roux comme un coq de bruyère, il porte de sévères moustaches, a des sourcils ombrageux et sa longue chevelure de guerrier lui descend jusqu'au bas du dos. Lorsqu'il ouvre la bouche et se met à grogner, chacun se tient coi et évite de le contrarier. Seul un étourdi se risquerait à le quereller.

Un jour qu'elle traversait le champ de foire pour s'acheter une barbe à papa, elle le vit, tenant dans ses pattes une belle clé à molette et son cœur se mit à battre la chamade : elle en devint folle. Illico, elle courut à sa garde-robe, revêtit ses plus belles fringues, acheta des liasses de tickets et, qu'il ventât, qu'il plût ou fît beau temps, passa toutes ses journées libres sur la grand'roue, à descendre, à tourner, à monter, à redescendre, la jupe savamment entrouverte, le corsage bien échancré, la chevelure effrontément défaite, donnant de l'œil au grand roux, lui faisant mille risettes, des yeux de braise, des mimiques sucrées, toutes ces choses qui préludent à l'amour.

Hélas, et à son plus vif désappointement, le fier-à-bras était tout à ses boulons, à ses clés à cliquet, à ses pinces et n'entendait rien au manège de la jeune fille. Prête à tout pour dévisser son beau Gaulois et à mettre à ce grand distrait les yeux en face des trous, un soir, alors qu'il était déjà bien tard et qu'elle avait passé toute l'après-midi à tourner, qu'elle était ankylosée d'être restée assise tout ce temps, qu'elle avait mal aux fesses et le derrière pincé par les lattes de la banquette, en descendant de voiture, elle se dit :

– À nous deux mon gaillard, si tu ne comprends pas maintenant, tu ne comprendras jamais.

Elle marcha à sa rencontre, feignit d'achopper on ne sait à quoi, de perdre pied, de trébucher, et alla plaquer ses petits nichons contre le torse du forain en lui tendant des lèvres qu'il n'y avait plus qu'à cueillir. Pour sourd, aveugle, dissipé qu'il fût, le grand Gaulois, un instant interloqué par ce cadeau qui lui tombait de la grand'roue, n'en comprit pas moins que c'était l'heure de passer à l'action, prit la Zoé dans ses bras, la souleva de terre, l'embrassa, la baisa sur la bouche, sur le front, sur les joues, dans le cou et en d'autres endroits, lors que la jeune femme était en pâmoison et goûtait de tout son corps, les allées et venues de la franche moustache qui l'étrillait de partout. L'affaire était en bonne voie, dans le sac pourrait-on dire.

Ils batifolèrent ainsi durant des semaines, prirent l'un de l'autre ce qu'il y avait de meilleur, se culbutèrent en tous lieux, croquèrent la vie à belles dents, firent moult grasses matinées, vécurent à pleine fièvre ces premiers temps de l'amour dont tout être un peu averti de ces choses vous dira que ce sont les plus beaux. La Zoé rayonnait comme un soleil tandis que son amant sollicité à toute heure du jour et de la nuit, commençait déjà à décatir, à accuser le coup, à fatiguer.

Dès après l'Assomption, lorsque la saison fut à son terme et qu'il fallut démonter la grand roue, Zoé devint fort pensive, se mit à cogiter beaucoup, s'inquiéta de ce que, une fois tous les boulons desserrés et rangés, son Vincent n'attelât sa caravane et ne disparût à Trifouilly-les-Oies passer la fin de l'été dans les bras de l'une ou l'autre bohémienne. En fine mouche qu'elle était, elle sut lui parler, lui chanter des chansons de sirènes, l'éberluer par mille artifices que connaissent les femmes, si bien que le grand Gaulois se laissa mener au licou, tout droit dans son appartement où elle l'enferma à double tour et le mignota tout à son aise.

Les jours passèrent. Elle s'arrachait à lui pour aller travailler en lui disant : « sois bien sage, mon petit lapin, je n'en ai pas pour longtemps… », elle revenait en courant, voir si le fauve était toujours en sa cage, fondait à chacun de ses sourires, était morte d'inquiétude à chacun de ses soupirs tant elle en était toquée.

Mais, mais, mais, mais… Si Zoé est bonne aux jeux de l'amour, elle est en revanche aux fourneaux, un véritable gâte-sauce, fait tout de la main gauche et a, au milieu de ses casseroles, l'air d'un chien égaré dans un jeu de quilles. Tous les jours, elle ramenait des *Quat'Saisons* des plats surgelés, des pizzas, des hamburgers, des lasagnes, des hot-dogs, des soupes en poudre, des trucs et des machins à réchauffer, à diluer dans l'eau chaude, bref, son panier logeait le fleuron de la malbouffe. Après quelques semaines passées à subir ce triste ordinaire, le lion en cage devint taciturne, ténébreux, dépressif. Sa belle chevelure se mit à ternir, il attrapa des boutons, des pustules, des croûtes, fut aussi fuyant au lit qu'un glaçon au soleil, fit la moue, fit la tête ou, pire encore, se mit à rêvasser pendant des heures en regardant l'horizon.

Jusqu'au jour où, lorgnant avec dépit des saucisses en conserve qu'elle s'apprêtait à lui servir, quatre saucisses rabat-joie que même un chien affamé eût dédaignées, il fondit en larmes et s'écria en frappant du poing sur la table :

– Y en a marre de cette bouffe de merde !

Prise de panique, elle courut sonner à ma porte, me débagouler toute l'histoire et me demander ce qu'elle devait faire.

Voyant l'affliction de la belle, ses joues incendiées et ses yeux pleins de larmes, je commençai par opiner que si son Gaulois était capable de tenir des outils dans ses pognes, il ne devait certes pas être manchot, que si la becquetance l'indisposait, il n'avait qu'à la préparer lui-même, que s'il faisait l'Hercule sur les champs de foire, ce n'est pas en tenant un poêlon qu'il se ferait mal. À ces mots, les pleurs de Zoé redoublèrent, elle tomba prostrée sur une chaise, s'accouda à ma table en cachant son minois rembruni derrière ses petits poings serrés comme des étaux.

- Il va mettre les bouts, ça me pend au nez comme un sifflet de quatre sous, gémit-elle dans un râle de fièvre et d'amertume.

- Les hommes, c'est pas ça qui manque, lui répondis-je, tu n'as qu'à en changer. Foutue comme tu es, il ne se passera pas un soir sans qu'il y en ait dix qui viennent chanter sous ton balcon.

Mais plus fontaine que jamais, elle objecta avec une certaine sagesse, qu'elle préférait avoir un oiseau dans la main plutôt que dix qui volent.

Prise de pitié pour la pleureuse, j'ouvris deux bouteilles d'Orval afin de la remonter un peu. Assises toutes deux devant notre calice, nous nous mîmes à réfléchir, à nous demander ce qu'il fallait faire pour rendre au guerrier celte tout son allant.

- Une porée macotte avec un beau rôti de chez Michel ! Après ça, tu l'auras tout chaud dans ton lit comme une bouillotte, plus audacieux que Hannibal, prêt à dire oui amen à tout, lui dis-je en frappant la table de mes deux mains. Je ne sais si ce fut l'effet de l'Orval ou celui de mes paroles, mais il y eut soudain une éclaircie sur le visage de la belle, ses nuages lourds se dissipèrent, elle eut comme un léger sourire, prit son visage d'enfant dans ses mains et se recourba vers moi pour me signifier qu'elle était tout ouïe.

– La porée macotte, ma belle, ça te remet un homme en lice en moins de deux, commençai-je avec hardiesse. Tu vas aller acheter un beau chou vert, des pommes de terre, du beurre, de l'échalote, du sel, du poivre et du vinaigre. Alors, je t'explique. Tu prends le chou, tu le découpes, tu le plonges dans l'eau bouillante environ quinze minutes, jusqu'à ce que la côte mollisse. Puis tu l'égouttes et tu le passes au passe-vite à grands trous. Je te prêterai le mien. Ensuite tu émincos l'échalote. Ne va surtout pas me mettre de l'oignon là-dedans, ce qui aurait pour effet de corrompre tout le goût. Faire revenir l'échalote assez fort sans toutefois la laisser roussir. Mélanger le vinaigre à l'échalote, à peu près cinq cuillères à soupe pour un chou de deux kilos. Tu y mets le chou. À côté, tu fais cuire tes patates, quatre belles bintjes pour un chou. Tu écrases grossièrement les pommes de terre, tu mélanges le tout, tu sales, tu poivres et le tour est joué !

Je dis à Zoé d'aller chercher tout ce qu'il fallait pour la porée, et, de mon côté, j'allai acheter moi-même le rôti car Michel, ce roublard, la voyant venir et la sachant bien ignorante, serait capable de lui refiler de la mauvaise carne au prix d'un filet pur. Sitôt dit, sitôt fait, elle partit en gambadant vers les *Quat'Saisons*. Je m'occupai, quant à moi, de ce malandrin de boucher, lui achetai un beau rôti de deux kilos, de quoi rassasier le grand roux.

– Eh bien, mademoiselle Luce, il me semble qu'on est en bel appétit aujourd'hui ; vous en aurez bien pour une semaine à manger tout ça, qu'il s'est mêlé ce fouinard.

Non mais... Je lui ai rétorqué que ce que je mangeais et combien je mangeais, ce n'était pas son affaire.

Ensuite, Zoé ne tarda pas à réapparaître chargée de ses précieuses victuailles, enjouée et folâtre, telle une biquette. Comme cerise sur le gâteau, je lui offris un Patache d'Aux du meilleur crû, lui assurant qu'après ce souper mouillé de ce bon vin, elle embarquerait pour Cythère.

Pour fêter nos bonnes idées et ce qui nous sembla être un heureux dénouement à toutes ces tracasseries, nous bûmes une deuxième Orval. Elle me parla sans tarir de son grand rouquin, le compara à une friandise, un biscuit, un beau fruit, un chocolat dans lequel elle aimait mordre à pleines dents et qui fondait dans la bouche comme une sucrerie. Elle me confia mille détails, des plus grivois aux plus croustillants, et toutes deux avachies sur la table, nous rigolâmes comme des bossues.

Au fond de sa deuxième bière, Zoé fut armée du plus joyeux des courages, prit ses paquets, ses sacs, et s'en fut en chantant : lalala-lalère ! plus légère qu'un colibri.

Mais la suite est moins drôle, et je regrette aujourd'hui de l'avoir laissé boire autant, de sorte qu'elle arriva chez elle complètement pompette et fit tout de travers. À ce que m'a rapporté Lili, elle commença par émincer l'échalote et la laissa fristouiller à vive flamme, dans un poêlon ; la quantité de beurre qu'elle mit était insuffisante et, très vite, l'échalote prit l'apparence de bouts de charbons de bois. Elle déboucha ensuite le Patache d'Aux, y goûta, y regoûta, le trouva bien bon. Après ces bonnes lippées, il lui revint qu'elle avait au fond de son panier, un beau chou de deux kilos et qu'il ne s'y trouvait pas par hasard. Sacrebleu, le chou !

Elle l'attrapa, l'éventra, l'effeuilla comme elle put, le lacéra, le taillada, le déchiqueta, le supplicia, puis, demeura toute déconcertée devant son bel ouvrage. Cuidant ensuite que cuire pour cuire, il n'était pas indispensable de plonger le chou dans l'eau bouillante, elle attrapa les lambeaux du malheureux légume, ne prit même pas soin de les passer sous l'eau, et les envoya rejoindre l'échalote qui criait « au secours » au fond de la casserole. Toute ébaudie de son œuvre d'art, elle se dit que tout était en bonne voie, claqua des mains de contentement, ouvrit la bouteille de vinaigre, en déversa presque tout le contenu dans la cocotte en criant : youppie !

Pour couronner le désastre, en regardant ses quatre patates qu'elle avait naturellement oublié de peler et de faire cuire, elle se dit qu'une boîte de flocons de pommes de terre conviendrait tout aussi bien. Les flocons tombèrent comme neige sur le chou qui cramait dans les flammes de l'enfer. Elle mit de l'eau, touilla, puis posa le couvercle sur le volcan dont les bouillons commençaient à gronder. - Il n'y a plus qu'à attendre, pensa-t-elle avec candeur, j'ai bien mérité un petit coup de rouge…

Elle passa dans le salon, se vautra dans le canapé, ne se souvint plus du rôti, bâilla de légitime fatigue et dormit bientôt comme une souche. Par bonheur, le grand Gaulois qui était parti faucher un terrain du côté de chez

Philo, ne tarda pas à revenir et à éteindre les fourneaux de sa belle. Ce fut, semble-t-il, la goutte d'eau qui fit déborder le vase.

Dimanche matin, lorsque Zoé émergea de ses brumes, cherchant partout son forain, elle ne trouva qu'un petit bout de papier mis en évidence sur la table du salon. Elle y vit un seul mot écrit en lettres capitales : SALUT.

Le Gaulois aurait empoigné ses braies, sa caisse à outils, sa chignole et pris la poudre d'escampette. Cela aurait-il un lien avec la disparition de Fernand ? Allez savoir...

Venant de chez moi, Nanard est passé aux Quat'Saisons vers midi. Il avait un certain retard sur sa tournée du fait d'avoir cherché Fernand partout et aussi, m'a dit Buridan, le cantonnier, d'être tombé dans le ru qui contourne les Mottes. Tombé dans l'ru ! Voilà autre chose ! Ce garçon m'inquiète un peu et glisse, petit à petit, dans une espèce de laisser-aller tout à fait déplorable. L'alcool y est sans doute pour beaucoup, mais moi qui l'ai connu au berceau, j'ai, pour ainsi dire, flairé qu'un petit quelque chose ne tournait pas rond dans sa tête. Je l'observe depuis quelques temps, il file du mauvais coton. Comment peut-il encore tenir sur un vélo ? C'est à se demander. Cette démarche ! Un pas en avant deux pas en arrière, cela fait peine à voir. Cette maigreur ! Il est vrai qu'où passe le brasseur, le boulanger ne passe pas. Je ne vous parle même pas de la négligence qu'il donne à voir sur lui, cette barbichette hirsute et filasse, les trois chicots noirs qui se découvrent lorsqu'il sourit, ses vêtements tachés de partout qu'Anita, cette brave, lessive quand elle peut, quand il consent à les lui donner. J'ai beau m'interroger, passer en revue, mois après mois, les événements du quartier, je ne vois rien qui ait pu soudain le conduire à pareil abandon. Un de ses collègues m'a confié qu'il avait été récemment convoqué à trois reprises dans le bureau du directeur mais qu'il en ignorait le motif. Il ne m'a toutefois pas semblé qu'il y ait eu quelque relâchement dans son service, Nanard est toujours ponctuel et tourne dans le quartier comme la grande aiguille d'une horloge sur son cadran. Personne à l'Escalette ne trouverait à redire à son travail. Je l'ai eu dans ma classe à la fin de ma carrière d'institutrice ; il doit avoir quarante-deux, quarante-trois ans maintenant. Il n'a jamais eu l'air d'un adulte. Avec la sécheresse et la chaleur qu'il fait en ce moment, il distribue le courrier en culotte courte. Ainsi affublé, on dirait un gamin de quinze ans. Sa mère, Marion, l'a élevé toute seule en tirant, toute sa vie, le diable par la queue. Elle s'affligea très tôt de la laideur, de la veulerie de son enfant et n'eut pour lui qu'une tendresse assez maladroite, je ne puis dire autrement. Ce fut un élève moyen et sans saillies, un brave garçon, comme on dit, blessé de n'avoir pas connu son père, d'avoir été élevé par une mère un peu molle qui faisait ce qu'elle pouvait, c'est-à-dire pas grand chose. Originaire du Pays de Caux, Marion s'est installée dans le quartier il y a une quarantaine d'années, elle était enceinte jusqu'aux yeux, seule et sans un radis. Nous l'aidâmes de notre mieux ; le curé surtout, qui veilla sur l'enfant et remplaça à sa manière, un père sans visage.

L'attachement du curé au petit nourrit d'infâmes ragots, échauda les esprits, même l'évêque en fut contrarié. On soupçonna l'ecclésiastique d'avoir fauté et commis le péché de la chair. Il est vrai que Père Edgard est de Haute-Normandie et qu'il aurait connu la mère du postier là-bas, qu'elle se serait même établie à l'Escalette à sa demande. Il est vrai qu'il fut toujours aux petits soins pour elle et son mioche. Il est vrai que le curé est ici et là, un personnage parfois excentrique, peu conventionnel, mais jamais personne ne le convainquit d'avoir été l'amant de cette fille-mère. Marion est morte il y a deux ans, des suites d'un cancer qui traîna en longueur et lui fit souffrir le martyre. On n'a jamais su de qui était l'enfant. Nanard n'eut pas une larme pour elle. J'eus le sentiment que c'était pour lui un événement tout extérieur, qui ne le pénétrait pas.

Lorsque Fernand est venu demeurer à l'Escalette, petit à petit, des liens étranges et inattendus se sont noués entre les deux hommes, d'une manière que je ne m'explique pas très bien. Nanard étant fort esseulé, Fernand ne connaissant personne, il est plausible que les deux compères aient cherché à briser leur solitude ensemble, mais enfin, autant par l'esprit que par le vécu et l'âge, rien ne destinait les deux hommes à se rapprocher l'un de l'autre. Certains laissent entendre que le facteur arrondirait ses fins de mois en picorant, de temps à autre, dans l'escarcelle de son vieil ami qui, n'ayant parfois plus toute sa tête, le couvre de libéralités inconséquentes.

Dès son plus jeune âge, Nanard fut toujours d'une émotivité exacerbée, à ce point que je devais mettre des gants pour lui faire l'une ou l'autre remarque. Un écorché vif. Pour un rien, il se mettait à pleurer de la manière la plus douloureuse, puis entrait dans de longues périodes de mutisme qui pouvaient durer des semaines. J'avoue d'ailleurs que, pour la première et unique fois dans ma carrière d'institutrice, je fus amenée, eu égard à la fragilité de l'enfant et à la précarité dans laquelle Marion se trouvait, à réserver à un élève certains traitements de faveur. Impossible de faire autrement. On comprend mieux dès lors l'état dans lequel il s'est mis lorsque, accompagné de Fernandel, il a trouvé la maison de Fernand déserte, ici et là, d'après le cantonnier, parsemée d'éléments insolites et suspects. Cela aura dû réveiller dans son esprit certains fantômes du passé et rouvrir la vieille blessure de l'enfant abandonné.

À son habitude, Buridan n'était pas trop accablé par la besogne aujourd'hui. Il est passé chez moi dans la matinée. Je lui ai servi son demi tandis qu'il se roulait une cigarette. Je ne sais pas quelle mouche l'a piqué lui aussi mais il avait les lèvres pincées, l'œil dédaigneux et l'air empreint d'une fatuité imbécile. « La Mamounia ! La Mamounia ! » répétait-il sans cesse en riant comme un forcené. Je pensai d'abord que le soleil lui avait un peu trop tapé la tête mais, de fil en aiguille, je parvins à comprendre ce qui le rendait ainsi joyeux et stupide tout à la fois. Sur le chemin du travail, il avait rencontré Krim, le patron du *Grand Tiercé Vincennes*, qui l'avait astiqué comme un cuivre et promis monts et merveilles à condition qu'il misât trente francs sur un canasson répondant au nom de Vernouillet, dans la quatrième à Auteuil. - Demain soir, mon ami, lui avait promis le turfiste, tu logeras à la Mamounia, et des femmes plus belles que le plus beau de tes rêves, te feront manger le couscous dans le creux de leurs mains! Mon ami, ch'te le jure... Éberlué par ces belles promesses, Buridan avait mis promptement la main à la bourse et avait ensuite passé sa matinée aux Mottes à se bercer des belles images d'un Éden à portée de main, à se délecter d'avance des plats exquis qu'il dévorerait dans un fouillis de poufs et de coussins moelleux, à s'imaginer les belles indigènes qui danseraient pour lui la danse du ventre, laissant voir dans les fentes de leurs tenues légères des sentiers tortueux et obscurs qui mènent à un pays de Cocagne. J'ai eu toutes les peines du monde à lui remettre les pieds sur terre, à lui faire comprendre que Krim lui avait vendu la peau d'un ours qui, pour l'heure, était encore en bonne santé. Lorsqu'il eut recouvré ses esprits, il me raconta ce qu'il savait de la disparition de Fernand.

Il s'est trouvé qu'à l'arrivée de Nanard aux Quat'Saisons, notre cantonnier était justement en train d'y acheter quelques canettes de bière et qu'il fut incidemment témoin de la conversation que le facteur eut avec Lili, la patronne. À ce que j'ai pu comprendre, on s'en serait pris à un tableau que Fernand a chez lui et qui serait d'une valeur assez importante. Le tableau ainsi que son propriétaire auraient disparu dimanche ou lundi, Buridan n'a pu me donner de date précise. De son côté, Lili a opiné que ce serait plutôt le dimanche, puisque le bac de bière et les trois bouteilles de vodka qu'elle lui a livrés lundi matin, n'ont pas été rentrés mais mis à l'arrière de la maison par on ne sait qui, devant la porte de la cuisine. Nanard a cependant remarqué qu'il n'y avait que deux bouteilles de vodka à la place de trois. Une bouteille a donc été subtilisée.

Mais que sait-on au juste du passé de ce Fernand ? Pas grand-chose à la vérité, rien que du flou. Réjane, la tenancière du *Derby*, m'a confié qu'il a, dans sa jeunesse, voyagé un peu partout de par le monde, qu'il aurait fait tous les métiers puis enfin se serait établi comme antiquaire à Paris. C'est, du moins, ce que j'ai cru comprendre. Antiquaire, voilà un métier bien obscur, souvent jonché de malfaisances et d'entourloupes. On peut en juger en lisant l'*Éclair du Nord*. Sait-on jamais d'où proviennent les objets que ces aigrefins exposent chez eux ?

On pourra m'objecter ce que l'on veut, on ne m'ôtera jamais de l'esprit qu'entre antiquaire et receleur, la différence est bien ténue. Réfléchissons un instant ; voilà un homme dont la carrière est achevée, qui vit, selon les dires, dans l'aisance et le confort d'un bel appartement parisien, se la coule douce dans les fastes et les agréments de la capitale, et qui, pris d'on ne sait quelle lubie, décide de tout larguer et de venir se perdre en province, dans un quartier banal d'une ville sans nom: c'est tout de même bizarre ! Je suis fort tentée de penser que l'antiquaire, si c'est vraiment d'un antiquaire qu'il s'agit, est venu s'enterrer ici afin de se faire oublier de certains milieux interlopes ou tout simplement de la police. Au demeurant, ce n'est certes pas ce lourdaud de Fernandel qui pourrait l'inquiéter, oh ça, il n'y a pas de danger !

Imaginons que Fernand ait eu chez lui des objets de provenance douteuse, que des complices avec qui il se serait brouillé l'aient retrouvé, puis, aient décidé de récupérer leur bien et de punir leur associé de sa trahison en le kidnappant pour en faire Dieu sait quoi, c'est, d'après moi, le scénario le plus réaliste de cette disparition. D'ailleurs, Nanard en sait peut-être davantage qu'il n'en laisse paraître ; il se peut qu'il ait été mis au courant des brigandages de son vieil ami ainsi que des dangers qui pouvaient en découler. De là, la panique qui en a résulté lorsqu'il a trouvé la maison déserte et le tableau envolé. D'ailleurs, on ne saura probablement jamais le fond de l'histoire et on retrouvera, un jour, bien loin d'ici, le cadavre de Fernand abandonné quelque part, sans pouvoir remonter jusqu'à ses meurtriers.

Il y a aussi cette friche que le Gaulois est allé sarcler samedi, toute une histoire selon Pépé, le pompier. Samedi matin, alors qu'il passait rue du Casino, il aurait vu la camionnette du Gaulois garée devant la maison de Josette. Intrigué, il s'est demandé ce que le Grand pouvait bien manigancer là, une curiosité bien naturelle. Embusqué derrière une haie de troènes, il fut, selon ses dires, témoin d'une vive altercation entre Fernand, Philo et Cécile à propos d'un bout de terrain que le Gaulois était en train de faucher. Mais il n'a pu me dire au juste de quoi il retournait.

Sur le chemin des Mottes, Buridan a croisé Cécile qui partait seule à pied en direction de la ville. À ce que dit le cantonnier, elle était assez démontée et n'arrêtait pas de marteler en marchant : « ça va barder ! Ça va barder ! » Elle lui a dit qu'elle s'en allait au-devant du juge et que Philo tout autant que Fernand auraient bientôt des comptes à rendre. Mystère.

Enfin, je ne vais pas manquer l'« apiour » de ce soir, sûr qu'après deux trois verres, les langues vont se délier, et qu'on y entendra des choses intéressantes.

Je m'aperçois que j'ai oublié de ranger la bouteille de cabernet à la cave, la piquette que Serge offre à l'occasion de son anniversaire. Un picrate qui troue mieux que de l'acide sulfurique. Chaque année, je le donne à boire à un coq au fond d'une casserole, c'est tout ce qu'on peut en faire. Maintenant que j'y pense, Serge qui était un peu éméché, dimanche, avait la langue bien pendue et m'a raconté qu'il avait eu parmi ses clients du matin, un chauffeur des Taxis Bleus. Ce dernier serait venu prendre Nanard et Fernand à l'Escalette, vendredi, en début d'après-midi, à l'heure des *Jeux de l'Amour*. Pas étonnant que je ne les aie pas vus passer, j'étais devant la télé. Qu'allaient-ils donc faire en ville ? Il y a certainement là quelque chose à creuser. Mais cet écervelé de chauffeur les a débarqués pas loin de la mairie et est reparti sans attendre de voir où ils se rendaient. Quel imbécile ! Nous sommes tous restés sur notre faim.

Pour l'instant, une seule chose est sûre. Tout le monde fait un mystère de cette bouteille de vodka qui s'est évaporée en faisant le tour de la maison de Fernand. Moi je sais qui a déplacé le bac et piqué la bouteille. Pas besoin d'être grand clerc pour deviner qui a fait le coup. Moi, je sais ; on ne la fait pas à mademoiselle Luce.

Bien, il est l'heure d'aller promener mon petit enfant, ma petite Nina. Il ne faut pas que je traîne, la toiletteuse passe dans une heure. Cela me laisse juste le temps d'aller voir les nouveaux rideaux de Réjane et de faire un petit coucou à Zoé, de m'enquérir de son état. Toute réflexion faite, je pousserais bien jusqu'au *Grand Tiercé Vincennes*, mettre vingt francs sur le dos de ce Vernouillet. Je ne voudrais tout de même pas être la seule à manquer le coche. Ensuite, j'irai voir la belle Zoé. Au fond, j'ai bien manqué de jugeote en lui conseillant la porée ; c'est un plat d'hiver qui ne convient certes pas à cette période de canicule. Qu'est-ce qui a bien pu me passer par la tête pour être de si mauvais conseil ? Peut-être ont-ils raison, tous, peut-être que je deviens gâteuse. La vieillesse est un naufrage, disait le Général de Gaulle.

# CHAPITRE V

Avant-midi d'un faune

Tiens, voilà la vieille Luce qui promène son sauciflard comme une cane son caneton. Regardez-moi ça cette démarche, ça doit lui faire quelque chose comme quatre-vingt-quinze, quatre-vingt-seize ans à présent, il paraît qu'elle ment sur son âge. Ça fait dix ans qu'elle dit en avoir quatre-vingt-cinq. Increvable la vieille, elle pressera la vie jusqu'à la dernière goutte pour ne laisser à la mort que des pelures sèches.

On peut dire qu'elle nous en a fait voir celle-là. Au Petit Colisée, tout le monde en avait peur, même ses collègues. C'est qu'elle avait le coup de règle prompt et cinglant, tantôt sur les cuisses, tantôt sur les doigts. Elle avait aussi ses manies, ses perversions. Souvent, elle arrivait derrière vous, silencieuse comme une ombre, vous empoignait les cheveux à hauteur des tempes, là où ça fait bien mal, puis les torsadait ainsi que du fil électrique et tirait dessus avec délectation. Vieille vipère, Folcoche ! Nous autres, Michel, Fernandel et moi, avions trouvé la parade : à chaque rentrée scolaire, on se faisait raser la boule à zéro chez Jeannine, la coiffeuse de l'Escalette.

– Reynold, Michel, Fernandel, on est passé à la tondeuse ? En voilà des petites têtes bien propres ! s'exclamait-elle en grinçant des dents. Elle déplaça alors l'endroit de ses sévices. Pour une table de multiplication un peu approximative, quelques pattes de mouche sur un cahier, pour une boulette dont elle avait surpris la provenance, elle s'en prenait à vos joues. Ses deux mains pleines de veines sombres et de tavelures fondaient sur le visage de l'enfant, son pouce et son index pinçaient fermement la chair tendre ; ensuite, elle tournait chacune des joues, l'une dans le sens inverse de l'autre, cette rosse, un peu comme on tord une serpillière. Lorsque, enfin, elle daignait lâcher sa proie, le malheureux supplicié qui venait de subir la pression de ses pinces, demeurait durant de longues minutes, les zygomatiques en feu, les lèvres figées dans une grimace affreuse qui ressemblait à un sourire de douleur. On n'oublie jamais ces choses-là.

Il n'y avait pas que les châtiments corporels, il y avait aussi les blessures psychologiques : c'est à elle que je dois le sordide cadeau d'être partout appelé « Reynold le mal foutu ». C'est à cause de cette harpie que Fernandel s'appelle Fernandel, son vrai prénom est Ignace. – Iiiignaaaceu, Iiiignaaaceu, au tableau ! hennissait-elle à chaque fois que le malheureux était tenu de comparaître sur l'estrade pour l'interrogation orale du mardi, et de détailler la généalogie des rois de France, les rouages de la division décimale ou le subjonctif imparfait de je ne sais quel verbe rare. C'est à cause d'elle encore que j'ai foiré *La Mort d'un Bouvreuil*.

Papa nous avait quittés et maman n'avait pas beaucoup d'argent mais elle faisait de son mieux. Lors du Grand Concours de Déclamation, maman, c'est bien normal, voulait que je sois bien mis. Brigitte, la mère de Fanny, la patronne des *Mille Chaussettes*, lui avait proposé de lui revendre, en seconde main, le costume de son défunt mari, lequel était un homme très petit et très fluet. Au marché de Templeuve, nous achetâmes un nœud papillon et des chaussettes à pois rouges qui allaient bien avec le nœud puisque ce dernier était rouge aussi. Anita, la cuisinière de *l'Assiette pour Tous*, me prêta les chaussures vernies de son père. Pour ultime coquetterie, aux surplus de la Croix Rouge, nous trouvâmes un joli calot de fantassin qui, bien qu'il fût un peu trop large, m'allait comme un gant. Le père d'Anita chaussait du 45, c'était un peu beaucoup. On rembourra les chaussures avec des pages de l'*Eclair du Nord* pour que je ne les perde pas en marchant.

- Pour pas t'emmêler les pinceaux, tu n'as qu'à faire de grandes enjambées, en levant haut le genou. De toute façon, dans la pénombre de la scène, personne ne te verra approcher, m'avait dit Anita. Maman aurait aimé que j'aie le premier prix, et je lui aurais fait ce cadeau, n'eût été la malfaisance de cette méchante institutrice. Nous répétâmes durant des semaines et des semaines. Lorsque le texte fut connu par cœur, nous attaquâmes la gestuelle qui était aussi importante que la diction. Maman m'expliqua tout. Je devais annoncer le titre de manière sentencieuse, un peu tragique mais pas trop ; le mot

« mort » se prononçait avec un o très long venant des profondeurs du thorax, et s'évanouissait peu à peu dans un r légèrement roulé. On laissait une césure de deux à trois secondes entre « la mort » et « d'un bouvreuil ». En prononçant le mot « mort », on fixait le public, en prononçant le mot « bouvreuil », on levait doucement la tête vers le ciel. Dans le même temps, il fallait me tenir bien droit, le bras gauche tendu à l'horizontale tandis que la main droite, partant du ventre, exécutait un geste circulaire vers le haut, jusqu'au sommet de la tête.

Le jour du grand jour, ma mère et Anita passèrent bien une heure à m'ajuster avec du fil et une aiguille. Pour nous récompenser de nos efforts, après le concours, maman avait promis de nous emmener à la foire de l'Esplanade, faire un tour sur la grand roue et manger des croustillons.

– Qu'est-ce que t'es beau, Reynold ! Plus tard je me marierai avec toi, me déclara Anita. Tout était donc au mieux.

Lorsque vint l'heure, nous étions tous alignés en rang d'oignons, l'air grave et inquiet, ainsi que des soldats qui s'apprêtent à monter en première ligne. Fernandel avait choisi un poème d'Apollinaire, les *Carpes*. Non pas qu'il le trouvât beau, mais celui-ci ne comportait qu'une seule strophe de quatre vers. C'est alors que Luce apparut dans les coulisses, passer ses troupes en revue et nous prodiguer ses ultimes recommandations. Moi, j'étais fier et certain de la grande impression que produirait sur elle, mon costume de scène. Je bombais donc le torse et affectais des airs présomptueux d'artiste inspiré tandis qu'elle s'approchait. Mais sa réaction ne fut pas celle que j'attendais.

– Mais nom de Dieu, Reynold ! Qu'est-ce que c'est que cet accoutrement ? Vous croyez-vous au cirque ? Ah, ça va être du joli, lorsque le jury vous verra ainsi sapé comme un as de pique, je ne vous dis pas les quolibets qui vont s'abattre sur vous, ça va être du joli !

J'étais tout confondu et décontenancé. Mes camarades me considérèrent comme une bête curieuse, ils avaient dans les yeux un odieux mélange de compassion et d'amusement qui acheva de me perdre. Puis, tout devint blanc. J'entrai dans une espèce de catalepsie et je n'ai de ce qui suivit qu'un souvenir vague, profondément enfoui dans mes plus obscurs tréfonds. J'entendis, venant d'une contrée lointaine et irréelle, une voix m'appeler et je fus transporté sur la scène comme un fantôme, ne sentant plus mes jambes, ne sentant plus mes bras, ne sentant plus rien du tout.

Lorsque je revins à moi, Michel le Chemineau était en train de me tapoter le visage et Fernandel me lançait de grands yeux inquiets en me tendant un verre d'eau.  – Eh bien, Reynold, qu'est-ce qui t'arrive ? Je pris le verre d'eau, l'avalai plus douloureusement qu'une poignée d'épines, puis, je fondis en larmes. Il y eut malgré tout les croustillons et la grand roue. J'ai donné mon cornet à Anita, incapable que j'étais de pouvoir en ingérer le moindre morceau ; et la grand roue, ce jour-là, m'éleva vers le ciel le plus triste que j'aie jamais connu. J'étais anéanti, perclus de honte. Maman fit semblant de n'être pas affectée de ce désastre, parut considérer l'événement comme une chose anecdotique, sans poids, sans conséquences. Ses paroles étaient douces et cajolantes :

- Allons, allons, ce n'est pas bien grave, ce n'est rien. Moi, je le sais que tu aurais pu avoir le prix, et cela seul compte. Mais le soir, alors qu'elle me croyait endormi dans ma chambre, je la surpris en larmes, renversée sur le sofa du salon. Je n'avais vu ma mère pleurer que deux fois, la première fois c'était lorsqu'on retrouva mon père dans la chambre et que tout en hurlant, elle s'efforçait de me couvrir les yeux de ses deux mains.

On n'oublia jamais. Durant toutes les années qui suivirent, et jusqu'au décès de Maman, ce poème devint comme un rituel entre nous, après le rôti du dimanche, la dinde de Noël, le veau de la Pentecôte ou les crêpes de la Chandeleur, immanquablement, maman me disait :

- Allez, Reynold, maintenant fais-moi le bouvreuil.

Je n'ai jamais pu pardonner à cette vieille baderne, non pas tant, au travers de paroles blessantes, d'avoir contribué à me ridiculiser devant un public et devant mes camarades, mais d'avoir par là même, atteint ma mère et de lui avoir fait verser de chaudes larmes sur un sofa, un beau soir du mois de juin.

C'est pourquoi, à chaque fois que je la rencontre, je la traite sans aucun ménagement, n'ayant ni respect pour son grand âge, ni merci pour ses leçons. Lorsqu'elle tient par la laisse son infâme cabot, je ne manque pas de lui lancer - Bonjour Mademoiselle Luce, on promène son épouvantail ? Ça la rend furibarde, et elle me rétorque : – Reynold ! Espèce de malotru ! J'aurais voulu que vous restiez coincé dans les narines de Girard !

Le chien de Luce est d'une laideur sans nom. Elle l'a adopté l'année dernière, et dans le quartier, ce fut toute une histoire. Pépé, un pompier retraité qui habite à la rue de Lannoy, s'en revenait, un soir, bien étourdi d'avoir dignement fêté la Sainte-Barbe qu'il célèbre généralement trois jours durant, en grand uniforme, dans tous les caboulots de la ville et d'ailleurs, sans dessaouler, sans dézinguer, sans décuiter en compagnie de tout ce qui porte casque et bottes, moustaches de sapeur, épaulettes et galons, bottines de sécurité et bleu sarrau. Lorsqu'il eut bu tout son feu, qu'il s'avisa de ce que ses jambes étaient lasses de le porter en tous lieux, que ses yeux ne voyaient plus que le bout de son nez et que son coude ne lui obéissait plus, il prit le sage parti de s'en retourner à sa maison dont, incidemment, il lui revint la vague idée d'où elle pût se trouver. Par bonheur, cette longue escapade prit fin au *Sportif* qui n'était qu'à quelques encablures de sa demeure qu'il mit une heure à rejoindre tant les vents contraires, le roulis, les écueils, les marécages, les fondrières s'obstinaient à l'en éloigner. Néanmoins, il arriva à bon port. Il y a un Bon Dieu pour les ivrognes, dit-on.

Chemin faisant, Pépé à qui il restait encore un peu de vue et d'ouïe, tomba sur un chien que l'on avait attaché à un poteau, sans doute pour s'en défaire, et qui était en train de s'époumoner à braire et à clabauder de désespoir. Pris d'un sentiment que l'on suppose être de la pitié – allez savoir – ou quelque chose de ce genre, il mit bien un quart d'heure à venir à bout du nœud qui retenait l'animal, essuyant force lèches, pelles roulées, bécots au goût de caniveau et autres marques de gratitude dont il fut bientôt badigeonné des oreilles au menton. Après quoi, ce chien plein de bon sens suivit son libérateur par monts et par vaux, par bâbord et tribord, en avant en arrière jusqu'au bercail où il trouva quelques rogatons à avaler, un bon feu, un beau fauteuil dans lequel il se pelota, logea toutes ses puces et dormit promptement comme un loir.

Mais le lendemain, ce fut une autre musique. Pépé se réveilla naturellement en très mauvaise disposition avec des araignées plein la tête qui, profitant de son lourd sommeil, y avait partout tissé leur toile. De sa chambre, il entendit sa femme pousser les hauts cris, rugir comme une lionne, crier à tue-tête. Lorsqu'il fut mis en demeure de s'expliquer sur la présence de cet animal au logis, il fut bien embarrassé vu qu'il ne s'en souvenait pas, n'avait pas la moindre idée du comment ni du pourquoi il se trouvait là.

Mais ce n'est pas tout. Considérant l'animal, les deux époux furent effarés de sa laideur indescriptible, de ce que tout ce qu'il avait, eh bien, il l'avait faux au point que la femme de Serge – Angélique – dans un râle de stupeur et de consternation tout à la fois, déclara que le Bon Dieu était parfois bien dissipé que pour permettre à pareille créature de voir le jour. Elle enjoignit à son mari de faire disparaître cette chose à la SPA, au diable ou en enfer, peu lui importait, pourvu que ce fût sur le champ.

Ainsi donc Serge et le chien se trouvèrent-ils sur le trottoir à dix heures du matin : l'un se demandait que faire de l'autre, l'autre, qui fort probablement ne s'était jamais aperçu dans un miroir, supposait que tout était au mieux et que c'était l'heure de la promenade.

Se disant avec justesse qu'il y avait plus d'idées dans plusieurs têtes que dans une, il décida d'aller au *Sportif* se remettre la tête en place et trouver peut-être un sot ou un aveugle qui voulût bien adopter l'animal. Il sut vite à quoi s'en tenir lors que, le seuil à peine franchi, il lut sur tous les visages la stupéfaction, l'horreur, l'ébahissement, le dégoût, la crainte, le saisissement, bref tout ce qu'exprime un faciès à la découverte d'une aberration. Il y eut un silence qui parut à Pépé une éternité, immédiatement suivi d'une bordée d'éclats de rire, de railleries, d'insultes, de boulettes. Tout le monde accourut pour voir cette curiosité de près, chacun y allait de ses remarques, de ses commentaires généralement peu relevés, certains même voulurent prendre des photos du chien qui paraissait heureux, presque fier de susciter pareil intérêt.

Pépé, à la fois furieux, agacé, dévoré par l'opprobre et l'idée insupportable qu'on pût l'amalgamer à cette chose à quatre pattes qui le regardait avec affection, but sa bière et sa honte d'un trait, puis disparut sans mot dire, accablé de solitude. Il pensa fort à propos qu'il aurait peut-être plus de chance au *Derby*, pressa le pas en cette direction, courut presque pour que la rue le vît le moins possible en compagnie du cabot.

— Qu'est-ce que c'est que ce machin ? s'exclama Réjane, bouche bée et yeux écarquillés, en les voyant arriver et en ajoutant que des clébards, elle en avait vus dans sa vie, mais un comme celui-là, jamais ; qu'à le montrer dans un entresort, son propriétaire pourrait à coup sûr faire fortune !

Cependant, la vie est bien curieuse, souvent imprévisible en ce que dans bien des affaires qui paraissent mal engagées, au fond de ses culs-de-sac, de ses impasses, elle sort de son chapeau un lapin inattendu qui met tout le monde d'accord et résout toute chose comme par magie.

Car il advint que le chien, à peine entré au *Derby*, courut tout de go dans les jambes débiles de la Luce, les effleura voluptueusement en battant de la queue tandis que la vieille gloussait d'aise et de pâmoison.

— Quel bon p'tit chien, mignarda-t-elle en lui caressant le museau, qu'est-ce que j'aimerais en avoir un comme ça !

Ces paroles vinrent aux oreilles de Pépé comme vient à celles d'un condamné à mort l'annonce d'une grâce inespérée. Ce dernier commença par offrir une bière à Luce, puis, plus volubile et mielleux qu'un vendeur de cravates, se mit à vanter les qualités du chien et en trouva autant qu'un artichaut a de feuilles. Il élucubra sans tarir plein d'histoires déchirantes concernant le passé tumultueux de la bête qui, prétendit-il, était née dans un château en Espagne, avait appartenu à une comtesse de, avait été kidnappée contre rançon par des bandits de grands chemins, que ladite comtesse en avait nourri une dépression incurable, que le chien était malgré tout parvenu à échapper à ses ravisseurs, qu'il avait dès lors mené une vie errante sur toutes les routes d'Europe, qu'il avait eu faim, qu'il avait eu soif, qu'il avait connu la vie de salon tout autant que la vie de fourrière, toute une épopée qui tombée en d'autres oreilles l'aurait fait enfermer chez les fous. Il alla même jusqu'à prêter au chien des ascendances fantasques et tarabiscotées en lui improvisant un arbre généalogique des plus nobles, en faisant observer à la vieille les particularités anatomiques de l'animal, desquelles il inférait avec un aplomb sans limites, des croisements de telle race avec telle autre, avec toutefois la prédominance de certaines caractéristiques ancestrales de telle branche, ayant doué la bête d'aptitudes rares et précieuses. Pendant une demi-heure, la vieille sembla avaler mille vessies pour des lanternes, être plus chaude qu'un fer rougi qu'il n'y a plus qu'à battre, être aux anges, en disposition de dire « oui amen » à tout.

Enfin, pour que toutes ses fariboles fussent encore meilleures à boire, il offrit à Luce deux autres bières et faillit tomber mort quand la vieille, levant son verre à la santé du beau parleur, déclara avec le tranchant d'un couperet :

– Châteaux en Espagne, mon œil ! Tu n'es qu'un fouteur de craques, un fieffé menteur, un sac à sornettes, ton chien je le prends, ça ne t'aura coûté que trois bières…

Il lui tendit la laisse du chien d'une main moite et tremblante, disparut ensuite à pas de loup n'osant croire à sa délivrance.

Durant un mois, on ne vit plus Pépé au *Derby* ni ailleurs. À ce que rapportent les mauvaises langues qui foisonnent chez nous, il quittait son chez-lui aux primes lueurs du jour, s'en allait en ville, on ne sait où, rentrait très tard le soir, ne décrochait plus le téléphone, n'ouvrait plus sa porte à personne de peur que la vieille Luce, malencontreusement touchée par un éclair de lucidité, ne se ravisât et ne lui rapportât le chien.

Il n'en fut rien, bien loin de là.

Car il arriva à Luce ce qui arrive parfois à certaines femmes que la nature a laissées pour compte, tout esseulées, et trouvent, pour pallier leurs cruelles frustrations, un chien, un chat, une perruche, un poisson, un cochon d'Inde par quoi elles compensent tout ce dont un sort malheureux les a malignement privées. Aussi bien, cette femme sans âge qu'on ne connaissait que ratatinée et blafarde, qui proclamait à tout venant qu'elle adorait les enfants mais pas les hommes qui vont avec, se mit-elle à trouver des couleurs, à rayonner, à fleurir, à renaître, à prendre les allures d'une maman qui, au terme d'une grossesse triomphante, eût enfanté le plus beau bébé du monde. C'était un phénomène extraordinaire.

Partout, elle fit quérir des joujoux, des colliers, des biberons, des couvertures, des coussins, des petites laines, un panier, des os en corne, des bonbons, des peluches, des croquettes, des pâtés, des brosses, des peignes, des parfums, toutes choses bien dispendieuses et bien superflues pour que l'animal eût tout son confort, ses gâteries, ses aises. Elle qu'on avait toujours connue pingre et rapiate, elle dont le porte-monnaie était armé d'un ressort industriel, se mit à flamber ses avoirs tout poussiéreux pour l'amour de cette bête dont nul n'aurait voulu.

Bien sûr, tout cela alimenta les cancans du quartier, comme à l'habitude, chacun se mit à rapporter, déformer, amplifier, médire, à s'offusquer de ce qu'il y avait en ce monde plein de malheureux sans un croûton à se mettre sous la dent alors que ce corniaud de chien pétait allégrement dans la soie. Tous les gens de l'Escalette, au passage de la vieille, se précipitaient à leur fenêtre pour voir parader ce coq en pâte, propre comme un sou neuf, trottinant fièrement en compagnie de sa dame.

Cette histoire n'étant pas à une absurdité près, il se trouva que Luce baptisa l'animal du nom saugrenu de « Nina », soit qu'elle était bigleuse ou bégueule, soit que c'était là un caprice, une démence sénile, une espèce de coquetterie, de chichi qu'ont les vieillards parfois et dans lesquels il est vain de vouloir mettre de l'entendement. Toujours est-il que le choix du nom provoqua, comme on peut le présager, l'hilarité générale vu que la bête était un mâle et en portait impudiquement les attributs, de la manière la plus ostensible. Court sur pattes mais démesurément allongé à la manière des bassets, il logeait sous sa queue un scrotum plus imposant qu'une montgolfière à l'envol, une bourse dans laquelle tout l'or de Crésus aurait pu trouver place. Il me faut bien reconnaître que c'est une souffrance de ne pas rire lorsqu'on voit ce sauciflard accourir à l'appel de son nom, brinquebalant son patrimoine obscur qui pendouille indécemment et rase le sol.

Depuis, le temps a passé, les sarcasmes se sont peu à peu estompés. Le chien fait partie des meubles et tout singulier qu'il soit, on le regarde à présent comme une créature ordinaire; seuls quelques badauds se retournent encore à son passage, par quoi l'on peut induire qu'ils ne sont pas du quartier. Luce et son nouveau compagnon vivent une véritable lune de miel que rien ne semble pouvoir flétrir, la vie de la vieille s'en trouve tout embellie; elle ne cesse d'être autour, de le dorloter, de lui parler, d'obéir à tous ses caprices tant elle en est assotée.

La voilà qui s'approche avec son train de limace. Comme tous les jours, elle passera le coin de la rue en faisant semblant de ne pas me voir et se dira à part soi : « Reynold, le mal foutu. Déjà au *Sportif* à cette heure-ci ! Eh bien, c'est du joli ! » Je vous parie même qu'ensuite, elle ira voir les nouveaux rideaux de Réjane, au *Derby*. Toute hypocrite qu'elle est, elle complimentera Réjane et ne tarira pas d'éloges, puis dandinera tout droit aux Quat'Saisons baver ses commentaires pleins de fiel et de venin.

À neuf heures, je n'avais pas le goût d'ouvrir ma boutique, c'est bien normal, avec la chaleur qu'il fait et le cabernet de la veille qui me donnait des aigreurs, je n'ai quasi pas fermé l'œil de la nuit. Ce n'est pas permis un temps pareil, ça fait des semaines que ça dure, et pas le moindre soupçon de vanille dans l'air, à croire que la biscuiterie a cessé sa production. De toute façon, étant donné les événements, il était certain qu'aujourd'hui, je ne verrais pas un chat. J'ai donc accroché mon écriteau à ma porte : « *L'aimable clientèle est priée de s'adresser au Sportif (100 mètres à gauche).*» C'est un écriteau que j'utilise régulièrement lorsque des affaires importantes m'obligent à recevoir mes bons clients, hors de ma boutique, avec un certain faste. Au *Sportif* non plus, il n'y aurait pas un chat, à cause de la grève et de l'enterrement du vieux Boule, m'étais-je dit ; je pourrais donc lire l'*Éclair du Nord* tout à mon aise jusqu'à midi. Arrivé au bistrot, je trouvai Serge derrière son bar et Michel le Chemineau. Serge était dans un sale état d'avoir fêté son anniversaire durant deux jours. Il avait dans les yeux une lumière de caveau et se passait un glaçon sur le front et dans le cou pour apaiser le feu qui le rongeait. En levant l'index, je lui ai signifié de me servir un verre puis, me suis encogné à ma place, près de la fenêtre, sans mot dire.

« *Mardi noir à la ZAC de Froyennes, le PDG, Paul-Laurent Ducrotois séquestré dans son bureau par des ouvriers en colère. Ceux-ci ont décrété une grève au finish.* »

La nouvelle fait la une de l'*Éclair du Nord*. Pour nous, ce n'est pas tout à fait une surprise, il y a belle lurette qu'on sentait venir l'orage: tant va la cruche à l'eau qu'enfin elle se brise.

Il ne doit pas en mener bien large le p'tit Polo, tout seul à crier maman dans son fauteuil de ministre. Bien fait pour lui, il n'a que ce qu'il mérite. Il faut avouer que les ouvriers n'y sont pas allés de main morte, cette fois-ci! Fini le temps des négociations oiseuses autour d'une table, fini le temps des belles promesses: à présent, ils le tiennent par le cou ainsi qu'un poulet que l'on s'apprête à coucher sur le billot. Il va falloir cracher au bassinet, mon p'tit Polo, et lâcher pas mal de lest si tu ne veux pas finir au canal. Dire qu'il a le brave culot de se dire socialiste, ce Juda!

Il y a une dizaine d'années, les affaires de la société n'allaient pas très bien, du moins le prétendait-il. La morosité! La décroissance! Il n'avait que ces mots-là à la bouche. À grands coups de harangues fiévreuses, de flagorneries abjectes et de mots plus inflammables que l'essence, du genre « notre entreprise », « notre avenir », « notre dignité », « nos valeurs », « notre savoir-faire », « nos traditions », il parvint à embobiner tous ses salariés, leur promit un intéressement aux bénéfices, de meilleures conditions de travail, des avantages obscurs, des monts et des merveilles, à condition que ceux-ci acceptassent de « travailler plus pour gagner plus », selon ses propres termes. Ce malin enroba la pilule de tant de miel que tous l'avalèrent.

Je le vois encore sur son estrade, tantôt jouant les papas sauveurs à la manière d'un de Gaulle tantôt affectant des airs mystiques de révolutionnaire prêt à donner un bon coup de pied au vingtième siècle et à inaugurer une ère nouvelle, le révolver au poing. Ce fourbe poussa même le bouchon jusqu'à se faire livrer un bleu sarrau de ma boutique, qu'il enfila et dans lequel il avait l'air d'une tache. Comme Mussolini autrefois, on le vit accompagner les travailleurs à leurs machines, faire semblant de mettre la main à la pâte et, souriant comme un peigne, se faire photographier par une meute de journalistes ébaubis.

*L'Éclair du Nord* lui ménagea un grand arc de triomphe au travers de ses colonnes:

« *Polo, un patron qui part en guerre contre le défaitisme* ».

Sur les photos, on le voyait dans son nouvel habit, ici, tenant les camarades par l'épaule, là ouvrant une caisse à outils d'un air aguerri et consciencieux, là encore enfourchant des palettes au volant d'un chariot élévateur. L'article fit grande impression un peu partout et le maire, Didier de Metz, crut opportun de lui décerner le titre d' « entrepreneur de l'année » et de lui octroyer tout un bouquet de prérogatives parfumées.

Le temps passa, dissipant cette belle poudre de perlimpinpin. Alors, voyant que tout était au mieux dans le meilleur des mondes, il se dépêcha de remiser son bleu sarrau au placard, acheta dix nouveaux costumes et tout autant de paires de chaussures rares, se mit à rouler carrosse et à mener grand train, éternua ses deniers tout chauds dans le beau monde et ne se salit plus jamais les mains aux côtés de ses ouvriers qui, au reste, payaient les violons du bal. Il oublia ses promesses, fit le sourd lorsqu'on les lui rappelait, ce par quoi l'on peut conclure que ventre repu n'a pas d'oreilles.

Vers dix heures trente, Fernandel a fait voler la porte du *Sportif*, tout pantelant et cramoisi de frousse ou de chaleur, on ne savait pas. Il ôta son képi, sortit son mouchoir et s'épongea le front. À ses yeux atterrés, nous comprîmes tous trois qu'il avait des soucis. D'après ce qu'il nous a raconté, notre brave Polo aurait eu le dessein de revendre secrètement les bâtiments de l'usine et aurait mandé à un cabinet d'affaires de trouver un acquéreur. À la suite de quelque indiscrétion, un employé fut mis au parfum des intentions de son patron, et le mot « délocalisation » commença à circuler dans l'usine. En fait, Polo s'apprêterait à déménager tout le matériel de l'entreprise vers un autre pays et à revendre terrains et bâtiments au plus offrant. Voilà en substance ce dont il s'agit. Certains signes et d'autres indices sont venus confirmer la rumeur et hier, dans le courant de la journée, la marmite qui bouillait depuis longtemps a fini par exploser. En fin de journée, aux alentours de dix-neuf heures, les ouvriers se seraient rendus chez Polo en vociférant : « Polo, salaud, tu nous as fait un enfant dans le dos ! » Les camarades en rogne le délogèrent du gîte, s'en saisirent, le chargèrent ensuite dans une camionnette, le conduisirent à sa boîte et le séquestrèrent, en bleu de travail et en chaussettes, dans son bureau où il dut se résoudre à dormir, étendu sur la moquette épaisse. Durant toute la nuit, les camarades s'étaient relayés pour tenir leur otage sous bonne garde. Vers six heures du matin, ils dressèrent des barricades et bloquèrent toutes les voies d'accès à l'entreprise. Fernandel, mal inspiré et animé d'une belle candeur, s'était rendu sur les lieux en grand uniforme et au pas militaire, afin de faire entendre raison à ces garnements de grévistes. Lorsqu'il arriva sur l'épicentre du séisme, il les avait trouvés soulevant la belle Maserati de Polo pour la coucher sur le flanc. Au vu de leur nombre, et, plus encore, du métal en fusion qui couvait dans leurs yeux, il aurait alors rebroussé chemin et filé en direction du *Sportif*, à toute bringue. - Ça ne va pas être de la tarte! Ça ne va pas être de la tarte! a-t-il soufflé en entrant. Lorsqu'il eut recouvré le souffle et une certaine sérénité, il se tourna vers le Chemineau, fronça gravement les sourcils et le toisa d'un œil soupçonneux :

- T'es déjà au bistrot à cette heure-ci ? T'as des sous ? Comment ça se fait que t'as des sous ?

Serge qui avait repris un autre glaçon et se le passait à présent sur la nuque me jeta une œillade complice et entendue.

De sa voix éraillée et bougonne, le Chemineau rétorqua avec défi :

- Ce que j'ai dans mon portefeuille, ce n'est pas tes oignons.

- Attention, mon gaillard, attention ! Il se passe de drôles de choses à l'Escalette, peut-être même qu'un crime a été commis. Fais attention ! Si je trouve que tu es mêlé à l'histoire, c'est le combi !

- Appelle-le ton combi, qu'est-ce que j'en ai à cirer…

- Oh oh ! Un ton plus bas mon ami… Dis-moi plutôt ce que tu as fait dimanche et ce que tu as fait lundi…

- Ce que j'ai fait, ça ne te regarde pas.

- Écoute-moi bien mon gaillard, Fernand a disparu et à mon avis, ça sent pas bon cette histoire; on te voit souvent rôder dans la rue du Casino, il me semble. Lundi, on t'a vu escalader la clôture de madame de Germiny, qu'est-ce que tu faisais dans le jardin de la Josette ? Tu peux me le dire ?

- Du jardinage.

- Du jardinage, Monsieur a la main verte à présent ! Menteur ! Pépé t'a vu traverser le jardin et entrer chez la comtesse par l'arrière de la maison, le jour où Fernand a disparu.

- Et alors ? C'est pas un crime d'aller rendre visite à la comtesse, non ?

- Quand je rends visite aux gens, j'entre par la porte de devant, moi ! Et ton copain, le Gaulois ? Tu ne l'as pas vu ? Il s'est volatilisé depuis dimanche. Tu dois bien savoir où on peut le trouver, ne me dis pas que tu n'es pas au courant qu'il a lui aussi disparu...

- Moi je ne le connais pas le Gaulois, ce qu'il fait et où il va, ce sont ses affaires.

- Menteur ! Tu crois peut-être que je ne suis pas au parfum de vos petits trafics ? Buridan vous a vus, la semaine dernière, poser des filets du côté des Mottes, là où le ru s'enfonce en dessous de la chaussée.

- Si tu écoutes tout ce que Buridan raconte, tu n'as pas fini. Buridan, il est jaloux de la vie que je mène, alors, il invente des histoires. Buridan, il est fragile.

- Braconnier ! Vendredi, j'ai fait le tour de ta roulotte, j'ai trouvé les filets que tu planques en dessous des essieux, je les ai trouvés les filets ! Et les canaris, hein ? Dis-moi ce que tu fais avec des canaris ?

- C'est pas interdit d'avoir des filets, c'est pas interdit d'aimer les oiseaux... Fernandel, faut pas voir le mal partout.
- Y a pas de Fernandel ! Monsieur l'agent qu'on dit ! Je sais ce que tu fais avec tes filets, je le sais, moi !
- Je ne fais rien avec ces filets, je les ai trouvés par hasard dans une décharge, c'est tout.
- Attention Michel ! La loi de 1981 sur la protection des oiseaux ! Un de ces jours, je te prendrai la main dans le sac, mon ami, et ce jour-là, ce sera le combi, Michel, tu entends ? Le combi... Et toi, Reynold ! Fais pas semblant de ne pas écouter, fais pas semblant de ne pas savoir...
- Je ne me mêle pas des affaires des autres, répondis-je froidement sans lever les yeux de mon journal.

À l'Escalette, nul n'ignore les petites combines de Michel, cela fait des années qu'il fait l'oiseleur et revend ses captures à des marchands ou à des particuliers. Il y a deux techniques, la glu ou le filet. Il suffit de posséder un ou plusieurs oiseaux en cage, cela peut être un chardonneret, un pinson, une linotte, un canari. L'oiseau captif joue le rôle d' « appelant » c'est-à-dire que par son chant, il attire les autres. Certains engluent les brindilles et les rameaux voisins, et l'oiseau ainsi piégé par la colle ne peut plus s'envoler. D'autres comme Michel utilisent des filets qui permettent des prises plus importantes. Dans le quartier, on ne dit trop rien vu qu'une maison sur deux a son chardonneret en cage, acquis à bon marché, à environ la moitié du prix en vigueur dans le commerce. Et lorsque Fernandel déambule dans les rues, il entend la mort dans l'âme et de derrière les façades, le concert de ces oiseaux qui semblent le couvrir de sarcasmes.

- Ce matin, vers dix heures, poursuivit Fernandel, Nanard et moi avons trouvé la maison de Fernand vide. Manifestement, on s'en est pris à un tableau qu'il a chez lui, car on a retrouvé le cadre brisé sur sa table et le tableau avait disparu. Dans le cendrier, on a trouvé sa vieille pipe qu'il a toujours avec lui, cela veut dire qu'il a dû partir précipitamment, contre son gré, probablement sous la menace. Dans le même temps, le Gaulois a pris la poudre d'escampette, drôle de coïncidence, vous ne trouvez pas ?

- La porte a-t-elle été forcée ? demanda Serge qui avait empoigné le pommeau de sa pompe et versait une bière à Fernandel.

- Non, il n'y a pas d'effraction...

- Alors, tu as forcé la porte ?

- Heu... non, c'est-à-dire que Nanard a les clés de chez Fernand...

- Ah, il a les clés ? Tiens donc. Il a les clés et il n'y a pas d'effraction, c'est curieux ça.

- Qu'est-ce que tu veux dire ?

- Je ne veux rien dire de spécial, je dis simplement : Nanard a les clés et il n'y a pas d'effraction. Voilà tout.

Fernandel qui s'apprêtait à porter son verre à ses lèvres le reposa sur le bar. Un lourd silence chargé de soupçons envahit le bistrot. Il est vrai que Nanard est le seul à pouvoir s'introduire chez Fernand sans forcer la porte et qu'au cas où il serait arrivé malheur à Fernand, inévitablement, il aurait à répondre à certaines questions.

– C'est étrange, opina Serge, je me demande bien ce que Fernand et Nanard sont allés faire en ville, vendredi après-midi.

– En ville ? demanda Fernandel.

– Oui, en ville. Dimanche, un chauffeur des *Taxis Bleus* est venu prendre l'apéro. Il m'a raconté qu'il avait pris Fernand chez lui, en compagnie de Nanard et les avait conduits dans le centre, non loin de la mairie.

– Eh bien ?

– Environ une heure plus tard, le même chauffeur les a repris. Il m'a dit que le vieux paraissait assez inquiet, qu'il était sombre et comme tracassé par quelque chose. Que le petit facteur n'avait rien dit pendant tout le trajet, que les deux hommes semblaient s'être disputés.

Durant toute la conversation que Serge eut avec Fernandel, j'ai observé Michel. Il gardait obstinément le nez dans sa bière et faisait semblant de se désintéresser de leurs propos bien qu'il fût tout ouïe. Il sait quelque chose, ça ne fait pas un pli. Comme Serge, j'incline à penser que c'est avant tout le postier qu'il faudrait interroger davantage, s'il s'avère qu'un crime a été perpétré. On m'a dit que ce tableau représente Ariane et Dionysos et qu'il aurait une grande valeur. Il y a donc lieu de penser que si l'on a kidnappé Fernand en même temps qu'on lui a volé le tableau, c'est qu'il connaît le ou les voleurs ; et dans ce cas, le pire est à craindre. Une chose toutefois m'interpelle : pourquoi avoir débarrassé le tableau de son cadre, c'est assez étrange. Quant à la pipe, je crois savoir pourquoi on l'a retrouvée dans le cendrier, abandonnée par son propriétaire. Mais je n'ai rien dit, ne voulant pas m'entremettre dans cette histoire qui, après tout, ne me concerne pas. Bah, nous verrons cela ce soir, à l'apiour. Il ne doit pas être loin de midi, d'ici une demi-heure, j'irai faire un tour à l'*Assiette pour Tous*, voir ce qu'Anita a préparé de bon. Sûr qu'elle est au courant de certaines choses.

Alors que Fernandel conversait avec Serge, nous avons tout à coup, venant de la zone industrielle, entendu un grondement sourd de cris, de voix, de sifflets et de tambours qui semblait déferler sur la chaussée de Maire et monter vers le *Sportif*. Les ouvriers plus coléreux que jamais se dirigeaient vers la mairie en scandant toutes sortes d'invectives à l'encontre de leurs élus et de leur patron, ce brave Polo. Fernandel s'est alors tourné vers Serge et lui a demandé avec des yeux pleins de terreur :
– Combien de temps encore pourrons-nous tenir ?
– Deux, trois jours, tout au plus, a répondu Serge gravement, comme un médecin annonce un cas désespéré, une mort imminente. Ahuris, nous nous sommes tous regardés et nous avons compris que si Polo et ses ouvriers n'arrivaient pas à un accord, les pompes du *Sportif* et celles du *Derby* se tariraient bientôt, que les stocks des *Quat'Saisons* seraient épuisés, qu'avant la fin de la semaine, il n'y aurait à l'Escalette comme ailleurs, plus la moindre goutte de Jupiter, la bière que l'on brasse près du canal, par-delà le Pont de la Folie.

# CHAPITRE VI

La Maison-Dieu

Toute la bouteille de cabernet qu'il s'est enfilée avant de partir ! Un vrai Polonais que ce prêtre ! Si c'est pas malheureux ! Enfin, j'ai l'habitude, à chaque enterrement c'est la même musique, le trac sans doute, l'appréhension du sermon ou tout simplement la tristesse. Je ne sais pas. Onze heures, la messe doit être dite, ils sont en train d'enterrer le gros Boule. Ma viande mijote, mes légumes sont prêts, les pommes de terre aussi ; j'ai une bonne heure devant moi.

Alors comme ça, Fernand aurait disparu depuis plusieurs jours, kidnappé, assassiné peut-être, en voilà une histoire, voyons un peu cela. Onze heures, les marmiteux ne devraient pas arriver avant midi trente, ça me laisse plus de temps qu'il n'en faut.

Si je prépare la cuisine à l'*Assiette pour Tous*, c'est plus par dévouement que par besoin ; il faut bien aider notre curé, on ne peut quand même pas lui demander de peler les patates, de composer les sauces ou d'éplucher les oignons, ce n'est pas l'affaire d'un homme. Non, mon vrai métier, c'est cartomancienne, et non « diseuse de bonne aventure » comme on le murmure parfois dans mon dos.

J'ai une belle clientèle, autant parmi les hardes que parmi le beau linge. Même le maire, Didier de Metz, vient me consulter avant chaque élection. Il y a des gens d'Amiens, de Condé, de Lille, de Cambrai qui se déplacent pour se faire tirer les cartes chez moi. De toutes les régions et de tous les genres. Autrefois, j'avais mis une annonce dans l'*Éclair du Nord* : « Madame Anita, de l'ombre à la lumière, aide psychologique et morale, prières, voyance sérieuse et précise dans tous les domaines. » Maintenant, cela m'est bien inutile, le bouche-à-oreille a fait son œuvre, plus besoin de publicité. Père Edgard n'aime pas trop que je lise l'avenir, de l'obscurantisme qu'il dit que c'est. Il a beau dire ce qu'il veut, je m'en fiche. D'ailleurs, ce n'est pas avec les quelques picaillons qu'il me donne que je pourrais faire bouillir la marmite. Pour l'annonce, j'avais au préalable demandé conseil à Jacqueline, la femme du boucher. Elle voulait que j'écrive « Avec Anita, pas de blabla, des résultats ! », c'était un peu abrupt bien que tout à fait exact. Mais enfin, je ne suis pas une poudre à lessiver ni une brosse à reluire, le slogan ne convenait pas. Je tiens ce savoir de tante Élise qui lisait dans la flamme d'une bougie. C'est elle qui m'a initiée aux Tarots, aux prières et à la magie blanche. « Tu as le don » m'avait-elle dit un soir, alors que je n'avais même pas quatorze ans. Elle assurait avoir reçu un message de Sainte-Geneviève qui lui était apparue dans un lumignon et l'avait pressée de m'initier aux arts divinatoires. Ils ont beau se moquer de moi dans le quartier, n'empêche que la plupart m'ont un jour sollicitée : Lili, Zoé, Béa, Philo, Cécile, la vieille

Luce, Serge, Pépé le pompier, Krim le turfiste, Babette la boulangère, la de Germiny, Réjane, l'huissier Bertusse, Buridan, le boucher, le maire et j'en passe. Le plus assidu, c'est Fernandel, l'agent de police. Tous les lundis soir, il arrive chez moi, excité comme une puce : « S'il te plaît, Anita, regarde pour demain, crois-tu que ça ira ? » me demande-t-il, le teint blême. Je dois avouer que son tirage d'hier n'était pas fameux, toutes les lames lui étaient contraires. Une journée calamiteuse, voilà ce que présageait le jeu. J'ai naturellement enrobé ma prédiction de sucre et de miel, sans quoi il n'aurait pas passé la nuit et serait mort de trouille dans son lit. – Beaucoup de travail en perspective, une journée bien remplie, ai-je conclu en ramassant mes cartes. Il a cligné des yeux en se grattant la nuque ; ma réponse ne l'avançait pas beaucoup, j'en conviens, mais un pieux mensonge vaut mieux qu'une franchise assassine. Si vous voyiez leur tête à tous, lorsque d'une main hésitante et peureuse, ils se mettent à piocher dans mon paquet de cartes !

Le plus fanatique, le plus enragé est sans conteste le maire. Avant les dernières élections, il m'avait convoquée un soir à la mairie en me priant de me munir de tout mon matériel. Il n'avait pas voulu se rendre chez moi de peur d'être vu, par crainte des ragots. Ainsi prétexta-t-il à sa secrétaire que je cherchais un logement social et qu'il voulait examiner personnellement mon dossier. Je pense qu'elle ne fut pas dupe de son histoire car en quittant le bureau, alors que le maire lui disait « à demain Marie-

Louise », elle eut un rictus qui le picora comme une aiguille et répondit :

- À demain peut-être, Monsieur le Maire, l'avenir vous le dira ! Il comprit l'allusion et entama la séance d'une humeur maussade et contrariée.

J'exhumai de mon sac, le tarot, l'encens et les bougies.

- Est-ce vraiment nécessaire tout ça, l'encens, les bougies, la fumée ?

Je lui répliquai que j'avais mes façons de faire et que si elles ne lui convenaient pas, il n'avait qu'à s'adresser à un de ces charlatans qui pullulent sur la place et sont la honte de notre profession.

- Bon, d'accord, faites comme il vous plaira, puisque c'est nécessaire, se résigna-t-il, à contrecœur.

Il faisait nuit noire, tous les employés avaient quitté la mairie et, dans le grand bureau, la clarté blafarde d'une lampe en pâte de verre et celle des bougies formaient autour de nous, un halo irisé. Je ne voyais que sa tête coupée par l'obscurité tranchante. Je me mis à brasser les lames. De ses yeux d'onyx où dansait un feu avide, il dardait mes cartes d'un air fasciné, comme si le Diable en personne allait en sortir et lui sauter à la figure. L'odeur de l'encens se mélangeait à celle d'un cigarillo qu'il avait coincé entre ses molaires et mâchait frénétiquement ainsi qu'un bâton de réglisse. L'ombre de son nez était plaquée sur sa lèvre supérieure et lui faisait une mouchette sinistre, on eût dit Adolphe Hitler. Il était terrifiant tant il était terrifié, si je puis dire. Au fur et à mesure que je retournais une à une les cartes pigées, son cou s'engonçait davantage dans ses épaules et son visage suait tel un rondin de bois jeune dans l'âtre. La deuxième carte qui apparut était l'Arcane Sans Nom.

- Qu'est-ce que c'est que ça ? hurla-t-il en toussant bruyamment et en expectorant toute son anxiété qui sortait par nuages noirs et fuligineux de sa bouche.

- Du calme, Monsieur le Maire, l'Arcane Sans Nom n'est pas forcément un mauvais présage, il faut voir ce qui l'entoure. Lorsque toutes les lames furent retournées, il n'était plus qu'une oreille.

- ON me montre un homme – vous – qui aime à séduire, commençai-je. Un homme volage fortement attiré par les femmes, un conquérant qui s'adonne volontiers à la sensualité, aux plaisirs de la chair, un homme infidèle, un coureur de jupons...

- Ce n'est pas pour m'entendre dire ça que je vous consulte, grogna-t-il sourdement, les élections, Anita, les élections !

- Je ne lis que ce que je vois, Monsieur le Maire...

- Oui, eh bien, passez quelques lignes et lisez plus loin, sacrebleu !

Son cigarillo s'était éteint, il fouilla nerveusement dans les poches de son costume et ne trouva pas son briquet. Il le ralluma à la flamme d'une de mes bougies et fut pris à nouveau d'une terrible quinte de toux et d'éternuements. Ce devait être à cause de la lavande qui les parfumait.

- ON me dit que l'issue est incertaine, poursuivis-je, qu'il faudra batailler ferme. La défaite n'est pas exclue, la victoire est cependant possible.

- Qu'est-ce que c'est que cet oracle de Normand ? grommela-t-il en fronçant les sourcils qu'il a comme des balais.

- On sent un certain désamour à votre égard, Monsieur le Maire, une sorte de lassitude due à des promesses non tenues, des travaux non effectués, un marasme économique dans lequel vous semblez vous complaire. En un mot, un manque de résultats probants.

J'ai cru qu'il allait m'avaler. Mais il se contint.

- Continuez, Anita, continuez...

- Je crains que le suffrage ne vous soit pas tout à fait favorable et qu'une alliance soit nécessaire...

- Les verts ? rugit-il, c'est hors de question ! Je ne veux pas m'embarquer avec ces planteurs de sapins, ces marchands de compost, avec ces gens de chicane toujours à faire d'une cerise deux morceaux...

- D'après le jeu, Monsieur le Maire, il semble que vous n'ayez pas le choix et que votre fauteuil en dépende. Il vous faudra lâcher certaines choses. Comme dit le proverbe, mieux vaut perdre la laine que le mouton.

Ces dernières paroles l'avaient ulcéré. La séance se termina de façon glaciale car mes prédictions n'étaient pas celles qu'il voulait entendre. Il commença à ironiser, à accueillir mes propos avec un sourire en coin, à ne cesser de grasseyer d'un air incrédule :

- C'est ça oui, c'est ça...

Enfin, il moucha mes chandelles et me déclara comme un empereur congédiant un esclave, que je pouvais disposer. Espèce de fienteux ! Pour qui me prenait-il ? Pour sa bonne, un sous-verge ? Lorsque j'eus remballé toutes mes affaires, je lui dis froidement que je ne m'étais pas déplacée à titre gracieux et que ça faisait deux cents francs.

- Deux cents francs ! s'exclama-t-il en écarquillant ses balais. Eh ben, vous ne perdez pas le nord, vous !

- C'est le tarif Monsieur le Maire.

Il se mit à faire toutes ses poches, le front ridé de douleur, on eût dit qu'elles contenaient des oursins. Finalement, il trouva son portefeuille, en sortit deux beaux billets de banque tout neufs et me les tendit avec un sourire plus amer que du chicotin.

- Heu…Anita, tout cela n'est qu'un petit divertissement bien naïf, bien anodin. Comment dire ? Une parenthèse. Inutile d'ébruiter la chose ; vous comprenez, les gens sont parfois mal intentionnés et…

- Vous faites pas de mouron, Monsieur le Maire, rien ne sortira d'ici, ma discrétion est comprise dans le prix.

Le jour des élections, en fin d'après-midi, je m'étais rendue au siège du Parti, je ne pouvais pas m'ôter le plaisir de le voir trembler dans ses braies. Tous les militants, tous les lèche-bottes, les carpettes, les descentes de lit, tous les courtisans étaient là : la fête pouvait commencer. Comme à l'habitude, il régnait une atmosphère de liesse dans le local, on fêtait déjà la victoire avant même que les urnes n'eussent rendu leur verdict. Didier de Metz était nimbé de gloire et avait l'air d'une ampoule de mille watts qui éblouissait tout le monde. Son discours était déjà prêt, il commencerait par ces mots

« mes amis, c'est avant tout le triomphe du bon sens que nous célébrons aujourd'hui, etc. » Mais un peu avant dix-huit heures, le ciel se voila soudain. À chaque table, on entendait le murmure de conciliabules inquiets : - Les bleus cartonnent... Les bleus cartonnent...

Le maire n'arrêtait pas de me lancer des œillades piquantes tandis qu'assise à ma table je savourais une Jupiter, la bière que l'on brasse près du canal, par-delà le Pont de la Folie. Un moment, je le regardai droit dans les yeux. Ceux-ci ressemblaient à un grand ciel azuré où timidement un nimbus vient de faire son apparition. Sûr qu'il pensait à mes prédictions, et à mon air plein d'ironie, il répondit par un sourire modelé au pilon.

L'ambiance devint électrique comme à la bourse, quand toutes les valeurs s'affolent et se mettent à piquer du nez. Les téléphones n'arrêtaient pas de sonner, les visages étaient graves, les nouvelles incertaines. On faisait des calculs, on supputait, on élaborait des plans. Lorsque le couperet tomba, je vis le maire enfiler son pardessus à la hâte et filer chez les écolos plus vite qu'un chat courant sur des braises. Bien fait, que ça lui serve de leçon.

À la vérité, une consultation n'est jamais un moment ordinaire. Car pas plus qu'un homme bien portant ne consulte de médecin, un homme heureux n'a besoin de voyant. Le bonheur ne se pose pas de question, est, comme il se dit, sans histoire, se moque bien de vouloir connaître l'avenir puisque le présent lui suffit. Et dès lors qu'il se met à s'inquiéter de son devenir, eh bien, le bonheur n'est déjà plus le bonheur. Aussi, nous autres voyantes, recevons-nous dans notre cabinet, non seulement les âmes souffrantes frappées des peines les plus ordinaires mais encore, mais surtout, les gens possédés des rêves les plus fous, des ambitions les plus démesurées ou des appétits les plus obscurs.

Il y aurait là matière à écrire un livre aussi épais qu'une bible. Si vous saviez tout ce que l'on entend, tout ce qu'on nous demande ! C'est à ne pas croire. L'autre jour, un grabataire des Mottes est venu me voir en fauteuil roulant. Il était plus vieux que Mathusalem, cassé de partout, sentait le sapin et n'avait plus dans les yeux qu'un soleil déjà couché. Cet ossuaire m'a demandé avec un aplomb qui m'a défrisée, s'il lui adviendrait encore d'avoir des enfants dans sa vie. Dans sa vie ! J'en suis restée pantoise. À la façon dont je l'ai toisé, le vieux pervers a dû saisir l'énormité de sa question car il a ajouté doucereusement - je demande ça à tout hasard, vous comprenez... Je n'ai même pas pris la peine de battre les cartes et j'ai répondu à ce bout de bois mort que s'il se dépêchait d'épouser une femme enceinte de huit mois, cela pouvait encore advenir. Puis, je l'ai renvoyé à son lit en le priant de ne plus venir, de s'adresser désormais à un médecin qui, à coup sûr, lui prédirait mieux l'avenir que le plus doué des voyants.

La seule exception que j'aie jamais rencontrée dans toute ma carrière, c'est Buridan le cantonnier. Je le vois encore, du haut de ses deux mètres, s'écraser le front contre le linteau de mon entrée. Ça démarrait fort ! Je l'ai prié de s'assoir et lui ai demandé quelle question il voulait me poser.

– J'sais po, qu'il m'a soufflé en frottant sa bosse et en me dévisageant de ses grands yeux de hibou qui étaient allumés comme deux réverbères.

– Enfin, Buridan, si tu me demandes de te tirer les cartes, c'est qu'il y a quelque chose qui te titille, non ?

– Non...

– Veux-tu savoir quelque chose à propos de ta famille, de ton boulot, d'une femme ?

– Non.

– Tu veux connaître l'avenir ?

– Ça ne m'intéresse po...

– Dans ce cas, soupirai-je un peu embarrassée, tu peux me dire pourquoi tu viens me voir ?

– Ben, tout le monde vient et je me suis dit, Buridan faut que t'ailles voir, toi aussi, ce qui se passe là-bas. Ils sont tous à faire des cachotteries, à parler tout bas de ce que tu leur racontes avec tes cartes, alors ça m'a turlupiné, tu comprends Anita ?

– Je comprends. Si tu veux savoir comment ça marche, pose-moi une question sur ce que tu voudrais connaître de l'avenir, n'importe quoi.

Il demeura tout raide, tout interdit, presque gêné. J'avais l'impression d'avoir devant moi un bachelier qui passe à l'oral et n'a de sa matière qu'une sourde et confuse connaissance. Il se cala dans sa chaise, posa le coude sur le genou et le menton dans sa grosse patte, se mit à réfléchir, plissa le front, plissa les yeux en signe de concentration extrême, ôta sa casquette, se gratta la tête, me regarda avec détresse, prit un air navré et susurra doucement : j'vois po.

– Allons, Buridan, fait un effort !

– Ben, heu…est-ce qu'on aura de beaux rosiers cette année ?

J'ai rangé mon tarot, suis descendue à la cave nous chercher une bière. Quand je réapparus, son visage se détendit et s'éclaira de soulagement. Que voulez-vous, il est un peu fragile, Buridan, il a quelques bûches échappées du fagot, on ne peut pas lui en vouloir.

Bon, passons aux choses sérieuses et voyons un peu ce qu'il en est de ce Fernand qui fait courir tout le monde. Commençons par l'homme, lui-même.

Je bats les cartes, je coupe, je tire.

Oh oh ! bizarre ça ! La Roue de Fortune renversée et l'Hermite, comme c'est curieux. Deux cartes en contradiction. Qu'est-ce que ça veut dire ? ON me décrit un homme âgé – aucun doute, c'est Fernand – ayant de la sagesse, un homme éclairé, solitaire, libre de toutes les vanités de ce monde, mais dans le même temps atteint d'un coup de folie, livré à une certaine insouciance, dilapidant peut-être son argent à des jeux de hasard, à la débauche, menant une vie dissolue. Cela peut être aussi un homme de raison, de sagesse confronté à des événements imprévus, à des risques sérieux, certains périls, un revirement funeste de situation, de mauvaises nouvelles. Ça me fait penser à ce que m'a raconté la de Germiny, vendredi dernier. Nous ne nous aimons pas plus que ça mais c'est une bonne cliente et paie toujours en grande dame. Elle était venue me consulter à propos du Chemineau. Elle se demandait si elle n'allait pas foutre le camp avec lui, dans sa roulotte, partir à l'aventure sur toutes les routes, lui, jouant du luth, elle, en robe à panier. Je ne sais pas ce qu'il lui fait le Chemineau mais il l'a rendue complètement timbrée.

Elle m'a confié que Fernand avait reçu, jeudi, une lettre assez étrange et qu'elle avait été frappée par la grâce et la minutie avec laquelle l'adresse de Fernand avait été écrite. Une lettre de femme, à n'en pas douter. Une lettre de femme qui soit annonce une mauvaise nouvelle, soit une passion plutôt funeste qui renaît de ses cendres. Nous verrons bien, carte suivante.

Le diable renversé ! La luxure, la lubricité, la perversion ! Le vieux serait-il allé au bordel ? Qu'est-ce que c'est que ça ? Fernand a peut-être décidé de flamber tout son argent avant de mourir, quelle catastrophe ! On le dit sans héritier, ce serait quand même bisquant qu'aucun de nous ne puisse mordre à la grappe ! Mince alors ! Je croyais pourtant qu'il nourrissait à mon égard, certaines bonnes dispositions ; ah là là, les hommes... Mais non, Fernand ne ferait pas ça, je crois que quelque chose m'échappe.

Voyons plutôt la situation. Je rebats, je coupe, je tire. Le Pape et la Justice et à nouveau la Roue de Fortune. ON me dit qu'on consulte un homme de loi, un notaire, un avocat ou un juge. La lune et la Maison-Dieu renversées. On consulte un homme de loi au sujet d'un bien immobilier que l'on va perdre ou dont on se détache. Le Bateleur et le Chariot, un départ, on quitte un lieu, on s'en va. Mon Dieu ! L'arcane sans Nom, la Maison-Dieu, le Diable. Il est question d'argent, de beaucoup d'argent. Il y a de la tristesse et de l'adversité. On quitte un lieu, tout s'écroule, tout change soudainement, tout ce qu'on avait construit s'effondre. Eh bien, ce n'est pas très bon tout ça.

Qu'est-ce qu'il t'arrive donc, mon pauvre Fernand ? Cela semble étayer tout ce que Pépé le pompier m'a raconté hier. Il paraît qu'il y aurait eu du rififi samedi matin à la rue du Casino. Une étrange histoire à laquelle, connaissant Pépé, je n'ai d'abord pas trop prêté attention mais que les cartes semblent malgré tout corroborer. À l'Escalette tout le monde se méfie de Pépé et de sa langue. Retraité depuis cinq ans, il ne s'est jamais très bien remis d'être passé de la vie active au désœuvrement le plus total. Durant les premiers mois, ne sachant où diriger ses pas dans ce désert inconnu qu'est l'oisiveté, sa femme l'assista précieusement à remplir ses journées et fut pour lui, une boussole implacable qui lui indiquait le nord à toute heure de la journée. « Tant que tu es là, fais ceci, il n'y en a que pour deux minutes; ben tiens, puisque tu n'as rien à faire, fais cela, ça t'occupera... », disait-elle à tout bout de champ.

Pépé qui avait toujours entendu dire que la retraite est un temps d'heureuses vacances qui succède à une vie laborieuse et si souvent ingrate, déchanta très vite et prit conscience que, finalement, son sergent-chef à la caserne était un brave type et que, de loin, il préférait ses ordres à ceux de son sergent-chef de femme. Dès lors, il déploya des trésors d'imagination afin de s'affranchir de sa nouvelle condition d'esclave domestique sans trop heurter cependant une épouse qui le dépasse d'une vingtaine de centimètres et qui doit peser cinquante kilos de plus que lui. Au début, les choses n'allèrent pas sans mal: « - J'ai des papiers à déposer à l'administration. - Quels papiers ? - Je vais jusqu'aux *Quat' Saisons* voir si... - Encore! - Un tel m'a demandé de passer chez lui pour... - Tatatata, s'il a besoin de toi, il n'a qu'à se déplacer lui-même. »

Mais à force d'affiner ses ruses et ses calculs, il arriva à persuader sa nouvelle hiérarchie d'obligations incontournables et quotidiennes, parfois réelles, souvent fumeuses, qui l'éloignaient du logis du lever jusqu'à pas d'heure. À le voir affairé ainsi à l'extérieur, ses enfants s'en émurent et lui offrirent un GSM pour son anniversaire. Ainsi, se disaient-ils fort à propos, pourrait-on le joindre à toute heure et où qu'il fût. Lorsqu'il sortit le bel objet de son emballage, il devint blême et angoissé comme un chien vagabond au cou duquel on passe un collier étrangleur pourvu de dents minutieusement acérées. Il fut bien obligé de feindre la gratitude, dit mille fois merci en affichant un sourire béat entaillé de tics nerveux. Inutile de s'étendre ici sur toutes les péripéties qui survinrent au malheureux appareil qui, pour des raisons demeurées mystérieuses ne fonctionna jamais ou, du moins, n'assura jamais les services qu'on en attendait.

En épilogue, il parvint à convaincre tout son entourage qu'il avait été, un beau soir, lâchement détroussé par quelques voyous dans une ruelle sombre et étroite, on ne sut jamais où exactement, lesquels voyous, dédaignant son portefeuille, lui avaient volé son téléphone.

Occupé tous les jours à ne rien faire, notre pompier s'est donc mis à suivre, à travers toute la ville, un itinéraire obscur au long duquel chaque halte est un bistrot. À chaque fois qu'on le voit arriver, c'est la même chanson: « Je ne reste pas trop longtemps car j'ai plein de trucs à faire. » On peut estimer à trente le nombre de ses chapelles, soit à peu près tout ce que la ville compte en débits de boissons.

Sa vie devenue une immense friche, fut dès lors envahie par ces mauvaises herbes plus robustes que les ronces ou le chiendent, et que l'on appelle les ragots, les potins, les commérages, flore à la verve exubérante que l'oisiveté laisse s'épanouir à profusion. Dans le quartier, il acquit très vite la fâcheuse réputation d'avoir partout des oreilles et des yeux, de savoir tout avant tout le monde et, bien sûr, mieux que tout le monde et d'être doué de cette faculté précieuse et rare d'entendre ce que nul n'a jamais dit. Cette omniscience lui vaut d'ailleurs, de la part de ses voisins, un prudent respect empreint d'une exécration profonde.

Bref, samedi matin, en faisant sa ronde de chien de rue, il a remarqué que la camionnette du Gaulois était stationnée devant la maison de Philo. Se demandant ce que ce dernier fricotait là, il s'est embusqué derrière un buisson pour tâcher d'en savoir davantage. D'ailleurs, d'après Pépé, il devait se passer des choses assez bizarres car la de Germiny était aussi en train de les espionner, accrochée à ses rideaux de dentelle comme une tique au museau d'un chien.

Une chose est sûre en tous les cas, Fernand a reçu des nouvelles d'une femme, apparemment une étrangère, une femme qui a quitté son pays. Qu'y a-t-il donc dans cette lettre ? La Maison-Dieu et l'Empereur. On parle d'une dette, d'une dette plutôt morale. Et à nouveau le Chariot ! Déménagement brusque, lié à un litige immobilier ; la Justice et l'Hermite, un homme seul confronté à des tracasseries administratives, à un procès. La Roue de la Fortune, tout est remis en question, tout est chamboulé, un événement malheureux se produit. Eh bien, voilà un beau fourbi !

D'après ce que j'ai compris aux dires de Pépé, le Gaulois, Cécile et philo ont entrepris de fouiller une bande de terrain qui jouxte la maison de Fernand et qui est sa propriété. Munis de faux et de gouets, ils fouillaient cette frange de terre comme si on y avait caché quelque chose ou – allez savoir – quelqu'un... Ensuite, Fernand a paru sur le pas de la porte et une violente dispute a éclaté. Pourquoi le vieux n'a-t-il pas appelé la police ? Il y avait tout de même violation de propriété privée ! Je l'ai fait observer à Pépé. Pour toute réponse, ce dernier a levé les yeux au ciel en rétorquant d'une voix étrange :

– S'il ne l'a pas fait, c'est qu'il ne voulait pas le faire.

- Dis donc, Pépé, il t'a fallu gamberger beaucoup pour en trouver une pareille !
- Hum, attention, attention, je sais des choses, Moi...
- Tu sais des choses. Tu ne sais rien du tout, oui. Comme d'habitude, tu fais le mystérieux pour esbroufer ton monde, voilà la vérité !
- Si Fernand n'a pas appelé la police, c'est qu'il ne voulait pas qu'elle mette le nez dans ses affaires et en particulier dans ce que cache ce lopin de terre.
- Quoi ? De l'argent, des objets volés, un cadavre ?
- Quelque chose de ce genre, fit-il d'un air imbu et suffisant.
- Tu travailles du chapeau, mon pauvre Pépé, tu ferais mieux d'aller voir ta femme ; à mon avis, elle te cherche.
- Tu verras. Tu verras. Retiens bien ce que je te dis. Je ne peux rien ajouter de plus pour l'instant mais...

Bien sûr que Pépé est un affabulateur qui s'éberlue de mirages et de fantômes, il n'en demeure pas moins que les travaux sur le terrain de Fernand sont un fait. Lili me l'a confirmé hier, aux *Quat'Saisons*. C'est donc qu'on y cherche Dieu sait quoi ou que des aménagements sont sur le point d'y être réalisés.

Autre chose me trotte dans la tête depuis quelques jours. Vendredi matin, alors que j'étais aux fourneaux, Père Edgard parut dans la cuisine.

- Anita, m'a-t-il dit, il ne sera pas nécessaire de préparer la cuisine ce dimanche. Nous ne dînerons pas chez Fernand.
- Monsieur Sassoye est-il souffrant, mon Père ?

- Pas le moins du monde, Anita, il se trouve qu'il a simplement décliné le dîner, voilà tout. Un probable contretemps, cela arrive.

Cette réponse n'était pas vraiment franche. Elle cachait je ne sais quoi d'inavouable. Le curé est au parfum de l'histoire, c'est à n'en pas douter. Peut-être que le vieux avait du linge sale à laver et qu'il s'est confessé avant de prendre la clé des champs. C'est souvent au bord de la tombe que les mécréants sont subitement touchés par la foi et que les impénitents les plus indécrottables prennent un air dévot et demandent l'absolution. Tous les curés vous le diront. Confession ou pas, il est certain que Père Edgard sait de quoi il retourne. Hélas, ce prêtre est plus muet qu'une stèle, même avec deux litres de vin dans la panse, il ne lâchera rien, vous pouvez m'en croire.

Poursuivons, l'Étoile, le Roue de la Fortune à l'endroit, l'As de Denier. Ainsi placées, cela signifie des rentrées d'argent inattendues, un gain important au jeu, le hasard apporte de la richesse. Comme c'est étrange. Un dernier tirage, le Jugement et la Lune, ça y est, j'y suis !

Fernand est un homme à femmes, ce n'est pas un secret. D'ailleurs, le p'tit Nanard, le postier, celui que quand il arrive, ben, on dirait qu'il part, le p'tit Nanard quasi tous les jours, s'entend conter devant une bistouille le récit détaillé de ses frasques amoureuses et de ses conquêtes. Comme il a beaucoup trimardé, il a dû en avoir aux quatre coins du monde, des femmes et sans doute ici et là, quelques rejetons, de toutes les couleurs et de tous les crins. Le Diable renversé et la Roue de la Fortune, les cartes ne mentent jamais ! Dès la première minute où je l'ai vu, j'ai deviné quel genre d'homme il était : un satyre ! Il n'y a qu'à voir ses mirettes d'aspic qui s'allument au passage d'une femme et qui semblent capables de transpercer un chemisier ou une jupe ; rien qu'avec les yeux, il dégraferait un soutien-gorge, ce vieux débauché ! S'il croit que je ne le vois pas toiser mes hanches avec un sourire d'enfant tandis que je sers à table la poule au pot ou le sauté à la provençale.

– Hé hé, voilà de bien belles choses ricane-t-il en faisant un clin d'œil au curé. Mais, en homme avisé, il ne s'est jamais aventuré à mettre la main, Dieu l'en préserve !

D'après ce qu'ON me dit, Fernand est, depuis quelque temps en relation avec une femme, une étrangère à qui il écrit des lettres. Il ne s'agit pas d'une personne du passé, oh non, c'est une nouvelle rencontre, leurs échanges se font par courrier. Par courrier ... Par courrier ? Le vieux l'aurait-il dégottée dans les annonces matrimoniales de *l'Éclair du Nord* ? Fichtre Dieu, mais oui ! Tout s'explique, à présent. Les gazettes pullulent de ces filles d'Abidjan, de Dakar, d'Ukraine ou de Russie qui se cherchent un mâle, jeune ou vieux, beau ou laid, peu importe, pourvu qu'il ait du foin dans ses bottes. Elles sont toutes sans enfants, naturellement, toutes universitaires, ben voyons, toutes ont le cœur triste et fêlé en deux de n'avoir pas encore rencontré l'amour, voyez-vous cela, et voudraient « briser solitude avec monsieur sage et compréhensif, âge sans importance ». Ah ah ah ! On n'a pas fini de rire ! Ce roquentin de Fernand aura foncé tête baissée sans flairer l'arnaque, dans l'espoir d'écosser une jeunette à ses vieux jours. Il peut se préparer, la belle aura tôt fait de lui manger son avoine et le laissera tout nu sur un trottoir de l'Escalette, c'est couru d'avance.

Déménagement, on se sépare d'un bien immobilier, tracasseries administratives, la Maison-Dieu, la tour s'écroule, tout s'éclaire à présent. Il est fort probable que la fille arrive en France sans permis de séjour, peut-être même sans papiers, et qu'il soit allé la cueillir à Roissy dans une salle des pas perdus. Pour la tenir en son giron, il faudra bien qu'il l'épouse. Pas moyen de faire autrement et dès lors, une fois le oui-da prononcé, c'est elle qui mènera le bal. Il va t'en falloir du souffle mon bon Fernand, tu n'as pas fini de tourner !

Je vois d'ici le scénario. Il aura été la quérir dans un aéroport, une gare, peut-être un poste-frontière puis l'aura emmenée dans quelque coin idyllique qui donne le tournis aux femmes. La France n'en manque pas. Avant de la déshabiller, il l'aura rhabillée de la tête aux pieds, couverte de bijoux et gavée de mignardises. À soixante-douze ans ! N'est-ce pas déplorable ? Sa crampe ne lui passera donc jamais ! Nul doute qu'il vendra la maison et débarrassera le plancher. Par crainte du qu'en-dira-t-on, jamais il n'osera installer cette femme à l'Escalette. Il s'en ira manger tout son pain ailleurs et nous, qui sommes ses amis, presque sa famille, nous pauvres rebuts, nous resterons sans une miette. Et pourtant, Dieu sait les gentillesses dont je l'ai entouré, il aurait pu en recevoir davantage s'il l'avait demandé. Je peux comprendre un homme et ne suis pas de celles qui font des histoires. Ah, quelle tristesse ! Et le curé qui est de connivence, c'est du joli ! Comme dit souvent la Josette, nous vivons une époque bien dissolue.

La Roue de la Fortune, l'Étoile et l'As de Denier, que viennent faire ces cartes dans son jeu ? Une rentrée d'argent imprévue due au hasard, c'est assez étrange. Peut-être que Fernand s'est mis à écumer tous les tripots de France pour épater sa donzelle. Lui qui est déjà plein aux as, voilà que l'argent se met à lui pleuvoir dessus, c'est à enrager de dépit.

Je suis curieuse de savoir à quel prix la maison du vieux sera mise en vente ; lorsque je verrai l'huissier Bertusse, j'essayerai de lui tirer les vers du nez, il doit savoir. Je comprends, à présent, pourquoi Philo et le Gaulois sont allés faucher le terrain. Tout simplement parce qu'il y a litige sur les limites de la propriété. C'est une chose fréquente dans le quartier. Et Philo, voulant faire valoir son droit, aura débroussaillé la parcelle dans l'espoir d'y trouver une borne ou un jalon qui délimite les deux terrains, cela tombe sous le sens.

Pff, quel étouffoir que ces cuisines ! Malgré trois ventilateurs et la hotte qui tournent à plein régime, la chaleur est sur mes épaules plus lourde qu'une enclume. Et toujours pas la moindre odeur venant de la biscuiterie. Il est presque l'heure d'ouvrir la cantine. Mais un dernier petit tirage avant cela. Krim est passé vers dix heures, mettre le nez dans mes casseroles. Fallait voir comme il était fringuant, casquette de travers et regard de marlou. Il portait son beau blouson de cuir, pantalon blanc et souliers vernis, j'en avais des suées. Et je me suis laissé faire.

Cinquante francs dans la quatrième à Auteuil, voyons un peu. Vernouillet va-t-il gagner le deux-mille mètres haies dans la quatrième à Auteuil ? Vernouillet, Vernouillet, Vernouillet, je bats, je coupe, je tire. Le Monde et l'As, c'est dans le sac ! À nous la Mamounia ! Vivement l'apiour qu'on fasse la fête !

# CHAPITRE VII

Requiescat in Pace

Un bras cassé, une épaule démise, eh ben me voilà fraîche, je m'en souviendrai de cet enterrement ! Pauvre Boule, paix à son âme, mort si jeune, à soixante ans tout pile et parti si vite d'avoir trop aimé la bonne chère. Est-ce un péché que d'avoir une bonne fourchette ? Les derniers jours, à ce qu'on m'a raconté, il ne mangeait plus que des tartines sur lesquelles il mettait une couche de beurre plus épaisse que mon petit doigt. Il paraît même qu'il les mangeait cinq fois, une fois avec la bouche et quatre fois avec les yeux. Ben tiens, il ne voulait pas partir l'estomac vide, ce pauvre garçon. Le curé avait bien fait les choses, il faut avouer. Dès notre entrée, l'orgue se mit à jouer et trois nonnes entonnèrent le chant d'ouverture :

> *Ajoute un couvert, Seigneur, à ta table :*
> *Tu auras aujourd'hui un convive de plus.*
> *Ajoute un couvert, Seigneur, à ta table,*
> *reçois le bien chez toi, il était notre ami.*[2]

---

[2] Rituel des défunts. Édition Typique – Rome - Curie générale OSM - 1975

Quelle belle trouvaille ! J'en avais les larmes aux yeux. En tous cas, avec un tel invité à sa table, le Seigneur peut se préparer à tripler l'ordinaire ! Ah, Père Edgard, des curés pareils, on en fait plus.

– Pour un gros homme, ce pauvre Boule aura été bien léger, a-t-il dit à la famille pour la consoler. Il sait trouver les mots notre curé.

Quant à moi, six semaines dans le plâtre, voilà ce que ça m'a rapporté, six semaines par cette chaleur, autant vous dire que ça ne sentira pas le muguet lorsque l'on me déplâtrera. Je ne parle même pas des irritations et des chatouilles qui commencent à me démanger. Et toujours pas la moindre odeur de vanille dans l'air, c'est vraiment pas de chance. Il s'en est passé des choses aujourd'hui, vous savez. Tant et tant que je ne sais pas par quel bout les prendre pour vous les dire. Le mieux serait de commencer par le début. Écoutez ça ici ce qui m'est arrivé.

Hier, je suis allée chez Anita, à *l'Assiette pour Tous*, où c'est que vont les gens de peu. Je la connais depuis l'école, ça fait plus de quarante ans ; nous étions ensemble au Petit Colisée, au cours de mademoiselle Luce, assises sur le même banc. Autant dire que nous sommes de grandes copines, et que l'on se dit tout. Tout, enfin presque. Elle a beau être une amie, ce n'est pas pour autant qu'il ne faut pas s'en méfier, attention. Dans sa famille, ils tirent les cartes depuis toujours, c'est un don qu'ils se transmettent de l'un à l'autre ; une chose dont on hérite, paraît-il, comme on hérite d'un nez crochu, d'un œil de travers ou d'un menton en galoche. Don ou pas, elle a son petit succès. Il me faut reconnaître qu'elle ne s'est jamais trompée en ce qui me concerne ; d'ailleurs ce n'est pas pour rien que des étrangers viennent de partout pour la consulter. Beaucoup de gens s'en moquent et ne cessent de ressasser la vieille histoire de tante Élise. Nous n'étions pas encore au monde en ce temps-là ; seule mademoiselle Luce a vécu cette époque et prétend mordicus que l'histoire est vraie. Mais l'institutrice, il faut s'en méfier, une vraie vipère enroulée sous un caillou et toujours prête à mordre. Élise, Dieu ait son âme, était la tante d'Anita et travaillait comme lavandière du côté du Chevet Saint-Pierre, un quartier de la ville. Pour nourrir son maigre pécule, elle tirait les cartes, lisait dans les flammes et se piquait aussi d'astrologie. Au bout d'un certain temps, elle acquit quelque notoriété et, comme elle savait écrire, l'*Éclair du Nord* lui proposa d'alimenter la chronique de Madame Soleil, lui ménagea un espace où faire sa soupe, en dernière page, coincé entre la météo et les mots croisés. En ce temps-là, il faut vous dire, une blanchisseuse qui se met à écrire dans le journal, même des sornettes, c'était quelque chose. Malheureusement pour elle, chaque année au mois de décembre, on lui avait demandé de pondre un article sur ce que réservait l'année à venir, de manière générale. La rubrique s'appelait : « Ce que disent les astres pour l'année prochaine, par madame Élise ». Tout alla très bien pendant quelque temps, les gens de l'*Éclair du Nord* se disaient qu'elle avait de bonnes étoiles et en étaient satisfaits. Il arriva qu'une année, au mois de décembre, comme à l'habitude, elle rédigea son petit billet qui disait plus ou moins ceci : « Merveilleuse année que celle qui s'annonce ! Le commerce et l'industrie sont favorisés, le bien-être s'accroît, il y a profusion de richesses, le confort de chacun s'améliore. Sur le plan politique, les tensions disparaissent et un vent de concorde souffle sur toute l'Europe. Voilà une année exceptionnelle, comme il en vient rarement au cours d'un siècle. Bienheureux seront les enfants qui naîtront au cours de ce millésime merveilleux et rare. » C'était joliment tourné et personne n'y trouva rien à redire. Mais hélas, c'était en décembre 1939. Quelques mois plus tard, les averses de bombes mirent tout le monde à la rue et rasèrent la ville presque entièrement. Quelle guigne ! Dans la tourmente qui suivit, on oublia ces quelques lignes malheureuses écrites sans doute précipitamment entre deux mannes à linge, mais pas le quartier, évidemment, qui, à la Libération, monta l'affaire en épingle, à ce point qu'il en naquit une expression, « faire des promesses de tante Élise », dont j'imagine que vous pouvez entrevoir ce qu'elle signifie. À l'Escalette, peu de gens ont vécu la guerre mais l'anecdote s'est transmise, si bien que quiconque veut chicaner Anita, n'a qu'à prononcer « Tante Élise » pour lui faire dresser le poil. Cette histoire a beau lui être comme une verrue au bout du nez, cela ne l'empêche pas de se faire de belles fins de mois à raconter ses balivernes. Je me demande combien d'oseille elle parvient à se mettre dans les fouilles. Tout entre nous, il paraît que le maire, lui aussi, s'entend dire l'avenir à la lueur de ses chandelles. Je tiens cela de sa secrétaire, Marie-Louise. Oh oh, je voudrais être une petite souris pour voir ça ! En fait, la dernière fois, le maire avait demandé à Anita de venir à la mairie pour plus de discrétion, vous comprenez. Faut dire qu'elle habite juste devant chez Pépé le pompier, alors, vous pensez bien, s'il était allé chez elle, en moins de deux, tout le quartier en aurait été mis au courant, aussi sûr que deux et deux font quatre. Marie-Louise m'a confié que ce soir-là, elle avait feint de s'éclipser du boulot puis était revenue à pas de loup coller son oreille à la porte du maire. Il paraît, tenez-vous bien, qu'Anita était en train de lui dire qu'il n'était qu'un coureur de jupons, un mangeur de pain blanc, un chaud lapin. Mais prise de fou rire et craignant d'être surprise à écouter aux portes, elle dut se résoudre à partir sans entendre la suite. Dommage. En tous cas, pas besoin d'être voyante pour savoir que le maire passe d'un lit à l'autre sans mettre pied à terre. D'ailleurs, la plupart des hommes qui votent contre lui sont des cornards. Et sa femme Liliane ! La pauvre ! Elle a un magasin près de la Grand-Place ; « *À la Belle Vue* » que ça s'appelle. Bien qu'ils soient mariés depuis vingt ans, elle ne peut le voir arriver sans tomber en pâmoison, sans être béate d'admiration. Le meilleur des hommes, clame-t-elle à tout venant. Pour une opticienne, elle ne voit pas bien clair.

Hier donc, je me suis rendue chez Anita afin de lui emprunter son vélo, mes jambes sont lourdes et me font souffrir ; je n'avais guère envie de me taper les Mottes à pied pour assister à l'enterrement. Elle tient à son vélo comme un évêque à ses reliques ; il m'a donc fallu une heure pour la convaincre de me confier sa précieuse bicyclette à trois vitesses. Elle mit encore une demi-heure à m'expliquer le fonctionnement de l'engin en me recommandant de ne jamais le laisser hors de ma vue, de l'avoir bien à l'œil et de ne pas le laisser sans son cadenas à la portée des voleurs. C'était un cadenas à combinaison de quatre chiffres qu'elle écrivit sur un bout de papier. J'emportai le vélo.

Nounou – mon homme – était très excité, ce matin, car on devait lui livrer une Bleue du Nord qu'il avait achetée à la cheville du côté de Saint-Amand-les-Eaux. Vers sept heures, arriva un camion frigo qui transportait la Bleue toute nue, toute offerte, prête à passer sur le bloc. Il était guilleret comme un enfant qui reçoit un joujou longtemps attendu. Pour fêter ça, on ouvrit une bouteille de Vouvray en se disant que c'était une bien belle bête, que l'on avait fait une bonne affaire, qu'on en débiterait de merveilleux morceaux de viande, et tout, et tout, et tout.

Arriva Buridan, mégot au coin de la bouche, béret sur la tête, musette à l'épaule et baguette en dessous du bras. Il venait acheter quelques tranches de Morteau pour son casse-croûte.

– Nom de Dieu, voilà une bien belle Bleue, je te félicite, Michel ! s'écria-t-il en lorgnant de guingois la bouteille de Vouvray à peine entamée.

– Ah, quelle belle vie que celle d'un boucher, on travaille tout à son aise en sirotant un bon petit verre. Nous autres, cantonniers, on n'est pas logé à la même enseigne, on a du boulot jusqu'au-dessus de la tête, pas question de se la couler douce, pas le temps d'en boire une. Un vrai travail d'esclave et tout ça pour gagner une aumône.

Je lui servis un verre.

La veille, afin de paraître un peu pimpante à l'enterrement, j'avais pris rendez-vous chez Lisette, la fille de Jeannine, la coiffeuse de la rue de Lannoy. Je laissai donc là mon homme, Buridan et la bouteille qui était déjà bien déflorée.

Arrivée au salon de coiffure, une apprentie me dit que Lisette était souffrante, qu'elle s'était, la veille, affreusement indigérée en goûtant au cabernet de Serge ou peut-être, était-ce ces rollmops dont elle avait soupé, on ne savait pas bien. Bref, elle gisait au lit, le feu au ventre, un seau à portée de la main. Mince alors !

Mais l'apprentie ajouta que ce n'était pas bien grave, qu'elle était à la fin de ses études et savait presque tout de son métier, qu'elle n'avait pas encore son diplôme mais que c'était tout comme. Je me suis assise fort contrariée devant le grand miroir tandis qu'elle nouait dans mon dos les cordons d'une cape. Je n'étais pas bien rassurée. La fille était un peu extravagante. Elle portait un léger maillot de coton qui avait dû rétrécir au lavage car il lui remontait jusqu'au-dessus du nombril. Et ses cheveux ! On aurait dit qu'un pétard venait d'exploser dans sa tignasse couleur d'acajou d'où fusaient, ici et là, des mèches vertes. Chacun de ses doigts, même le pouce, portait une bague assez bizarre, il y en avait une avec une tête de mort grosse comme une échalote. Sa narine gauche était percée par une espèce de pointe de Paris et mes mains se sont crispées aux bras de mon fauteuil lorsque, la voyant bâiller comme une carpe, je me suis aperçue qu'elle avait la langue transpercée par un anneau, un de ces anneaux comme on en met au mufle des bovins. Un « percingue », que ça s'appelle, paraît-il. Il paraît même, c'est Lili qui me l'a dit, que certaines s'enferrent la foufoune avec ces machins-là, mon Dieu, mon Dieu, mon Dieu ! Mais qu'est-ce qu'elles ont dans la tête ! Et les ballots qui s'en vont coucher avec ça n'ont guère plus de jugeote. Voilà.

Je vous passe le détail de tout ce que cette gamine a pu perpétrer sur ma tête, un vrai carnage. Je suis rentrée en courant, en rasant les murs, fixant le pavé et n'osant lever la tête. Cette imbécile m'avait crêtée comme une aigrette à la saison des amours. J'avais l'air d'un plumeau. D'ailleurs, sur la route, j'ai rencontré mademoiselle Luce qui promenait son affreux chien. La vieille Luce me demanda si je m'étais brûlée aux cheveux tandis que son cabot me regardait de travers en grognant. Mon homme en me voyant arriver, faillit avoir une attaque. Je ressemblais à ces Iroquois que la télévision nous montre montant à cru des chevaux sauvages et mettant tout à feu et à sang sur leur passage, lors que, par une indélicatesse supposée, on les a mis très en colère. Pauvre Jacqueline ! J'ai filé sous la douche, aplatir mon éperon et me refaire un semblant de coiffure. Je n'ai pas osé dire à Nounou que j'avais payé cent cinquante francs, il se serait mis en colère et m'aurait enguirlandée.

Lorsque ce fut l'heure, j'enfourchai le vélo d'Anita pour me rendre aux funérailles, un fichu sur la tête. La maison du vieux Boule se trouve derrière les Mottes, on s'y rend en empruntant un sentier qui longe un petit ruisseau qu'on appelle le ru de Maire du fait qu'il passe en dessous de la chaussée qui a le même nom et court ensuite Dieu sait où. Lorsque je suis arrivée, il y avait déjà foule, tout le quartier était là, hormis ceux qui étaient tenus par leur commerce. Au signal du curé, Père Edgard, on se mit en route pour accompagner Boule à sa dernière adresse, en longeant le ru jusqu'au Jardin grigne-dents. Le « Jardin grigne-dents », c'est un mot qu'on utilise par chez nous et qui signifie le cimetière. C'est le jardin où l'on grigne des dents, comment vous expliquer ? Grigner, ça veut dire montrer les dents en plissant les lèvres. Eh ben, les morts, une fois qu'ils n'ont plus le moindre bout de viande sur les os, lorsqu'ils sont tout nus, ils se mettent à sourire dans leur tombe comme de joyeux drilles, à montrer toutes leurs dents parce qu'ils n'ont plus de lèvres, vous comprenez ?

Chemin faisant, on a croisé le p'tit Nanard, celui que quand il arrive, on dirait qu'il part. Ça m'a paru étrange de le trouver, lui et son vélo, dans le ru. J'en ai déduit qu'il s'était mis là par révérence, afin de laisser passer le cortège.

Arrivée au Jardin grigne-dents, j'ai fait un crochet jusqu'à notre concession, juste pour voir. Nounou et moi, avons déjà réservé notre endroit. On n'est jamais trop prévoyants, ce serait quand même bisquant de se faire refuser au cimetière par manque de place et de se trouver obligés d'aller dormir ailleurs, chez des inconnus. Quand il fait beau, les jours de congé, mon homme et moi, on pousse jusqu'au cimetière, histoire d'aller admirer notre dernière maison, de se faire à l'idée, de faire connaissance avec nos futurs voisins. On a pris un caveau à deux places, à cercueils superposés. C'était meilleur marché. En pensant à ça, je me demande bien qui aura la place du dessus.

Comme d'habitude, Père Edgard n'était pas dans son assiette car il abomine les enterrements tout autant que les cimetières. Que voulez-vous, ça le rend malade comme d'autres ont mal au cœur en voiture ou ont le mal de mer, on y peut rien. Je l'observais tandis qu'il dégoisait ses évangiles, il était plus pâle qu'un suaire. Un moment, il s'est mis à vaciller comme pris de vertige, j'ai cru qu'il allait tomber dans le trou. Pauvre curé, ça ne lui passera jamais.  Lorsque la messe fut dite et qu'on eut mis le branle aux cloches, que les fleurs furent à leur place et que le cercueil fut descendu, on écrasa une larme et puis, on décida d'aller au *Sportif*, arroser le mort.

Il n'y avait pas grand monde au bistrot. Reynold était plongé dans son journal, le Chemineau était sombre, Serge avait l'air de  sortir d'un bain turc tandis que Fernandel, comme tous les mardis, était accoudé au comptoir et semblait ruminer de graves soucis. Ils avaient tous les quatre, des faces de Carême. Venant du Pont de la Folie, on entendait le brouhaha intense des grévistes qui remontaient la chaussée de Maire et se dirigeaient vers la mairie en poussant des cris de colères, en chantant : « c'est la lutte finale... ». Sûr que Didier de Metz allait passer un sale quart d'heure.

À cause de la canicule, tout le monde avait grand'soif. Bernard, le camionneur, offrit la première tournée vu qu'il était avec sa sœur et son frère, le plus proche parent du feu Boule. Bernard est un brave garçon d'une trentaine d'années, aux yeux espiègles, aux lèvres charnues surmontées d'une moustache en accent circonflexe, au ventre généreux comme du saindoux, chose de prime importance par laquelle une femme qui a du discernement reconnaît un amant confortable doublé d'un grand travailleur. Tous les jours, dès potron-minet et au volant de son grand camion, il s'en va quérir des pommes de terre partout, dans le Cambrésis, dans les Flandres, chez les Belges à cette fin de les ramener à son patron qui en fait des frites. Voilà un métier bien honorable. Il n'est d'ailleurs pas rare qu'à son passage à la rue de Lannoy, par mégarde, il laisse choir une centaine de kilos de patates devant *l'Assiette pour Tous*, on ne sait pourquoi, l'on suppose qu'il a dû mal refermer sa benne, ce grand distrait. Il est marié à Mélanie, une belle créature, plantureuse en chair, une solide poularde qu'il a déjuchée chez les Flamands, laquelle s'est vite fondue au quartier tel le sucre au café, et, depuis leur mariage, travaille comme femme à journée au tribunal, chez la Josette et chez Fernand.

Bernard rinça donc toute l'assemblée, puis ce fut son frère, sa sœur, puis ce fut mon tour, puis le tour d'un autre ; tout le monde paya son verre excepté Reynold qui est un tire-au-flanc et à qui il manque toujours quatre-vingt-dix-neuf francs pour avoir cent francs. De plus, il n'arrêtait pas de houspiller les gens au motif qu'il fallait économiser la bière, qu'au rythme où nous buvions, il fallait s'attendre à tomber à sec aujourd'hui même. Un tas de bêtises que personne n'écoutait.

C'est alors que les choses tournèrent au vinaigre.

Tous les notaires s'accordent à dire que rien ne sèche plus vite que des larmes d'héritiers, et ils ont cent fois raison. Dès l'ultime pelletée, lorsque la tombe d'un mort est bien bossue, on parle d'argent et, souvent, tout s'enfielle entre ayants droit.

Au fil des tournées, les yeux commencèrent à pétiller, les langues à se délier, les esprits à battre la breloque. Fifine, la sœur de Bernard, est une femme, ma foi, pas vilaine à regarder et à qui le deuil sied comme un gant si l'on en juge par la manière dont elle s'était sapée aujourd'hui. Comment vous dire ? Elle avait le noir plutôt joyeux. Vêtue d'une robe à volants, cette gourgandine arborait un décolleté qui donnait le vertige à tous les hommes du bistrot et les faisait brandiller comme des feux-follets. Quand même, a-t-on idée de s'attifer ainsi, un jour pareil ! Bref, elle avait davantage l'air d'aller au bal que de revenir d'un enterrement.  Les joues incendiées par le vin rosé, passant des larmes au rire et du rire aux larmes, elle se mit à divaguer, à raconter des sottises, à passer de table en table, à se frotter à tous les pantalons, à faire beaucoup de vent. Tout cela ne fut pas du goût de Bernard qui riait jaune et grinçait des dents en entendant les jérémiades de sa sœur.

– Tonton, pauvre tonton que j'aimais tant ! larmoyait-elle avec outrance.

– C'est plutôt son compte en banque que t'aimais bien, profiteuse !

Bernard aurait mieux fait de se taire car cette remarque fut l'éclair qui précède l'orage, et nous qui détestons avoir à mettre le nez dans les affaires d'autrui, fûmes contraints, bien malgré nous, de subir le spectacle malheureux d'une famille écurant son chaudron sur la place publique. Mon Dieu, quelle honte !

À ces mots, Fifine blêmit, fit volte-face et s'en fut par-devant son frère.

– Qu'est-ce que t'as dit ? Profiteuse ?

– Tu m'as bien entendu...

– Moi profiteuse ! Moi qui ai soigné tonton pendant des semaines et des semaines, moi qui l'ai nourri, lavé, torché, moi qui me suis occupée de ses affaires pendant que t'étais incrinqué ici ou chez Réjane, pendant que tu troussais ta pouffiasse de Belge, que t'allais à la pêche avec le Gaulois ou braconner avec le Chemineau...

Appuyé sur le bar, Fernandel qui semblait assoupi, se redressa soudain en dévisageant Bernard et Michel d'un œil suspicieux.

- Continue Finette, continue, tu m'intéresses, dit-il.
Mais Fifine n'y prêtait pas attention. Elle s'approcha encore davantage de son frère en le fixant avec défi.
- Tu oserais le dire, combien de fois t'es venu voir tonton pendant qu'il était en train de partir, tu oserais ? Tu ne t'es occupé de rien, de rien pas même de son âne ! Pauvre Tonton, il a dû le confier à des étrangers pour qu'ils le soignent.
- Ça t'arrangeait bien de ne pas trop me voir. Pendant ce temps-là, tonton, il te laissait manger son pain et tenir les cordons de sa bourse. Madame a fait la grande vie, même la robe que t'as sur le dos, c'est avec son argent que tu l'as achetée, pas vrai Robert ?
Robert est le cadet de la famille, un vrai pleutre, un désossé qui marche sur le ventre, toujours à esquiver le regard des gens qui lui parlent, à regarder ses chaussures ou le plafond, un homme sournois et retors dont il faut se méfier. - Beh... répondit-il à son frère en plissant les lèvres et en bridant les yeux comme s'il avait un fruit pourri dans la bouche.
- Toi, la moule, ta gueule ! fit la sœur en pinçant le pouce et l'index.
- Oh là, un ton plus bas la frangine ! gronda Bernard qui s'était mis devant son frère comme pour le protéger, Robert et moi, on a regardé les extraits de banque vu que t'as procuration sur le compte de Tonton. On en a découvert des vertes et des pas mûres...
- Ah ouais, et qu'est-ce que t'as découvert ?

- Qu'il manquait cent mille francs, cent mille francs ! Pas vrai Robert ?
- Beh…

Fifine était à présent complètement démontée. Elle empoigna la cravate de son frère, tira dessus de toutes ses forces et le pauvre Bernard avait l'air d'un cheval à la longe et oscillait à chaque saccade comme un métronome. Mais il n'eut pas besoin de se défendre. Quelques hommes trop heureux de pouvoir mettre la main à la pâte, firent lâcher prise à cette furie, la ceinturèrent pour l'éloigner de son frère.

- Salaud ! hurla-t-elle, qui est-ce qui a payé les obsèques ? Qui est-ce qui a payé la couronne ? Et le cercueil, tu crois que je l'ai eu gratis, le cercueil !
- Oh, un cercueil pareil, il n'a pas dû coûter bien cher. Rien qu'à transporter Tonton devant l'autel, les poignées en étaient déjà toutes tordues.
- C'est pas de ma faute si Tonton fait son poids !

Sortant un mouchoir de son corsage, elle pleurait maintenant à chaudes larmes, assise sur une chaise.

- C'est un cercueil que t'as trouvé chez IKÉA, un cercueil bon marché, à monter soi-même, faut pas me prendre pour un idiot, la frangine. C'est pas avec ça que les cent mille francs sont partis.

J'ignorais qu'on vendait des cercueils chez IKÉA, faudra que j'en parle à Nounou. Il est vrai que les meubles qu'ils vendent là-bas, eh bien, ce n'est pas toujours du solide, et qu'ils se mettent à branler en tous sens après quelques mois. Mais un cercueil, me direz-vous, ça ne se déménage pas tous les jours, sûr qu'ils ne doivent pas avoir beaucoup de réclamations. Quant à monter sa boîte soi-même avant de partir, c'est tout de même un peu macabre.

Cette malheureuse dispute avait embarrassé tout le monde et dissipé l'ambiance : le cœur n'y était plus tout à fait. La grande horloge Jupiter, du nom de la bière que l'on brasse près du canal, pas très loin du Pont de la Folie, indiquait déjà treize heures. Il était temps de prendre le verre de l'étrier. J'ai réglé ma note, pris congé et suis sortie du *Sportif* en me dirigeant vers le vélo d'Anita. Qu'est-ce que j'ai pensé de me mettre ce vélo dans les jambes ! J'aurais mieux fait d'aller à pied, au moins, je serais rentrée entière et non pas cassée en mille morceaux. Quand même, quelle poisse ! J'ai fait mes poches pour retrouver mon bout de papier et la combinaison du cadenas : pas de papier. J'ai fouillé mon sac : pas davantage de papier. Eh ben, en voilà bien une autre, me suis-je dit.

J'avais un vague souvenir de la combinaison, il me semblait que c'était 1 - 3 - 5 - 2. J'essayai. Cette invention du diable ne voulait pas s'ouvrir. De plus, les chiffres étaient inscrits en tout petit et, l'apéro aidant, j'avoue que je ne voyais plus très clair. Rien d'autre à faire que de retourner au *Sportif*, trouver un homme qui pourrait me tirer du pétrin. Comme dit Nounou bien souvent, les bistrots sont remplis de gaillards qui sont plus malins que tout le monde, qui savent tout, qui ont tout fait dans leur vie, mais qu'on ne reconnaît plus une fois qu'ils sont dehors et qui ont deux mains gauches devant la besogne. Faut les entendre parler football, tous ces ventripotents : « Ah, moi, je n'aurais pas joué comme ça, ah non ! Moi j'aurais fait ci, moi, j'aurais fait ça... » Ben qu'ils y aillent courir derrière le ballon en tenant à deux mains leur fibrome de comptoir. Je serais curieuse de les voir. Pas la peine de compter sur ces bavards pour m'aider.

Quel soulagement, lorsque j'ai vu Buridan franchir le seuil du *Sportif* !

- Buridan ! Buridan, il faut que tu me dépannes, le cadenas d'Anita est coincé dans les rayons, je ne parviens plus à l'ouvrir.

Le cantonnier s'est accroupi devant le vélo, a fait tourner les molettes dans tous les sens, puis s'est relevé, a ôté son béret, s'est gratté la nuque :

- Faut scier, a-t-il conclu, je ne vois que ça. Je m'en vais chercher ma boîte à outils, j'arrive.

Cinq minutes plus tard, il était de retour, portant une caisse à outils flambant neuve. Il en sortit quelques outils eux aussi flambants neufs, puis une scie dont le manche était impeccable et qui, visiblement, n'avait jamais rencontré la moindre goutte de sueur humaine.

- C'est une nouvelle boîte à outils que tu as là, Buridan ? ai-je demandé.

- Oh non, ça fait bien huit ans que je l'ai.

- Bon ben, pendant que tu scies, je m'en vais te chercher une bière pour ta peine.

Ric ric ric ric, faisait la scie. Je me suis dirigée vers les pompes. Mais alors que la bière coulait encore à flots dans les dégorgeoirs, entra un homme qui n'était pas du quartier. Il était coiffé d'un chapeau de feutre, genre Borsalino, portait un costume gris et une cravate noire, fine et sévèrement nouée. Il avait un visage osseux, un nez aquilin, un regard de truand. Le genre de types avec lequel il vaut mieux prendre des distances.

- C'est probablement un homme des pompes funèbres qui vient réclamer un pourboire ou se rincer à cause de la chaleur, me chuchota Serge en servant la tournée de la Maison.

Que nenni. Il s'avança vers nous et, d'une voix sobre et froide, nous déclara qu'il était à la recherche de monsieur Fernand Sassoye et qu'il l'avait cherché en vain dans tous les commerces du quartier. Tout le monde s'était tu, on considérait l'homme avec beaucoup de réserve et de curiosité. D'où pouvait-il bien sortir ce zèbre-là ? En pareil cas, il y a lieu de se taire, on ne répond pas à de telles questions quand on est en commerce. On a vite perdu un client à ne pas savoir tenir sa langue, surtout avec les étrangers.

- Il n'habite pas ici, répondit Serge d'un ton glacial.

- Je le sais bien, Monsieur, je suis déjà passé chez lui, mais je n'ai trouvé personne. Sa voisine m'a dit qu'il était sorti faire des courses.

- Eh bien, regardez autour de vous, vous voyez bien qu'il n'est pas là.

- Oui, je vois bien. J'espère que ce n'est pas lui qu'on a enterré aujourd'hui. J'ai vu un corbillard sortir du cimetière en passant près de l'église et je me suis demandé si…

- S'il s'était agi de lui, on vous l'aurait dit Monsieur. Vous désirez prendre quelque chose ?

- Non merci, j'ai encore beaucoup à faire aujourd'hui et le fait de ne pas trouver monsieur Sassoye me met dans une situation assez embarrassante. C'est que, voyez-vous, je viens d'assez loin.

- Désolé, Monsieur, je ne peux pas vous aider.

L'individu tourna les talons et s'en fut dehors. Mince ! Serge avait été bien malhabile, il aurait pu le tortiller un peu, qu'on sache au moins qui il était et ce qu'il voulait à Fernand. Au lieu de ça, il avait laissé l'oiseau s'envoler en nous laissant tous dans l'ignorance.

- Tu n'aurais pas dû lui parler ainsi, opina Bernard le camionneur, il aurait pu nous apprendre des choses.

- Oui, c'est vrai, renchérit Fernandel, tu as laissé filer une belle occasion.

- Il est toujours temps de le rattraper, Fernandel, après tout, c'est toi le flic, t'as qu'à faire ton boulot, lui grogna Serge.

Là-dessus, Fernandel insinua qu'il avait d'autres pistes et qu'il ne pouvait pas courir tous les lièvres en même temps. En tous cas, c'est une bien étrange histoire que cette disparition, si l'on n'a pas retrouvé Fernand d'ici ce soir, bras cassé ou pas, j'irai à « l'apiour » écouter ce qu'il se colporte.

Ric ric ric ric, je suis retournée près de Buridan. Ce dernier a avalé la bière que je lui apportais, cul sec !

- Tu vois Jacqueline, dit-il, c'est pas que j'aime ça, mais il fait une de ces chaleurs ; si tu veux bien, j'en prendrais bien une deuxième, pour me rincer la bouche et me tapisser l'intérieur.

- Mais oui, Buridan, t'en fais pas, je m'en vais t'en chercher une autre.

Ric ric ric ric, revenue dans le bistrot, je croisai Fifine qui avait séché ses larmes, était redevenue toute guillerette et plus bruyante qu'une poule qui a pondu.

- Eh bien, Jacqueline, il paraît que t'as des misères avec ton vélo ?

- Oui, Finette, j'ai oublié la combinaison du cadenas, c'est bien embêtant.

- C'est vrai que la bière et les chiffres, ça ne fait pas bon ménage, pas vrai Jacqueline ? Enfin, quand on n'a pas de tête, on a des jambes, hi hi hi... T'as qu'à laisser ton vélo là et rentrer à pied.

- Ce n'est pas le mien, c'est celui d'Anita, Buridan est occupé à scier le cadenas.

- Buridan ! Eh beh, t'es pas tirée d'affaire ma pauvre Jacqueline, je vais aller voir ça...

De quoi venait-elle se mêler cette bécassine ? J'ai toujours pensé qu'il fallait s'en méfier. Sûr qu'avec elle dans les pattes, mes ennuis n'étaient pas près de se résoudre. J'ai recommandé deux bières au bar, je ne pouvais tout de même pas laisser Buridan boire tout seul, ç'aurait été impoli. Quant à Finette, elle pouvait faire tin-tin, plutôt mourir que de lui offrir un verre.

Ric ric ric ric. Revenue sur le trottoir, il me sembla que les « ric-ric » n'avaient plus beaucoup de conviction et devenaient de plus en plus mous. Pas étonnant, Fifine était en train de faire la causette à Buridan ; toute recourbée vers lui, elle faisait la chattemite et lui montrait tous ses atours. Allumeuse, va ! Et ce ballot de cantonnier, le nez dans son corsage, était charmé tel un serpent au son de la flûte.

- Dis donc Buridan ! que j'ai crié pour le réveiller, il me semble que le coup de manche faiblit et que l'entrain baisse. Allez, allez, la main d'sus, la main d'sus !

Il avala sa deuxième bière tout aussi sec, puis me déclara avec un calme qui m'a sidérée :

- Tu sais, Jacqueline, un homme qui a travaillé quatre heures n'est plus le même homme que celui qui a travaillé une heure...

Fifine et moi, on s'est regardées, il y avait un certain bon sens dans ces paroles et nous n'y trouvâmes rien à redire. Ric ric ric ric, il était presque deux heures. Pas de doute que Nounou me sonnerait les cloches à mon retour. Ric ric ric ric, il fallut encore cinq bières et quarante minutes pour qu'enfin le câble cède. Sûr que j'allais dérouiller en rentrant à la maison. J'embrassai Buridan et le remerciai mille fois de m'avoir sauvée, même au prix de sept demis. Je ne sais pas si c'était la bière ou le « ric-ric » de la scie qui l'avait étourdi mais il se mit à rire dans ses moustaches, à s'esclaffer, à me chuchoter à l'oreille « Vernouillet ! La

Mamounia ! » et d'autres choses incompréhensibles que je lui passe, vu que Buridan, il est un peu fragile. Tant bien que mal, je parvins à me hisser sur la selle du vélo et à me diriger vers *l'Assiette pour Tous* afin de rendre à Anita son précieux bien et de lui expliquer mon affaire. Je ne suis jamais arrivée. Je vais vous dire pourquoi. Après l'enterrement du vieux Boule, en quittant le Jardin grigne-dents pour me rendre au *Sportif*, je suis passée chez Babette, la boulangère, lui acheter un pain. Comme je ne suis pas trop franche à vélo, je n'osais pas conduire une main sur le guidon, l'autre tenant le pain. Babette m'a dégotté un bout de ficelle et toutes les deux nous l'avons bien arrimé au porte-bagage sans trop le serrer afin de ne pas l'écraser. C'était du bel ouvrage et tout alla bien. Mais en revenant, sur l'avenue de Maire, pas très loin des *Quat'Saisons*, j'ai croisé Pépé, le pompier qui marchait vers le *Sportif* et me faisait de grands signes en criant à tue-tête : « Jacqueline ! Le pain ! Le pain ! » Comme j'avais la tête un peu dans le cirage, je n'ai pas réagi de suite. Finalement, la dernière image que j'ai vue en me retournant, c'était le bitume de l'avenue jonché de tartines alignées comme les grains du Petit-Poucet. Et puis patatras ! Le vélo se précipita dans l'ornière des Quat'Saisons en m'envoyant par-dessus le guidon. Voilà toutes mes misères.

Au sortir de l'hôpital, Nounou accueillit mon histoire sans trop maugréer. Je dirais même qu'il a été gentil et tout attentionné. Il m'a installée dans le salon, puis il est descendu à la cave quérir une bouteille de Vouvray et, assis tous les deux dans le canapé, nous avons trinqué comme des amoureux. Finalement, comme on dit, à tout malheur, quelque chose est bon.

# CHAPITRE VIII

Le Pont de la Folie

Hou hou hou hou, je sais, ce ne sont pas là choses à rire, excusez-moi mais je ne peux pas faire autrement. Si vous aviez vu cette culbute ! Oh, la gamelle ! J'en ai mal aux côtes. Je sais qu'il n'est pas beau de se gausser ainsi des gens, mais là, c'était trop ! Et puis, on s'échine assez à la tâche du lundi au samedi que pour s'offrir de temps à autre, une franche partie de rigolade. Eh quoi, Jacqueline n'en est pas morte, que je sache. Mais si vous aviez vu ce plongeon ! Un voltigeur n'aurait pas fait mieux. Hi hi hi hi, elle a valsé comme une crêpe par-dessus le guidon puis – j'en suis hors d'haleine – puis, on l'a retrouvée comme une tortue renversée sur sa carapace, les quatre palmes battant l'air… Pépé qui est toujours là lorsqu'une tuile tombe sur la tête de quelqu'un, Pépé se précipita le premier pour la remettre sur ses pattes mais elle hurlait tellement qu'il n'osa pas la toucher : « Lili ! Lili ! appelle le SAMU, Jacqueline s'est ratatinée dans l'ornière. » Comme si je ne l'avais pas vue, moi qui vois tout ! Mais Babette et moi étions écroulées, et tenir son sérieux au téléphone ne fut pas chose aisée.
– Allô, le SAMU ? Hou hou hou hou…

- Oui, Madame.

- C'est pour un accident, hi hi hiiii...

- C'est vous qui êtes blessée, Madame ? Je vous entends crier dans l'appareil, dites-moi ce que vous avez...

- Non, ce n'est pas moi, hiii, c'est Jacqueline...

- Mais vous rigolez, faites attention Madame, la conversation est enregistrée, on ne blague pas avec les services de secours, faites attention, ça peut vous coûter cher...

- Ce n'est pas une blague, Monsieur, il faut venir de suite à la rue de Lannoy, une femme a eu un accident.

- Encore la rue de Lannoy ! Bien, nous arrivons.

- Pour une fois que ce n'est pas à moi que ça arrive, s'esclaffa Babette alors que je raccrochais.

La rue de Lannoy est un endroit bien connu des ambulanciers et des secouristes tant ils ont à y intervenir tout au long de l'année. Ils rappliquent souvent pour des soûlots qui sortent du *Derby* en oubliant la marche, mais aussi à cause de Babette, la boulangère. Depuis sa plus tendre enfance, Babette vit dans la lune et s'en porte, semble-t-il, fort bien, car rien ni personne n'est jamais parvenu à lui mettre un doigt de pied sur terre. C'est une nature constamment distraite autant que je ne saurais dire : elle pourrait aller à la plage sans trouver la mer. Que cette femme soit encore entière après toutes les mésaventures qu'elle eut à subir du fait de ses absences continuelles relève à la vérité du miracle. Son ange gardien n'a jamais eu beaucoup à se croiser les bras. À l'école déjà, elle connut maints déboires, tant que je ne pourrais tous vous les citer. Ses parents ne s'en alarmèrent pas trop, se disant qu'une enfance sans rêves est un écrin sans diamant, qu'avec les années, au prix de quelques bosses, de quelques écorchures, elle finirait bien par atterrir et détourner les yeux du miroir aux alouettes. Il n'empêche qu'ils avaient un abonnement chez Lamblin, le médecin de l'Escalette, lequel ne comptait plus le nombre de fois où il avait eu à la recoudre. Je me rappelle d'un après-midi d'hiver, il gelait à pierre fendre ; au Petit Colisée, mademoiselle Luce nous lisait la Légende de Lohengrin. Il y était question d'un beau chevalier venant au secours d'une belle princesse qui était dans les malheurs. Le beau chevalier, couvert d'une armure flamboyante, arrivait sur une barque tirée par un cygne. De son sabre immense et tout constellé d'étoiles, il terrassait les méchants, les mettait en fuite et épousait enfin la princesse. Il n'en fallait pas tant pour mettre Babette sur orbite.

En ce temps-là, on chauffait encore les écoles au charbon et dans chaque classe trônait un imposant poêle en fonte que nous chargions d'anthracite pendant les récréations. Mademoiselle Luce était parfois en manque de jugeote : elle avait placé Babette sur un banc à pupitre tout près du feu qui lui chauffait bien les os et les songes. Émerveillée par l'histoire de l'institutrice, l'écolière bayait aux corneilles, le regard absorbé par les fenêtres qui en place d'un ciel triste et terne de janvier, semblaient lui montrer des pays fantastiques, des contrées inconnues et splendides. On l'aurait crue sur le canal, dans la barque de Lohengrin, passant le Pont de la Folie, en partance pour un Eldorado fabuleux. Tout à ses mirages et à ses rêveries, elle approchait doucement la main du poêle qui lui prodiguait généreusement sa bonne chaleur, pareille sans doute à celle du fabuleux Eldorado. C'était un spectacle émouvant de la voir ainsi ravie, le visage rayonnant de bonheur et d'enchantement. À ce point qu'en lui secouant l'épaule pour la réveiller, on aurait eu le sentiment de commettre un sacrilège impardonnable. Et pourtant, on aurait bien fait. J'ignore ce qui se passa dans son rêve, peut-être était-elle en train de poser tendrement la tête sur l'épaule du preux chevalier, mais son corps tout entier se mit à pencher doucement du côté où, le bras tendu à l'horizontale, elle donnait sa main à chauffer. On entendit un léger glissement, puis un cri épouvantable, à faire voler les vitres en éclats. La malheureuse, voulant parer sa chute, avait plaqué la main sur la taque puis, en se redressant irradiée de douleur, avait à nouveau perdu l'équilibre et était retombée la joue droite contre une paroi du poêle. C'était affreux mais, hélas, insuffisant à lui faire prendre conscience une fois pour toutes des cruelles réalités de ce monde. Babette passa six semaines dans les onguents, les crèmes et les bandages, finit par oublier ses maux et recommença à rêver.

Après ses études, il fallut bien qu'elle se décide à entrer dans ce qu'on appelle « la vie ». On l'embaucha d'abord dans une station-service qu'elle faillit faire exploser, elle travailla chez Lisette la coiffeuse et fut prestement congédiée pour avoir calciné la tête d'une bobonne en réglant mal la température d'un casque-séchoir. Elle fut ensuite employée comme blanchisseuse dans un hôtel. Autrefois, les appareils électroménagers n'étaient pas trop soumis aux normes de sécurité actuelles: on la retrouva dans une essoreuse, les deux poignets cassés. Ainsi se succédèrent avec la même fortune quantité d'embauches aussi malchanceuses qu'éphémères. L'Administration bien mal inspirée lui délivra à ses vingt ans un permis de conduire. Celui-ci valut à Luc, son père, de perdre sa belle Citroën DS qu'on repêcha dans le canal vu qu'elle la lui avait empruntée pour aller danser à la Tournelle et qu'elle l'avait très bien garée devant un bajoyer en oubliant de tirer le frein à main. Ainsi, sa famille, ses amis et le docteur Lamblin qui se faisait vieux et était fatigué de courir derrière elle avec du fil et une aiguille, se désolaient-ils des misères de la jeune fille, lesquelles étaient aussi les leurs.

Un soir, au *Derby*, le docteur, le curé et le père de Babette étaient attablés ensemble et devisaient gravement de son cas. Mais que va-t-on en faire de celle-là ? La scène était assez pénible, l'infortuné Luc pleurait dans sa bière, le docteur avait des yeux hagards et le révérend ruminait sa perplexité.

– Écoute, Luc, opina ce dernier, je pense qu'il faudrait la marier. Elle est en âge, il me semble.

– La marier ? À qui ? Et pour quoi faire ? Ce n'est pas ça qui va la changer.

- Oh, tu sais Luc, l'amour fait parfois des miracles. Et ça te soulagerait bien qu'un gendre, costaud de préférence, vienne t'aider à porter ta croix.
- Ma foi, ce n'est pas idiot, ce que tu dis là, curé, convint le docteur. Il faut lui trouver un bon p'tit gars qui a la tête froide et bien chevillée aux épaules. Tout ce qu'elle n'a pas, en somme.
- Marier ma fille, la laisser partir, dit Luc dont la fibre paternelle était malgré tout aiguillonnée par cette perspective soudaine.
- Ben oui Luc, ajouta le médecin, il n'y a là rien de saugrenu.
- C'est qu'elle est encore jeune et tellement innocente.
- Elle a presque vingt-cinq ans, l'âge de quitter le nid. À part la tête, ta fille a au bon endroit tout ce qu'une femme doit avoir.

Comme bon nombre de pères à l'égard de leur fille, Luc n'avait pas vu le temps faire son œuvre sur le corps de Babette et la regardait encore comme sortant de l'œuf ou presque. Il savait qu'un jour elle prendrait mari, partirait, ferait sa vie, mais c'était là un futur confusément noyé dans des brumes lointaines : il n'y songeait pas sérieusement. Les épaules rentrées, l'air fatigué, il ôta sa casquette, passa doucement la main sur son crâne chauve et soupira :

- Marier Babette, je n'avais pas pensé à ça, faudrait que j'en parle à Marie-Rose.

Luc et Marie-Rose étaient de braves gens pleins de bon sens et de raison tant qu'ils n'avaient pas bu trois verres.

Ce dernier penchant leur était venu avec les années et les catastrophes incessantes auxquelles leur fille les avait confrontés depuis le berceau. Depuis le berceau et même avant, car dans le ventre de sa mère, Babette s'était mise en siège et il avait fallu une césarienne pour la mettre au monde. Cette nuit-là, Lamblin avait gagné quelques cheveux gris à taquiner le bébé pendant des heures à cette fin de le faire sortir et, n'obtenant pas de réponse, avait dû se résoudre à couper aux primes heures de la journée.

Avec le temps donc, ils s'étaient mis à apprécier un bon petit verre, jugeant qu'avec l'alcool, les tuiles faisaient moins mal. Ils étaient un soir à leur terrasse confortablement assis à siroter quelque douceur, lorsque Luc aborda le sujet avec mille réserves et quatre paires de gants.

– Weuf, ainsi appelait-il sa femme, weuf, à propos de Babette, ne penses-tu pas qu'il serait temps de...

Il but son verre d'un seul trait pour se donner du courage, mais les mots ne lui venaient pas.

– De la marier ? ajouta Marie-Rose. Ça fait longtemps que j'y pense, figure-toi, Lamblin m'en a déjà parlé.

Le docteur qui avait chez eux un second chez-soi, lui avait prémâché le morceau. « Brave toubib », songea-t-il.

– Il en a de bonnes Lamblin, s'exclama-t-elle, on voit bien que ce n'est pas lui qui se trouve dans les ennuis. Pense-t-il qu'il n'y a qu'à claquer des mains pour lui faire tomber un tourtereau ? Et puis, on est plus au Moyen Âge, on ne marie plus les enfants contre leur gré. Faudrait encore qu'elle ait le béguin pour lui passer l'anneau au doigt.

– On pourrait peut-être l'aider, la mettre sur la voie, lui préparer le terrain.

La mettre sur la voie. Luc avait depuis longtemps dépassé le troisième verre, sentait son imagination bouillonner et c'est avec des mots tout flamboyants de verve et d'optimisme qu'il expliqua à sa femme ce qu'il avait longuement cogité et mûri afin de mettre sa fille sur le chemin de l'église et de la mairie. Marie-Rose était tout ouïe. Au fil des verres remplis et vidés, elle se laissa rapidement gagner par les rougeurs du vin d'Arbois et les menées de son époux.

Ainsi se mirent-ils à recenser tous les garçons de l'Escalette en âge de convoler, attribuant à chacun d'eux une note, de un à dix, selon des critères très pointus. La liste griffonnée sur un bout de papier s'allongeait, s'allongeait, et devenait de plus en plus illisible d'heure en heure. Enfin, leur plan tiré et scellé, ils se levèrent et s'en furent coucher en se disant qu'ils avaient bien travaillé, en se voyant déjà publier les bans d'un mariage où figurait le nom de leur fille à côté de celui d'un illustre et déjà sympathique inconnu.

Le lendemain, Luc n'eut plus d'yeux que pour les jeunes hommes d'une vingtaine d'années, chercha leur compagnie, leur prodigua une bienveillance excessive en leur vantant sans cesse les qualités de sa fille. Le dimanche, le couple prit l'habitude d'inviter l'un ou l'autre de ces damoiseaux à dîner. Ces jours-là, Marie-

Rose passait des heures aux fourneaux, sortait la plus belle vaisselle ; quant au mari, il faisait voler les bouchons de ses meilleurs crus. Au cours de ces repas, le père de Babette était plus engageant qu'un vendeur à l'étal, faisait à chaque invité et hypothétique gendre, des yeux de velours, le rassasiait de rôti, de gratin, de fricot, allait et venait sans cesse entre la cave et le salon, les bras pleins de bouteilles en psalmodiant à chaque fois qu'il en débouchait une : voilà, voilà, voilà. Tout cela ne fut que peine perdue. La plupart du temps, Babette passait le dîner le nez au plafond, les yeux dans les limbes, la tête ailleurs, et n'avait pour l'invité qu'une froide politesse. Elle ne s'interrogea même pas sur les raisons qui poussaient son père à déployer ainsi ces trésors d'hospitalité, ce zèle de soupirant, cette bonté nouvelle. Les dimanches succédaient aux dimanches, les candidats aux candidats. La liste que les parents de Babette avaient dressée dans l'euphorie en vint à ne plus comporter que des galants du dernier choix dont la cote était inférieure à cinq sur dix.

À défaut d'atteindre son but, la convivialité de cette maison commença cependant à faire parler d'elle et prit des tournures que ni Luc ni Marie-Rose n'avaient envisagées. Il est partout bien connu qu'un bienfait répété devient un droit et qu'une prière exaucée plusieurs fois devient un ordre. La plupart des jeunes hommes qui avaient mis les pieds sous leur table n'avaient pas l'habitude d'être ainsi traités en princes, ils jugèrent que Luc était un bien brave homme et que Marie-Rose, par l'amour qu'elle mettait dans sa cuisine, méritait de voguer tout droit en paradis auprès de toutes les saintes. Si bien que lorsqu'ils s'ennuyaient, que leur estomac criait famine ou que la soif les taraudait, ils prirent le pli d'aller frapper à la porte de ces généreux quadragénaires, de s'inviter chez eux comme le sel à la table, afin de se restaurer ou d'écluser quelques litres. Ils le firent à tour de rôle d'abord, puis, toute gêne dissipée, déboulèrent tous ensemble sur le coup de midi avec des cris joyeux et de larges sourires. Cette maison devint « *l'Auberge du Bon Accueil* », on en ressortait comblé de tout, aussi riche que l'on y était entré. Au demeurant, les parents de Babette ne rechignaient pas à faire la fête. Passé le fatidique cap du troisième verre au fond duquel l'océan soudain apparaît, le diable se saisissait d'eux, leur mettait les idées sens dessus dessous, les rendaient intenables. Même leur cave se souvient encore de cette époque tant elle fut visitée, louée et bénie. En plus de tous ses joyeux litrons, cette maison recelait aussi une collection complète des disques de Bill Haley et d'autres chanteurs de leur temps que le maître des lieux exhumait pour l'occasion de ses caisses et faisait passer, le volume au maximum. Il improvisait dans le salon une piste de danse en poussant tous les meubles contre les murs, claquait des mains, claquait des doigts en s'écriant : « Allez, allez, roulez jeunesse ! » Il cueillait ensuite la main de Marie-Rose, ouvrait le bal avec elle, souvent au son de la même chanson.

*One, Two, Three O'clock, Four O'clock rock,*
*Five, Six, Seven O'clock, Eight O'clock rock*
*Nine, Ten, Eleven O'clock, Twelve O'clock rock,*
*We're gonna rock around the clock tonight*

Bien qu'il approchât de la cinquantaine, Luc était encore souple comme un roseau et Marie-Rose une excellente danseuse. Ils faisaient ensemble une gymnastique endiablée, voltigeaient tels des serpentins, tournaient, allaient et venaient légers comme l'insouciance sous les yeux ébahis de leurs hôtes. La fête commençait généralement après le dîner et durait parfois jusqu'à la tombée de la nuit. Babette, pendant ce temps, était claquemurée dans sa chambre à lire des romans d'amour et descendait parfois pour enjoindre à cette sarabande de faire un peu moins de bruit.

La fête dura ainsi quelques mois, les cabaretiers s'irritaient d'avoir chaque dimanche leur bistrot quasi désert, les voisins qui ne trouvaient pas motif à s'inviter chez Luc, médisaient de lui en parlant d'orgies, de beuveries honteuses, de dévergondage tant ils avaient mal au ventre de se morfondre chez eux en entendant les flonflons du bal. Mais la fête prit bientôt fin.

Luc et Marie-Rose vivaient légèrement, dépourvus de cupidité, d'avarice et de toute forme de parcimonie. Si l'argent, hélas, devait se gagner, il devait être aussi dépensé car c'est à cela qu'il servait. Il n'était pour eux qu'un élément naturel, banal, commun comme l'air et dont on ne réalise abruptement l'existence et la nécessité que lorsqu'il n'est plus là. Un lendemain de fête particulièrement débridée durant laquelle *l'Auberge du Bon Accueil* avait à nouveau gagné une étoile, Marie-Rose s'en fut à la banque l'esprit embué de vin d'Arbois dont le feu couvait encore sur ses joues écarlates.

– Marie-Rose, peux-tu venir dans mon bureau quelques instants ? Il y a certaines choses dont j'aimerais te parler… lui avait susurré son banquier avec une mine de mayonnaise qui a tourné. Le banquier de l'Escalette était un banquier comme tous les banquiers, aimable comme une dague, anguleux en sourires, angulaire en paroles. Il n'est pas un seul de ses clients qui ignorât sa sempiternelle devise qu'il ressassait vingt fois par jour et par laquelle il concluait chaque entretien : « quand on a un parapluie, il ne pleut pas. » Assis à son bureau, les sourcils en accent circonflexe, l'argentier se mit à faire pleuvoir toute une série de soustractions sur une machine à calculer, une de ces machines pourvue d'un rouleau de papier, qui poussait des cris d'hyène à chaque opération. Puis, d'un œil inquisiteur, il effeuilla un à un tous les extraits du compte en prononçant ces terribles paroles : – ça ne peut plus continuer comme ça… Les violons du bal avaient à ce point obéré le budget du couple que leur compte s'en trouva plus rouge qu'un bout de fer à la coulée. Après cette cruelle confrontation, la mère de Babette s'en retourna chez elle bien dépitée, s'écroula dans le fauteuil du salon en s'éventant à l'aide des extraits de compte puis, se mit à pleurer amèrement, chose que font toutes les femmes lorsqu'elles contemplent un robinet fermé.

S'ensuivit une longue période d'austérité et de diète durant laquelle la *Maison du Bon Accueil* n'afficha plus à ses menus que des repas d'hospice ou de mouroir, omelettes aux pissenlits, boîtes de sardines à l'huile, spaghettis au beurre, haricots blancs à la sauce tomate et autres tristesses du même prix. Durant quelques mois, il régna dans cette demeure un silence de cloître. Les parents de Babette étaient, par force, plus sobres que des chameaux et se mordirent souvent la langue afin de ne pas oublier le goût de la viande. Les fêtards qui avaient bu toute leur cave, voyant que la maison était à présent au pain sec et à l'eau, quittèrent ce navire qui gîtait dangereusement : ils s'en furent pâturer ailleurs. Babette, de son côté, s'étonnait parfois du calme inhabituel qui pesait sur la maison, induisait que la vie était devenue bien chère que pour manger si pauvrement et, tout étrangère aux difficultés de ses parents, s'apprêtait à coiffer sous peu Sainte-Catherine.

Aujourd'hui, Luc et Marie-Rose sont de paisibles retraités dont les comptes sans être mirobolants ne sont plus sujet de tracasseries pour eux tout aussi bien que pour leur banquier. Leur maison a néanmoins gardé sa belle appellation d' « *Auberge du Bon Accueil* » vu que chez nous comme en maints autres endroits, on gagne une réputation en cinq minutes et l'on n'a pas assez d'une vie pour s'en défaire. Dans le quartier néanmoins, les chiens perdus, les désœuvrés, les cœurs en peine d'amour, les mélancoliques, les rêveurs dirigent encore leurs pas vers cette humble demeure afin d'y épancher leurs états d'âme, d'y étancher leur soif.

– Weuf ! mets vite une bière à ce garçon ! Il ne va pas bien. Et mets-m'en une aussi, je ne veux pas le laisser tout seul dans ses malheurs ! Alors, Marie-Rose s'en va dandinant vers le frigo de la cuisine avec aux lèvres un sourire de bonté, aux joues le feu du vin d'Arbois.

Quant à Babette, elle finit par trouver chaussure à son pied et mari à sa toise. Je vais vous expliquer. En partant de ma boutique, *Les Quat'Saisons*, si vous traversez l'avenue de Maire, ainsi nommée à cause d'un ru qui la traverse par le dessous et court ensuite on ne sait où, vous arrivez au canal. En prenant à gauche, à environ quinze minutes de marche, se dresse le Pont de la Folie, par-delà lequel on brasse la Jupiter. Il se trouva qu'un dimanche, Luc et le docteur Lamblin étaient partis à la pêche aux étangs de Froyennes, où comme d'habitude, ils n'avaient pris, le temps d'une journée, que deux épinoches et une tanche maigrelette ainsi que quatre belles bouteilles de vin rosé qu'ils avaient mises à refroidir dans la vase de l'étang. Ils étaient donc bien gais en retournant à l'Escalette et, afin de fêter cette mémorable partie de pêche, décidèrent de faire un crochet par la Tournelle, un bistrot qui borde le canal. Pour rejoindre cet endroit, ils passèrent par le Pont de la Folie et trouvèrent sur leur chemin un vélo couché dans l'herbe, abandonné par son propriétaire.

– Mais nom de nom, c'est le vélo de Babette ! s'écria Luc.

Ils entendirent, venant du dessous du pont, des soupirs énamourés, des alanguissements suaves, des non non qui voulaient dire oui oui. Tournant la tête dans cette direction, ils aperçurent Babette couchée sur le dos en train de se faire écosser compendieusement par un inconnu. Luc se mit à jurer comme un charretier et s'apprêtait à aller tirer les oreilles à ce gaillard qui butinait sa fille comme un bourdon une marguerite. Mais il fut arrêté par le docteur qui lui mit la main sur la bouche en lui disant :

– Imbécile ! Ne te mêle pas de ça, tu vas nous gâcher l'aubaine ! Viens, foutons le camp à la Tournelle...

À la fin de ce beau dimanche, Marie-Rose vit Babette revenir toute rayonnante sur son vélo et comprit illico qu'il y avait du béguin dans l'air car les femmes traduisent à livre ouvert ces signes d'amour qui ne les trompent jamais. Elle dit simplement à sa fille :

– Avant de te coucher, n'oublie pas de retirer l'herbe que tu as dans les cheveux, on dirait un parterre...

Quant à Luc, il resta longtemps à faire ribote à la Tournelle et se laissa convaincre par Lamblin d'attendre et de ne rien dire. Il y eut d'autres dimanches et puis des samedis, et puis d'autres jours où l'herbe tendre orna clairsemée la toison de Babette. Jusqu'au jour où.

L'affaire démarra assez mal pour deux raisons. L'amoureux de Babette avait nom Guiloux et demeurait au Faubourg de Lille, un quartier qui jouxte l'Escalette, peuplé de gens que nous ne fréquentons pas car nous les considérons comme des demeurés. En retour, ces mêmes gens dédaignent de venir chez nous en laissant entendre que nous ne sommes que des feignants, grandes gueules et petites pattes. Bref, ce sont pour la plupart de méchants voisins, des attardés qui barbotent dans la souille comme des cochons sauvages. Lorsque le jeune Guiloux fit son entrée à la *Maison du Bon Accueil*, il eut à répondre au questionnaire quasi universel auquel est soumis un soupirant venu déclarer ses prétentions : Qui êtes-vous ? Que faites-vous ? Où habitez-vous ? Qui sont vos parents ?

– Ch'suis apprenti-boulanger et ch'suis du Faubourg de Lille, dit-il plein d'allant et de confiance en faisant saillir ses pommettes vermeilles. Luc et Marie-Rose se regardèrent avec inquiétude : Un du Faubourg, pensèrent-ils, fallait que ça tombe sur nous… La deuxième raison et non la moindre, fut que ce Guiloux du Faubourg refusa poliment la bière que Luc lui proposa, en déclarant avec une sincérité accablante qu'il ne buvait jamais d'alcool et préférait l'eau gazeuse. Quand Babette raccompagna son futur époux à la frontière de l'Escalette, Luc demeura longtemps songeur assis dans le canapé du salon.

 – Un de chez les demeurés, et buveur d'eau par-dessus le marché, ça nous prépare de beaux jours, grommela-t-il en torsadant les poils de sa barbe.

– C'est vrai, soupira Marie-Rose, ça va nous faire des repas de famille gais comme le canal.

S'il est un symbole qui, juste après l'église, rassemble toute la gente de l'Escalette, c'est à vrai dire le Pont de la Folie, vu que tout enfant premier né de chaque famille y a été conçu. Jusqu'à la fin des années soixante, la pilule n'existait pas et les parties de voltige se faisaient sans filet. Certaines jeunes filles qui voulaient quitter le toit familial, forcer le consentement de leurs parents ou harponner durablement un bellâtre allaient s'y faire engrosser, d'autres plus romantiques et plus ingénues, y apprirent que la nature ne travaille pas en vain et qu'elle fait payer ses ouvrages au grand comptant. Babette était plutôt de cette dernière catégorie. C'est donc pour ce motif que lorsqu'on parle du Pont de la Folie, on ajoute souvent « le pont où l'on va à deux et d'où l'on revient à trois. Bref, si ce pont pouvait parler, il vous en conterait de bien bonnes et de peu banales, car dans sa vie de pont, il ne fit pas qu'abriter de primes et légitimes amourettes. Par bonheur, il est muet comme un gardien de sérail.

Tout cela est histoire du temps jadis et maintenant que la vie ne se donne plus qu'avec préméditation, ce pont a pris un coup de vieux et se trouve bien esseulé. Mais parfois, aux beaux jours, on peut encore y entendre des ahanements fiévreux éclore des hautes herbes et y surprendre des jambes nues qui leur battent la mesure.

Babette fut grosse. Deux mois plus tard, Luc conduisit sa fille devant l'autel. Il avait fallu solliciter à nouveau le banquier pour payer la fête, puis pour payer l'installation de sa fille, puis le baptême du « pont-folien ».

- Ça ne peut plus continuer comme ça, martelait le banquier, la prochaine fois, ce sera quoi encore ?

- La prochaine fois, lui avait répondu Marie-Rose, ce sera pour mon enterrement !

Le Guiloux du Faubourg reprit ensuite la boulangerie Saint-Éleuthère, à l'Escalette, et, malgré ses origines troubles, fut adopté par tous bien que l'on trouvât singulier de ne le voir jamais prendre un verre de bière ou de vin, d'être comme ces plantes du désert capables de pousser et de verdir sur un caillou sec. Quant à Babette, la maternité lui procura quelque poids en ce monde où on la vit faire des actes de présence inégalés jusqu'alors. Cependant, aujourd'hui encore, il n'est pas rare de la trouver les doigts empourprés de mercurochrome et boursouflés de sparadraps vu qu'elle les oublie fréquemment dans la machine à couper le pain, de la voir plâtrée du poignet jusqu'à l'épaule eu égard au fait que l'escalier qui mène à sa chambre compte vingt-quatre marches et non vingt-trois. Dans la rue de Lannoy, chaque fois que le SAMU fait hurler sa sirène, plus personne ne s'étonne et chacun se dit tout naturellement :

– Ça y est, il est encore arrivé quelque chose à Babette.

Voilà que le fou rire me reprend... Je ne vous dis pas la tête d'Anita lorsqu'elle verra l'état de son vélo ! Pépé l'a emporté après le départ de l'ambulance ; « couillon, couillon, couillon » faisait-il à chaque tour de roue, hou hou hou hou. J'imagine déjà la gueule en coin qu'elle aura ce soir au *Derby*... Voilà un enterrement qui va coûter cher à Jacqueline, dans l'état où elle se trouve, sûr qu'elle ne pourra participer à l'apiour, ça doit lui faire mal au ventre à cette fouinarde, bien plus mal que son bras cassé.

Mais quelle agitation aujourd'hui, quelle effervescence ! Dès l'ouverture, à dix heures, ils étaient déjà tous là à faire la queue, à se bousculer, à s'injurier pour une place, à s'arracher les bacs, les bouteilles, les canettes, une véritable marée ! À ce point qu'à midi, tout le stock était épuisé. Tout ça, à cause de la grève et de Polo, ce filou. Pour quelques milliers de francs en plus, il marcherait sur le ventre de sa mère. Comme s'il n'en avait pas assez, de l'argent ! Qui donc mieux que nous est à même de brasser notre bière ? Je vous le demande un peu. Qui serait capable de la fabriquer avec autant d'amour, autant de soins ? Je n'ai rien contre les Polonais, les Chinois, les Roumains mais qu'ils s'en tiennent à faire les breuvages qu'ils boivent et non ceux des autres, pardi ! Et puis après, ce sera quoi ? La biscuiterie ? La tannerie ? Et quoi d'autre ? Je sais, je ne suis qu'une petite vendeuse de magasin, je n'ai pas grandes lumières, mais assez pour juger qu'un peuple qui ne travaille plus s'ôte du même coup le réconfort tranquille d'un bon verre de bière après le boulot et ne puise plus dans ce même verre de bière que vices ou mauvaises pensées. Que fera-t-on, bon sang, lorsqu'il n'y aura plus une usine chez nous, plus un bleu sarrau, plus une lueur de fierté dans le regard des hommes ? Demandera-t-on aux Chinois de nous réapprendre le goût de vivre ? Je sais, tout ça me dépasse, tout ça, dit-on, c'est la mondialisation, je n'ai jamais très bien compris ce que ça voulait dire. Mondialisation ou pas, foi de Lili, jusqu'à preuve du contraire, ici c'est toujours ici et non ailleurs. Mais on voudrait nous faire croire qu'avec cette mondialisation, eh bien, ici c'est partout. Il n'y a pas cinq minutes, j'ai mis France Inter ; ces gens de la radio expliquaient que tous les avions survolant l'Amérique étaient en train de s'écraser par terre ou sur les « builedingues », voilà à quoi elle mène leur belle mondialisation : plus personne ne sait où il habite, ni qui il est, ni où il va. Sans compter que toutes ces usines qui déménagent, qui ouvrent, qui ferment, qui viennent, qui s'en vont partout cracher leurs fumées noires nous fichent une belle pagaille dans la météo ! A-t-on déjà vu un temps pareil un onze septembre ? C'est à ne pas croire ! Pas un atome de vanille dans l'air ! Ça va nous faire flamber le prix des légumes, je ne vous dis pas. Les fermiers, gens naturellement pleurnichards lorsqu'ils évoquent leur récolte, tous les fermiers se plaignent et au final, c'est à moi qu'on reprochera d'être trop chère. Reste tout de même à espérer que cette grève s'arrête sans quoi les choses se mettraient à tourner vraiment au vinaigre. Il paraît que Serge, au *Sportif*, n'aurait plus que deux fûts devant lui. Quant à Réjane, allez savoir, car elle s'y entend à cacher son jeu, cette chafouine. Comme je la connais, elle a dû sentir l'oignon et faire le plein de fûts en douce, histoire de ramasser toute la clientèle du quartier quand les pompes du *Sportif* seront à sec. Je vous en fiche mon billet ! Dans l'*Éclair du Nord*, hier, il y avait une « interviou » de Didier de Metz. - Il faut régler tout ça dans un climat de concertation et d'apaisement des parties, qu'il disait. Cet homme a le don de trouver les réponses qui laissent les questions intactes. L'apaisement des parties, l'apaisement des parties, il est occupé à remonter l'avenue en poussant des cris de colère, le bon Didier a intérêt à courir vite s'il ne veut pas cramer tout seul dans sa mairie. Au lieu de raconter ses « cacouilles » dans la presse, il ferait mieux de réparer l'ornière. C'est dit.

Et comme s'il n'y en avait pas assez de tout cela, voilà que Fernand s'en est allé au diable vauvert. Faudra pas venir me reprocher de n'avoir livré que deux bouteilles de vodka, ah non, il y avait trois bouteilles, je les ai comptées et je suis sûre de mon affaire. En pensant à ça, qui va me les payer les bouteilles ? Et le bac ? Si Fernand ne reparaît jamais ou si on le retrouve mort quelque part, je pourrai m'asseoir sur le compte. On m'y reprendra à faire ainsi confiance aux étrangers ; mais oui, Fernand est un étranger, il n'habite à l'Escalette que depuis deux ans, autant dire que c'est un nouveau venu. Qu'est-ce que ce bonhomme est venu faire chez nous ? On se le demande encore. Un homme au passé sans contours, pas de femme, pas d'enfants, pas de famille, c'est louche tout ça. Le quartier lui a brodé tant d'histoires qu'on ne sait plus très bien laquelle recouvre un peu de réalité. Tour à tour, on le dit artiste peintre, écrivain, antiquaire, agent immobilier ou que sais-je. Que voulez-vous, chez nous, la démesure est la mesure, une histoire sans exagération n'est pas une histoire. Heureusement qu'il y a des gens comme moi pour tenir l'église au milieu du village, pour tout voir, tout entendre, en dire le moins possible et ne pas affabuler. Tenez une supérette pendant un an; si vous avez le bon œil, vous saurez bientôt jusqu'au détail de tout ce qui se passe, de tout ce qui bouge, de tout ce qui est. Car c'est à ce que les gens achètent qu'on les connaît, qu'on les jauge, et pour ce qu'ils mangent et boivent qu'ils se révèlent sans mensonge. Et lorsque devant ma caisse, ils ouvrent leur portefeuille, on y voit au fond la vraie nature de leur âme. Un tel vous remettra un billet tout chiffonné, exhumé négligemment du fond de sa poche par quoi vous déduirez une insouciance d'artiste par rapport à l'argent, tel autre se mettra à crachoter laborieusement menues pièces par menues pièces le montant de sa note avouant ainsi des fins de mois qui respirent mal, tel autre encore sortira d'un portefeuille froid comme une pierre tombale, un billet propre et raide en vous faisant des yeux de fossoyeur, ce sont les pires ! Les avares ! Les nantis, on dirait qu'ils perdent une phalange du doigt à chaque fois qu'ils vous tendent un écu. Enfin, il y a la façon Fernand, plus rare et plus subtile.

– Salut les filles ! Comment que ça va-t-il aujourd'hui ? Toutes aussi jolies que des rubis ! Ah, si j'avais encore vingt ans, soupire-t-il en levant les bras au ciel. Complet cintré de belle coupe, à l'ancienne, gueule taillée au couteau, air de bandit, il a dû être beau gosse dans ses vertes années. Et puis, il a souvent les yeux qui traînent. Lui, c'est en grand seigneur qu'il la joue, point de portefeuille, il a toujours son argent dans la pochette de sa chemise. – Combien que ça fait-il, mon p'tit oiseau ? Faut le voir rouler les yeux et me faire son sourire enjôleur, à son âge ! C'est alors qu'il pose la main sur son cœur, et prend une grosse liasse de billets pliés en deux, toujours de grosses coupures, et se met à les feuilleter de manière insouciante pour bien montrer que...

- C'est bon, dit-il en dédaignant sa monnaie, le reste est pour le nourrain et que la maison s'amuse !

Autant vous dire qu'on l'aime bien, Fernand ; par les temps qui courent, la générosité se fait rare, et ce n'est pas tous les jours qu'on voit passer un merle blanc qui vous laisse ainsi vingt francs de pourboire en vous faisant un sourire. Mais quel besoin a-t-il donc de se promener avec de telles sommes sur lui et d'exhiber ses billets avec tant d'ostentation et de désinvolture ? Voulez-vous que je vous dise, cet argent-là ne sent pas la sueur, ça ne m'étonnerait pas qu'il soit le produit de petites ou de grandes magouilles qui pourraient expliquer pourquoi le bonhomme s'est volatilisé sans prévenir. Il y a tout de même la disparition du tableau, de grande valeur paraît-il, et dont on ignore la provenance. D'où vient-il ce tableau ? Est-ce le butin d'un cambriolage ? C'est ce que prétend mademoiselle Luce. Une chose est sûre, quoi qu'il ait pu se produire, quelqu'un parmi nous connaît la vérité ou, au moins, une partie. Et ce quelqu'un est forcément un proche, une personne avec laquelle Fernand a des relations étroites et régulières : je ne vois que Nanard ou le curé. Anita peut-être. Cécile ou Philo, c'est moins sûr, quoique... À ce que m'a dit madame de Germiny - la Josette - Père Edgard ne serait pas allé dîner chez Fernand, dimanche dernier, il doit bien avoir à cela une raison, une raison que le curé et qu'Anita connaissent forcément. Inutile d'interroger Anita, elle ne dira rien. Et le curé… Lui aussi a un passé trouble. Marion, la mère de Nanard, s'en est allée en emportant son secret. On n'a jamais su qui était le père du petit postier ; malgré le temps, la rumeur court toujours. Josette a aussi évoqué une mystérieuse lettre d'Espagne. Même s'il prétend le contraire, Nanard doit en connaître le contenu, il a beau faire l'innocent, je suis convaincue que Fernand lui a dit ce qu'elle contenait, cette lettre. Mais le plus inquiétant est ce qui me touche de près : le Gaulois. Voilà deux jours que ma Zoé est en pleurs toute déprimée d'avoir perdu son beau gars. Deux disparitions en même temps, ça fait beaucoup, m'a dit Fernandel. Il a raison. Qu'avait-elle à s'amouracher de ce manant ? Avait-elle besoin de le loger et de le nourrir ? Travailler pour nourrir un homme, c'est bien le monde à l'envers ! Oh, je connais ce genre de lascars, taiseux sur leur passé et grandes gueules sur l'avenir. En plus d'être aveugle, l'amour rend stupide ; elle lui payait tout, ses cigarettes, sa bouffe, ses verres au bistrot pendant que lui menait une vie de vacancier tantôt à la pêche avec Bernard le camionneur, à la maraude avec le Chemineau ou à chipoter à je ne sais quels travaux de fainéants. Ça lui apprendra à Zoé de s'enticher comme ça d'un romanichel. Oh oui, il est beau, il n'y a pas de doute, beau comme un mirage et plus lourd à porter qu'une enclume. Tout son mois y passait à entretenir ce vaurien et pour tout remerciement le voilà qui fiche le camp sans dire merci, au motif qu'elle aurait laissé cramer le rôti de chez Michel. C'est un peu léger, me semble-t-il. Mille fois, je lui ai dit à Zoé, de prendre un homme comme le mien, pas trop beau pour qu'il n'aille pas courir le guilledou ailleurs, pas trop malin, un peu lourdaud, qui sente plutôt le cambouis que le soufre, une bonne pâte qui se laisse bien mener et qui, à la quinzaine, pose sa paie sur la table. Comme dit le proverbe, je préfère un âne qui me porte plutôt qu'un cheval qui me désarçonne. Mais elle n'a rien voulu entendre et voilà le résultat. J'espère tout de même qu'elle reprendra le travail demain et ne passera pas toute la semaine à tirer sur la carotte.

Pourvu que tout cela se tasse. S'il se découvre que le Gaulois est mêlé à l'histoire, la police mènera son enquête, elle interrogera Zoé qui ne m'a peut-être pas tout dit, tout avoué. Samedi, d'après Mélanie, le Gaulois et Philo seraient allés faucher les herbes sur le terrain de Fernand, on ne sait pour quelle raison. Une violente dispute aurait éclaté entre eux. Mon Dieu, quelle tache sur la réputation du magasin si l'on voit les flics débarquer ici, nous poser des questions, perquisitionner l'appartement de Zoé à la recherche d'indices.

Aux environs de dix heures, nous étions Krim le turfiste, Babette et moi dans le fond du magasin occupés à regarder par la vitrine Réjane pendre ses nouveaux rideaux. Aucune allure. Elle aurait pu, tout de même, nettoyer ses vitres avant de les faire pendre. Ce n'est pas le temps qui lui manque, pardi, elle ne fiche rien de la journée et passe sa vie à se plaindre de n'avoir pas une minute à elle. Toujours débordée, la malheureuse ; on se demande par quoi. En plus de cela, incapable d'ouvrir son bistrot à l'heure, toujours en retard, toujours à se rendre au travail avec des souliers de plomb et des bras à la retourne ! Voulez-vous que je vous dise, ce n'est pas un poil dans la main qu'elle a, c'est une queue de cheval ! C'est dit. Pensez-vous qu'elle aurait pris la peine de les repasser ses rideaux, avant de les mettre ? Ben non non ! Et cette couleur ! Beurk ! Tandis qu'elle était occupée à les accrocher à leurs anneaux, Cécile a soudain fait irruption dans le café. Elle n'avait pas la tête des bons jours et semblait déballer sa vie à Réjane avec de grands gestes emportés et des yeux noirs de colère. J'ai donné un coup de coude au turfiste : - Krim, va voir ce qui se passe, j'ai l'impression qu'il y a de l'eau dans le gaz… Ils se sont alors mis à palabrer à trois sur le trottoir après quoi j'ai vu Cécile et Réjane tendre chacune un billet de vingt francs à Krim. Ce margoulin était parvenu à leur soutirer de l'argent à parier sur un canasson ! À son retour, il n'a rien pu m'apprendre si ce n'est que Cécile se rendait au tribunal et que ça allait barder, que le Gaulois, Philo et Fernand, auraient affaire à la Justice… On n'en sut pas davantage. Babette et moi avons mis trente - trente ! - francs sur Vernouillet dans la troisième à Auteuil, du tout cuit selon Krim. Moi, les chevaux, ce n'est pas trop ma tasse de thé, mais s'il venait à gagner la course ce Vernouillet, hi hi, ça lui fermerait le clapet à Réjane, et lui ferait bien mal au ventre de savoir que j'ai gagné plus qu'elle !

# CHAPITRE IX

Le Chemin de souffrances

Le juge Fuchot était tout en nage, ce mardi-là. De grosses gouttes de sueur perlaient à son front, puis dégoulinaient par les tempes, les paupières, le nez pour s'écraser enfin sur un dossier assez épineux qu'il était en train de parcourir en soupirant. L'air de la salle d'audience était confiné, malsain et sentait le bois sévère des vieux prétoires. La face rubiconde et le regard accablé, il ordonna au greffier d'ouvrir une fenêtre. Lorsque ce dernier l'eut ouverte et qu'il repassa devant l'estrade, Fuchot lui fit signe d'approcher.
- Toujours rien ? lui chuchota le juge dans le creux de l'oreille.
- Toujours rien, Monsieur le Juge, pas la moindre odeur de vanille...
Devant eux, maître Tacard, appuyé au pupitre, révisait ses notes et compulsait les pièces jointes.
- Ce grand échalas de Tacard n'a pas l'air de souffrir de la chaleur, se dit Fuchot, il a l'air aussi sec qu'un biscuit. Quel numéro d'histrion va-t-il encore nous jouer ? Regardez-moi ça cet air de coq pérorant sur le fumier et ces yeux myopes de fort en thème...Pff, prétentieux, va !

Ajustant ses lunettes qui glissaient sur son nez humide, il déclara d'un ton solennel :

– La séance est ouverte, la première affaire que nous examinons oppose madame Cécile Lessueur, ici représentée par son conseil, maître Tacard, à monsieur Philippe Séchant qui comparaît assisté par maître de Saint-Pont. La parole est à la partie demanderesse, maître, nous vous écoutons.

Tacard leva les deux mains à hauteur des épaules tel un prêtre qui attaque une épître : – Monsieur Le Président, Dieu sait si j'en ai vu des affaires dans ma carrière... - Écoutez-moi ça, pensa le juge, « ma carrière », cette enflure sent encore le banc d'école, il ne plaide que depuis deux ans, ça commence bien.

– Monsieur, le Président, ma cliente est depuis trente ans propriétaire d'une maison sise au numéro 39 de la rue du Casino, laquelle se trouve enclavée et accessible par une servitude de passage traversant la propriété de monsieur Séchant, ici présent.

Elle en hérita de sa tante en 1971, qui elle-même en avait hérité en 1936 du fait du décès de sa grand-mère. Quant à monsieur Séchant, il apparaît, au vu des actes notariés, qu'il fit l'acquisition de sa demeure en 1968 dans la parfaite ignorance, dit-il, que le bien fût attaché à des obligations de fonds servant en faveur de madame Lessueur. L'acte de propriété, il est vrai, ne précise pas que le bien est acquis avec les servitudes actives ou passives qui peuvent y être liées et n'exprime pas davantage de garantie de contenance. Il y a cependant lieu de douter de la bonne foi de monsieur Séchant puisque le caractère enclavé du fonds dominant ne laisse planer aucun doute, puisqu'au moment de l'acquisition, il ne pouvait pas ne pas savoir, de par la configuration des lieux, qu'un droit de passage s'exerçait au bénéfice de la plaignante. Me faut-il rappeler ici, pour la gouverne de la partie adverse, que la servitude est un droit bien réel, qu'elle entraîne des obligations de la part des propriétaires des fonds concernés, qu'elle reste attachée aux fonds dominants et servants en quelque main qu'ils passent ? C'est ici l'occasion de citer le vieil adage: « les générations disparaissent, les servitudes restent. » Dans le cas que nous avons à exposer, Monsieur le Président, la servitude consiste en un chemin latéral, d'une assiette de 2.4 mètres de largeur par 35 mètres de profondeur, soit un chemin permettant le passage d'un véhicule automobile. Au fond de cette voie d'accès, en sa partie droite, et à l'arrière de la maison de monsieur Séchant, commence la propriété de madame Lessueur, la partie gauche du chemin, sur toute sa longueur, étant constituée de parcelles de terrains en nature de prairies où paît un équidé...

Tacard, voyant le regard du président planer distraitement au-dessus de la salle d'audience à demi assoupie puis s'évader par la croisée entrouverte, perdit contenance et s'arrêta net.

– Continuez, Maître, continuez, vous avez toute notre attention...

- Des parcelles de terrains en nature de terrains, heu non, en nature de prairies...
- Où un équidé paît, compléta le juge sur un ton sarcastique.
- C'est cela même, Monsieur le Président. Heu… donc, du côté de la voie publique, les parcelles en nature de prairies sont fermées par un mur de 3.5 mètres de haut alors qu'elles sont délimitées par des clôtures classiques tout au long du chemin faisant office de servitude de passage. Dans les faits, il y a lieu d'induire qu'il s'agit ici d'une servitude du fait de l'homme convenue en son temps, depuis l'existence des deux biens, par les propriétaires des fonds respectifs, ce qui d'après la loi est tout à fait loisible tant que ces dispositions ne nuisent pas à l'ordre public. Monsieur Séchant aurait, devant cette cour, mauvaise grâce à nier la légitimité de ce droit de passage établi dans les faits depuis toujours par convention tacite , d'une part, résultant d'autre part de son propre comportement de fonds servant puisque depuis l'acquisition de son bien, il a toléré sans contestation qu'il puisse ici produire, l'exercice prolongé de la servitude, ce qui en constitue l'aveu.

Si, dans le cas qui nous occupe, aucun titre recognitif ne peut être versé au dossier, il y a toutefois lieu d'invoquer la notion de commencement de preuve qui admet l'existence d'une servitude verbalement convenue, en son temps, entre les parties.

Pour des raisons obscures, tant dans leur fondement que dans leur motivation, monsieur Séchant, au début de ce printemps 2001, a construit de ses propres mains, deux portails en bois, sectionnant ainsi le chemin sur une longueur d'environ trente mètres. Les photos que je joins à mes conclusions, montrent que le premier portail a été érigé à front de rue, le second, à l'entrée du domicile de madame Lessueur, cela, pour ainsi dire, sauvagement et sans concertation préalable avec ma cliente qui s'est ainsi trouvée dans la douloureuse situation de ne pouvoir entrer chez elle et de ne pouvoir davantage en sortir. Il y a donc de ce fait une transgression de servitude et le placement de ces deux portails cadenassés suffit à caractériser l'atteinte au droit de ma cliente et à justifier l'existence d'un préjudice...

– Si je vous suis bien, Maître, madame Lessueur vit donc ou bien séquestrée chez elle ou bien dans la rue ou bien entre les deux portails, selon l'endroit où elle se trouvait lorsque monsieur Séchant les a cadenassés ? intervint le juge en triturant le lobe de son oreille droite et en clignant des yeux.

De l'assemblée qui, jusque-là, s'était tenue silencieuse et baignait dans une moiteur torpide, monta une rumeur sourde de rires étouffés, d'exclamations, de commentaires et de chuchotements. Il arriva ensuite une chose commune aux prétoires où le linge sale du monde s'étale aux yeux de tous, où les passions les plus déchirées sont tenues de paraître à nu, où les larmes les plus brûlantes, les sentiments les plus inavouables, les secrets les mieux gardés se trouvent tout à coup jetés comme de vulgaires chiffons sur la place publique.

Cécile est une femme de cinquante-cinq ans au sang rebelle et bouillonnant, petite et chétive, outrageusement fardée, vive et fébrile, et dont le principal tourment est de ne pouvoir tenir sa langue. Durant toute la plaidoirie de Maître Tacard, assise sur son banc, elle n'avait cessé de gesticuler, de remuer, de gigoter, de tapoter des doigts l'inébranlable mobilier du tribunal : on eût dit une étincelle courant sur une mèche à toute allure, à la rencontre d'un bâton de dynamite. Lorsque la confusion s'installa quelques secondes dans la salle, elle se leva tout d'un coup, parut comme un éclair au côté de son avocat qu'elle écarta d'un coude franc et pointu pour parler à sa place. Tacard, médusé par ce geste sans précédent, demeura bouche bée.

- M'sieur l'Président ! Si ça peut aider, M'sieur l'Président, je vais vous expliquer moi ce qu'il a fait ce salopard de Philo, j'vais vous l'dire, moi !

De son côté, Philo laissa entendre un grognement de molosse qu'une mouche importune. Le teint de Tacard avait viré de couleur, à la plus grande jubilation du Président. Il tenta, bien en vain, de faire rasseoir sa cliente, tantôt par des propos lénifiants, tantôt par des exhortations fermes : rien n'y fit, l'étincelle avait rejoint son pétard.

- Si ça peut aider m'sieur l'Président, j'vais vous raconter tout ce qu'il manigance depuis l'printemps pour m'enquiquiner, cette fripouille, cet hypocrite, ce sac à merde...

Une franche bordée d'éclats de rires parcourut toute la salle d'audience. Pendant ce temps, Corinne de Saint-Pont, l'avocate de Philo, retenait son client par la manche, l'invitait à se calmer et tentait de le dissuader d'aller à la barre, en découdre avec son impétueuse voisine. Le juge Fuchot qui suintait à présent de partout, plus pivoine que jamais, comprit qu'il aurait à démêler un écheveau bien compliqué et que la partie allait être chaude.

– Madame Lessueur, dit-il, vous êtes ici devant le Tribunal de Grande Instance, je vous prie de vous exprimer par des propos sinon aimables, en tous les cas exempts de grossièretés ou d'invectives. Ceci dit, expliquez-nous, s'il vous plaît, comment, depuis le printemps, procédez-vous pour rejoindre ou quitter votre domicile.

– Excusez-moi, M'sieur l'Juge, c'est que je ne sais pas parler comme monsieur Tacard, moi. Lui il sait dire des mots et des mots, des phrases et des phrases, tellement longues que quand il les finit, eh ben, on se souvient plus du début. Bref, il parle la langue qu'on parle au tribunal ; moi, j'ai pas été longtemps à l'école, vous voyez, et à l'école, on ne m'a appris que le français, et c'est tout ce que je sais parler, moi, M'sieur l'Président. Mais du peu que je comprends à tout ce qu'il dit, il y a des choses que je ne suis pas d'accord.

Tacard consterné, meurtri, annihilé, était pâle comme un linge. Il tenta à nouveau de faire taire sa cliente mais, ravi de ce que la plaidoirie de l'avocat fût dans une certaine tourmente, le juge Fuchot, avec un sourire tout sucré, dit à l'avocat :

- Maître, laissez donc parler votre cliente, si celle-ci estime que vous avez mal entendu certains aspects de sa requête, il est tout à fait normal qu'elle les exprime et les fasse valoir devant la cour. Madame Lessueur, vous avez la parole et, s'il vous plaît, pas d'insultes !

- Oh, M'sieur l'Juge, je suis bien désolée pour monsieur Tacard, j'espère qu'il ne va pas être fâché après moi. Sûr que c'est un bon avocat ; dans le quartier, au *Sportif*, chez Réjane, partout, on dit que c'est le plus grand avocat de la ville. C'est vrai qu'il est grand, dit-elle en toisant son conseil de la tête aux talons. Et pas donné avec ça, m'sieur l'juge, quand il dévisse le capuchon de son stylo, ça coûte déjà cinq cents francs...alors quand il se met à écrire, j'peux vous dire que ça coûte un pont. Il dit, mais je crois que c'est pour blaguer, il dit que c'est pour les provisions, hi hi hi...

- Madame Lessueur, nous ne sommes pas là pour commenter les honoraires de maître Tacard. Vous souhaitiez intervenir sur les propos de votre conseil, veuillez parler sans dévier vers des considérations qui n'intéressent pas ce tribunal.

- S'cusez-moi, Monsieur l'Président. Ben voilà, monsieur Tarcard a dit que j'étais dominante et que Philo, c'était le servant. Eh bien ça, c'est faux et archi faux. Pendant dix ans - dix ans ! - j'ai lavé son linge, repassé, rapiécé, recousu, reprisé, dix ans à nettoyer sa baraque, M'sieur l'Juge, à lui cuisiner ses potées, ses gratins, ses gigots.

Parce que, Mossieu, on ne le nourrit pas au vermicelle, ah non hein, Monsieur le Prince, il lui faut son entrée tous les jours, croquettes aux crevettes, petite salade aux lardons ou aux foies de volaille, pâté de chevreuil et tout ce qui s'ensuit, vous voyez, et pas question de lui mettre du surgelé sous le nez, oh non ! Sa Majesté ne veut que du frais et du fait-maison...C'est simple, Monsieur l'Juge, je passe ma vie entre les *Quat'Saisons* et mes fourneaux pour nourrir ce vaurien. Quand il s'agit de bêcher un mètre de jardin, là, plus d'homme ! Mossieu a mal au dos ! Mais quand il s'agit de bâfrer ou de rester des heures incrinqué au *Sportif*... Alors dans tout ça, c'est qui la servante ? C'est qui la servitude ? J'vais vous l'dire, moi ! La servitude, M'sieur l'Juge, c'est moi!

- Madame Lessueur, souffla Fuchot visiblement surpris de la tournure que prenait le débat, êtes-vous en train de me dire que vous vivez maritalement avec monsieur Séchant ?

- Non, M'sieur l'Juge, on vit « tôt-jetère-alonne » comme Nicole Kidman et Tom « Crouisse ».

Ces mots, bien sûr, suscitèrent un certain trouble dans l'assistance et aussi dans l'esprit du Président qui se tourna vers Tacard en écarquillant les yeux :

- Maître...pourriez-vous nous éclairer ?

Tacard qui retrouvait ainsi une occasion inespérée de remettre un pied dans l'étrier reprit sa place de ténor :

- Monsieur le Président, ma cliente fait ici allusion à l'expression anglaise, vivre « *together alone* » qui signifie vivre ensemble séparément. Je me disposais à vous entretenir de la nature quelque peu inhabituelle des liens qui unissent subsidiairement les parties mais madame Lessueur dont l'émotion peut se comprendre, ne m'en a pas laissé le loisir. De l'aveu de ma cliente, et cette situation n'a pas été démentie par ma consœur, Maître de Saint-Pont, il apparaît que monsieur Séchant et madame Lessueur ont entretenu, durant une certaine période, des liens de concubinage avec un bonheur assez partagé et se sont, de ce fait, abstenus d'élire domicile sous le même toit. Le litige qui justifie, aujourd'hui, notre recours, n'avait donc, à l'évidence, pas lieu d'être *in tempore non suspecto*[3], par la nature même des relations unissant les parties, et aussi, faut-il le préciser, pour leur commodité. Durant le mois d'avril, aux dires de ma cliente, le climat entre les concubins s'est gravement détérioré au point que les parties ont cessé de se fréquenter, de se parler, de s'entendre. On comprendra, à la lumière de ce fait, quels ont pu être les mobiles qui ont poussé monsieur Séchant à bafouer les règles les plus élémentaires du savoir-vivre, à porter atteinte à ma cliente, dans son libre droit de circuler, de faillir délibérément à ses devoirs de fonds servant et ceci dans l'intention manifeste de nuire ! Quels sont ces mobiles, Monsieur le Président ? Qu'est-ce donc qui peut pousser un homme à commettre pareille bassesse, pareille perfidie qui, soit dit en passant, pourrait faire l'objet d'une qualification pénale, qu'est-ce qui peut pousser un homme à reclure chez elle, une femme seule et sans défense ? Le dépit amoureux, bien sûr, la jalousie, la

---

[3] Dans des temps non suspects.

vanité, l'orgueil blessé d'un amant éconduit. Voilà les motifs réels des préjudices dont ma cliente est victime !

Maître de Saint-Pont avait eu jusque-là toutes les peines du monde à tenir son molosse de client en laisse. Les dernières paroles de Tacard rendirent l'animal fou furieux et intenable comme si une main indélicate lui avait dérobé sa gamelle sous ses yeux.

— C'est pas vrai c'qu'il dit, Tocard, c'est moi qui l'ai foutue dehors ! gronda-t-il en décoiffant l'auditoire. Tacard apeuré battit en retraite mais pas sa cliente qui tel un roquet accourut devant l'estrade :

— Ne l'écoutez pas, M'sieur l'Juge, c'est un menteur ! C'est moi qui suis partie, à la fin d'avril, un soir que monsieur était encore revenu plein comme un boudin et qu'il s'était mis à rouscailler parce que le gratin dauphinois était tout sec ! *Hasta la vista babi*, que je lui ai dit ; j'ai r'pris mes casseroles et mes louches et j'ai foutu l'camp ! Voilà la vraie vérité, M'sieur l'Juge!

Un voile passa sur la face de Fuchot qui exprimait à présent un douloureux mélange d'agacement et de perplexité.

— Monsieur Séchant, je vous invite à regagner votre place et à ne vous exprimer que sur ma demande. Puisque la partie demanderesse n'a pas semblé entendre la question de la cour, à savoir, comment madame Lessueur procède-t-elle pour entrer et sortir de son domicile depuis le début du printemps, je donne la parole à maître de Saint-Pont dont les explications nous permettront peut-être d'avancer dans la compréhension du litige et des faits.

Tacard voulut parler mais fut coupé dans son élan par le juge qui leva la main pour lui signifier de se taire.

Maître Corinne de Saint-Pont est une femme à la cinquantaine bien mûre qui plaide la plupart du temps *pro deo* et se trouve ainsi familière des causes modestes, généralement confuses, des querelles de courée, des intrigues de bas quartiers, des revers matrimoniaux les plus sonores, des fortunes les plus troubles et les plus diverses qui jonchent le pavé des rues. Elle commença sa carrière dans l'heureuse disposition de vouloir défendre le pauvre contre le riche mais défendit plus souvent le pauvre contre lui-même. Il ne lui reste aujourd'hui de ce noble dessein, qu'un idéalisme atrophié, que des illusions perdues et des rides cruelles mordues par l'aigreur. Alors que certains Don Quichotte se mettent en demeure de porter sur leurs épaules toute la misère du monde, elle, la porte sur la face.

– Monsieur le Président, la magnanimité de mon client m'empêche de dénoncer ici le caractère téméraire et vexatoire de l'action entamée à son encontre. Il n'a pas échappé à la sagacité de la cour qu'il était hautement improbable que madame Lessueur soit ou ait été privée de sa liberté de circuler depuis le mois d'avril ; cette version que semble pourtant soutenir mon confrère, montre déjà suffisamment le côté farfelu du procès intenté à monsieur Séchant. Il ne m'a pas été rapporté qu'il a fallu l'intervention des forces de police pour que la plaignante puisse être libérée de sa prétendue enclave et comparaître devant ce tribunal, il n'apparaît pas davantage qu'elle loge, depuis les faits, à l'hôtel ou chez des voisins. Aussi, l'éventuelle qualification pénale que Maître Tacard met en avant quant aux faits reprochés à mon client, prête-t-elle à sourire. Nos adversaires tiennent pour fait acquis l'enclavement de leur fonds, allèguent de vagues conventions qu'ils ne peuvent produire, justifient d'usages que nul ne peut attester, arguent du comportement de fonds servant de mon client quand seuls, les mots gentil, serviable, dévoué devraient qualifier son attitude. Soyons sérieux un instant, et tâchons d'examiner les choses dans un climat d'entente et de bonne intelligence, ce dont madame Lessueur semble cruellement dépourvue. Est-il imaginable que mon client ait sciemment, délibérément empêché la plaignante de circuler à sa guise entre sa demeure et la voie publique pendant plus de quatre mois ? Qui pourrait croire une telle fable ? Personne ! Et cela, pour quelle raison ? Pour la simple et bonne raison que d'enclave il n'est point ! Mon confrère qui soutient avec quelque légèreté le caractère enclavé du fonds aura probablement négligé de consulter les registres cadastraux ou de se rendre compte de visu des accès qui relient le domicile de madame Lessueur à la voie publique. Nous avons pris cette peine et sommes en mesure d'affirmer que deux chemins permettent la libre circulation vers le fonds litigieux. Le premier est connu sous le nom de « Chemin des Flaches ». Il se trouve à l'arrière de la maison de la plaignante, traverse les prés pour déboucher directement sur la chaussée de Maire, juste en face de la Poste.

– Les Flaches ! hurla Cécile, folle de rage. C'est toi, ma grande, qui va mettre tes bottes pour passer l'ru et qui va traverser les pâtures en marchant dans la boue ? Faudra me montrer, ma grande, comment tu fais pour passer les Flaches en talons et en tailleur...

– Le Chemin des Flaches, poursuivit Maître de Saint-Pont que les vociférations de Cécile laissèrent de marbre, le Chemin des Flaches, Monsieur le Président, est un chemin enregistré au cadastre comme faisant partie du réseau public dit de « voies lentes » et est, à ce titre, ouvert à tout usager. Il est vrai qu'aux abords de la propriété de la partie adverse, ce chemin rencontre un ruisselet communément connu sous le nom de ru de Maire, lequel prend sa source quelques kilomètres en amont, contourne en un large méandre le lieudit appelé « les Mottes », traverse ensuite les prés à hauteur de la rue du Casino et croise enfin la chaussée de Maire par le dessous pour courir vers un endroit que nous ignorons.

– Maître, s'impatienta Fuchot, ce cours d'hydrographie est-il vraiment essentiel à la compréhension du dossier ?

– Il m'a paru opportun, Monsieur le Président, de donner ici une description très précise des lieux afin d'éluder définitivement les doutes qui pourraient peser sur la qualification du fonds concerné. Madame Lessueur objecte que, bien que guéable, le passage de ce ruisselet est impossible. La consultation des archives publiques atteste cependant qu'un pont avait autrefois été aménagé par les propriétaires de la maison et que ce dernier permettait l'accès au Chemin des Flaches, à titre principal, puisqu'en 1912, date de nos archives, le quartier de l'Escalette n'existait pas. Il y a donc lieu d'en inférer que tous les autres chemins menant au domicile de madame Lessueur ont un caractère adventice voire fortuit et qu'ils ont été tracés pour les besoins d'autres fonds. S'il est vraisemblable qu'au fil des années, certaines habitudes ou commodités aient permis aux propriétaires successifs du fonds de pouvoir jouir d'un passage en surface de tiers, ce n'est qu'à titre occasionnel et par le bon vouloir de leurs voisins. On constate, aujourd'hui, aux torts de la plaignante, que faute d'actes matériels visant à l'entretien, la réparation, l'amélioration de ce pont, le passage du ruisselet est devenu sinon impossible, en tous les cas obsolète du fait même de son propriétaire.

- Mais, vindju d'vindju, tempêta Cécile maintenant proche de la crise d'hystérie, ce pont, ça fait belle lurette qu'il n'existe plus ! Il était complètement pourri ! C'est tonton Paulin qui l'a démoli avant la guerre !

- Or, Monsieur le Président, poursuivit l'avocate toujours imperturbable, si dans la pratique, on a constaté que cette voie d'accès n'était plus utilisée depuis longtemps du fait de la négligence de madame Lessueur puisqu'elle ne peut prouver des actes matériels...

- Je vais t'en foutre, moi, des actes matériels !

- Madame Lessueur, un mot de plus et je vous fais évacuer, gronda Fuchot.

– Des actes matériels assurant la pérennité de son bien... Si la partie demanderesse s'imagine que le fait de laisser se délabrer des voies légales d'accès équivaut à prononcer leur extinction, elle se trompe lourdement !

– Monsieur le Président ! Ce procès d'intention est inacceptable et sans pertinence, protesta l'avocat de Cécile. Mais à nouveau, Fuchot, d'un air excédé, lui enjoignit de se taire.

– Continuez, Maître.

– Par ailleurs, nous avons appris incidemment par un voisin de la plaignante, l'existence d'une convention sous seing privé établie en 1921, entre les aïeux de madame Lessueur et les anciens propriétaires de ce fonds racheté, il y a environ deux ans par ce même voisin. Ce document ferait état d'un chemin de souffrance dont les arrière-grands-parents de madame Lessueur auraient eu l'usage à cette époque.

– Maître, objecta le juge, je ne vois pas très bien ce que vient faire ce « chemin de souffrance » dans notre affaire puisque comme vous l'avez fait utilement observer, le quartier de l'Escalette n'existait pas à cette époque, donc nous devrions en conclure que ce chemin ne menait nulle part !

– Votre Honneur, comme chacun sait, toutes les terres sur lesquelles se situe aujourd'hui l'Escalette, appartenaient autrefois à la famille de Germiny, qui, ayant eu des déboires divers à la fin du dix-neuvième siècle, fut contrainte de les vendre par parcelles. Ces déboires ont eu pour cause première l'emprunt d'État de 1882 que la Russie...

- Maître, s'il vous plaît, aux faits ! Aux faits !

- Pour saisir l'origine de ce chemin de souffrance, il nous a fallu consulter les archives de l'Évêché, lequel se trouve être propriétaire du lieudit les « Flaches ». Il ressort des documents que nous avons compulsés, qu'un peu avant la Révolution de 1789, les lointains aïeux de la plaignante étaient des alleutiers qui avaient reçu du comte de Germiny, quelques terres qu'ils cultivaient à titre de tenures selon un système censitaire. La portion de terrain sur laquelle est aujourd'hui située la maison du voisin de la plaignante appartenait, quant à elle, au diocèse qui, en ce temps-là, octroya un chemin de tolérance aux alleutiers afin qu'ils puissent se rendre sur les tenures, situées du côté des Mottes, et y conduire leurs travaux de paysans.

- Maître, nous n'allons tout de même pas résoudre ce litige en termes de droit féodal ! Depuis l'ancien régime, pas mal d'eau a coulé sous les ponts, bougonna le juge à présent mouillé de la tête aux pieds.

- Monsieur le Président, intervint Tacard, nous sommes en plein délire ! Est-il possible que la cour ait à subir toutes ces aberrations ? Les arguments de ma consœur virent au ridicule.

- Maître Tacard, la cour est seule juge de ce qu'elle consent à entendre ou à écarter. Il ne me semble pas vous avoir donné la parole.

- N'empêche que samedi, ajouta Cécile, Philo et le Gaulois sont allés faucher le terrain de Fernand pour faire croire qu'il existe un chemin qui conduit chez moi, alors que cette bande de terre est un terrain vague depuis des lustres.

La confusion s'installa de nouveau dans le prétoire où monta un brouhaha de protestations et de lassitude. Mais un nouveau coup de théâtre se produisit. Cécile que l'on avait crue jusqu'alors capable de faire face à toutes les attaques et à toutes les avanies, se mit à pleurer comme une Madeleine et à geindre pathétiquement :

– J'y comprends que dalle, moi, à toutes vos histoires. Et puis, après tout, je m'en fiche du chemin de souffrance et de tout ce qui s'ensuit. Si je suis là, c'est à cause de Norbert, tout le reste m'est bien égal.

Elle avait prononcé ces dernières paroles d'une voix si chagrinée, avec une telle tristesse que tout l'auditoire se tut soudain et retint son souffle. On entendait voler les mouches. – Voilà autre chose, pensa le juge, des larmes à présent, il ne manquait plus que ça.

– Norbert ? Que voulez-vous dire Madame Lessueur ? Parlez, je vous en prie...

– M'sieur l'Juge, vous savez, depuis qu'on s'est disputé, Philo, il m'empêche de voir Norbert...

Des gémissements épouvantables et désespérés suivirent cette déclaration. Toute l'assemblée s'en émut et, assis sur son banc, Philo en parut fort embarrassé ; son front et ses joues s'empourprèrent.

– Maître Tacard, je vous prie, expliquez-nous ce que signifie cette nouvelle singularité.

- Votre Honneur, je n'ai pas cru opportun de faire état devant la cour, d'un second différend entre les parties qui, à mes yeux, ne méritait pas de retenir l'attention, en tous les cas d'être d'une quelconque utilité à la compréhension des débats, et…

- Maître, une fois de plus, il semble que votre cliente n'ait pas la même perception que vous de ce litige qui paraît bien embrouillé et tout entaché d'omissions assez irritantes.

- Eh bien, comme je l'ai dit au début de ma plaidoirie, la maison de monsieur Séchant est bordée par un terrain en nature de prairie. Cette prairie appartient à une personne qui, propriétaire d'un équidé, l'y laisse paître une bonne partie de l'année. Cette personne, Monsieur le Président, s'étant trouvée, il y a peu, dans l'impossibilité de s'occuper de son bien, entendez, l'équidé…

- C'est pour ça qu'il a construit les deux portails ! hurla Cécile qui avait soudain retrouvé toute sa verve et sa pugnacité. J'vais vous expliquer M'sieur l'Juge, vous allez comprendre pourquoi il m'empêche de passer sur le chemin cette fripouille, ce maraud. Au début du printemps, le vieux Boule, un qui habite aux Mottes, près du ru, il s'est senti mal. Il était tellement gros que ses jambes ne pouvaient plus le porter et qu'à partir de cette période-là, eh ben, on ne l'a plus jamais vu remarcher. Il en était fort marri vu qu'il ne savait plus s'occuper de Norbert. Sur ce qu'il m'a demandé de le soigner.

- C'est faux, tonna Philo, ne l'écoutez pas, Votre Honneur, elle essaye de vous enfariner ; c'est à moi que Boule a demandé de m'occuper de Norbert !

- Monsieur Séchant, la parole est à madame Lessueur. Madame, s'il vous plaît, pourriez-vous me dire qui est ce Norbert et ce qu'il vient faire dans l'histoire ?

- Monsieur l'Juge, Norbert, c'est un âne.

- Un âne !

- Ben oui, un âne. C'est l'âne de Boule. Ah, m'sieur l'Juge, faut voir comme il est beau avec sa petite frimousse d'ange, et avec ça, intelligent, vous savez. Du temps que Philo et moi, on n'avait pas encore rompu, tous les matins et tous les soirs, je lui apportais ses petites carottes, je lui curais les sabots ou je lui passais son petit manteau à l'étrille. C'est pour ça que ce maroufle a fermé le passage, pour m'empêcher de l'approcher, et je vais vous en dire une autre, M'sieur l'Juge, pour vous montrer toute la méchanceté de cet homme. Tous les matins, c'est à présent lui qui donne à Norbert ses carottes et ses navets :
- Norbert, Norbert, viens mon petit, qu'il crie haut et fort pour me narguer et me faire de la peine. Et moi, j'entends braire mon âne comme un petit orphelin qui appelle sa maman...

Une nouvelle averse de pleurs suivit cette déchirante révélation qui déclencha un bruyant charivari dans la salle. Fuchot était comme sur un nuage, partagé entre l'irritation, l'hilarité, la langueur. D'une voix oppressée, les yeux vides, il se tourna vers Philo.

– Monsieur Séchant, comme l'a fait remarquer Maître Tacard, la garde de cet animal ne paraît pas être un élément pertinent dans cette affaire. Néanmoins, afin de préserver une certaine convivialité entre vous-même et votre voisine, il me semble souhaitable que vous fixiez avec le propriétaire de l'animal, qui en a réellement la garde et, s'il s'agit d'une garde partagée, les moments ou les jours durant lesquels cette garde peut s'exercer.

– Impossible, M'sieur l'Juge, rétorqua Philo.

– Et pourquoi cela, Monsieur Séchant ?

– Parce que Boule, il a passé l'arme à gauche et qu'au moment où je vous parle, on est en train de l'enterrer.

– Si vous me le permettez, Monsieur le Président, intervint Corine de Saint-Pont, je voudrais, comme mon confrère, éluder la question de cet âne qui tombe dans la discussion comme un cheveu dans la soupe. La plaignante, à ce qu'il semble, use de faux-fuyants et de subterfuges afin d'obscurcir le débat et de le dévoyer de son objet réel. Cette dernière s'imagine peut-être infléchir la cour par des tirades larmoyantes et des considérations inopportunes. Mon client et moi-même réfutons totalement le caractère enclavé de son fonds et par là même, nous déclarons sa démarche comme dépourvue d'objet.

– Bien, Maître. Ce voisin de gauche, comment s'appelle-t-il ?

– Fernand Sassoye.

- Serait-il possible de l'entendre à cette fin de définir si oui ou non, une tolérance en surface de tiers est envisageable ?
- Impossible, répliqua Cécile.
- Vous n'allez tout de même pas me dire qu'il est lui aussi décédé !
- On ne sait pas M'sieur l'Juge. Il a disparu depuis dimanche. Personne ne sait ce qu'il lui est arrivé, dans le quartier, tout le monde le cherche. Même que lundi, Lili lui a livré son bac de Jupiter, la bière que l'on brasse par-delà le Pont de la Folie, pas très loin du canal, et que le bac est resté sur le seuil. C'est qu'il a dû se passer quelque chose de pas net et que, peut-être, dit-elle en regardant Philo, certains savent ce qui s'est passé mais se gardent bien de le dire...
- Maître de Saint-Pont, reprit Fuchot, cette personne ne s'est pas évaporée ! Cela dit, il me paraît utile de l'entendre et je vous invite à m'en donner des nouvelles dès que possible. Pour l'instant, je prononce le renvoi de cette affaire à une date qui sera fixée lorsque monsieur Fernand Sassoye aura refait surface. Affaire suivante.

# CHAPITRE X

L'apiour

Un Béotien qu'elle m'a dit que j'étais, Réjane. Il paraît que ce sont des gens qui habitent en Grèce, les Béotiens. Je ne vois pas trop ce que j'ai affaire avec ces gens-là. C'est parce que je n'aspirais pas le H de l'apiour. Au départ, je n'ai rien pigé, alors elle a pris un carton de Jupiter, la bière qu'on... enfin, vous connaissez la suite à présent, elle a pris un carton et elle a écrit : HAPPY HOUR. – Enfin, Nanard, ça fait plus de cent fois que je te l'explique, quand est-ce que ça va t'entrer dans la cacahouète ? Tu vois le H, là, criait-elle en pilonnant le carton de la pointe de son Bic, le H il faut l'aspirer, nom d'une pipe ! Et à l'inverse, le second, il est muet... Je ne vois pas trop ce que ça change puisque si l'on aspire le premier et qu'on ignore le second, ils disparaissent tous deux et l'on revient au point de départ, c'est-à-dire à l'apiour. Mais enfin, je n'ai pas trop insisté car avec tout ce qui s'est passé aujourd'hui, elle était un peu soupe au lait.

Il s'agit d'une coutume anglaise ou irlandaise, voyez-vous. Un jour par semaine, lorsque vous commandez un verre dans un bistrot entre telle et telle heure, vous en recevez un deuxième gratuitement. Gratuitement, c'est ça que ça veut dire apiour. Du moins, c'est comme ça que tout le quartier l'a compris, H aspiré ou pas.

Lili a expédié ses clients bien vite, à moins dix, elle avait déjà les clés de sa boutique en main. Car du *Derby*, on peut observer tout se qui se passe *Aux Quat'Saisons*. Elle est arrivée la première, excitée, frétillante comme une truite au bout d'un hameçon, fallait voir le décolleté… Quelle nature ! Quelle respiration !

- Dis donc Nanard, tu veux des jumelles ? qu'elle m'a aboyé. Puis, se tournant vers les fenêtres, elle s'est mise à s'extasier.

- Oh, Réjane ! T'as mis des nouveaux rideaux ! Quelle surprise, hi hi hi ! Ah, ça vous change un commerce, du beau tissu comme celui-là ! Faut avouer qu'il était temps de rafraîchir un peu, n'est-ce pas Réjane ? Ils sont un peu froissés mais ce n'est rien, d'ici deux trois jours, ils finiront bien par se donner. Dommage quand même que tu n'aies pas eu le temps de laver les vitres. Enfin, il n'y a pas assez d'heures dans une journée que pour pouvoir mettre la main à tout…

Sur l'avenue maintenant désertée par les grévistes, on a vu débouler le grand camion de Bernard. Du fait qu'il ne travaillait pas aujourd'hui, il était parti le prendre chez son patron et l'avait garé près du canal afin de partir très tôt demain, quérir ses patates.

- Bonjour, bonjour, a-t-il chantonné en se frottant les mains, en se lissant les moustaches, l'apiour a déjà commencé ?

- Oui Bernard, il est dix-huit heures deux…

- Ah c'est bien, mets donc vite une tournée générale avant que les autres ne rappliquent.

Mélanie, sa femme, arriva une ou deux minutes plus tard en grand émoi, toute rouge et essoufflée.

- Tant que Cécile et Philo ne sont pas là, je vais vous en raconter une bien bonne, mais surtout, ne le répétez pas, figurez-vous qu'au tribunal…

L'oreille de Réjane et celle de Lili étaient comme deux ventouses. Mélanie raconta que l'audience à laquelle Philo et Cécile avaient comparu s'était assez mal passée et qu'ils s'étaient âprement disputés au sujet de Norbert, l'âne de Boule, lequel était dans de grandes souffrances. D'après elle, à la sortie du Palais de Justice, ils en étaient venus aux mains. Cécile avait ramassé une baffe tandis que Philo était reparti les joues et le nez en sang, éraflé de partout comme si un chat lui avait sauté au visage. Il est vrai qu'un peu après, on vit paraître Cécile, une paire de lunettes de soleil sur le nez, des lunettes à la Polnareff, aussi grandes et larges qu'un pare-brise. Un mouchoir à la main, elle voulut nous faire accroire qu'elle était atteinte d'une conjonctivite survenue tout d'un coup, en rentrant chez elle. Philo, quant à lui, s'était pommadé de fond de teint et ressemblait à un verre de cacao. Malgré cela, les griffes étaient visibles et ne trompaient personne. Il inventa une histoire de débroussailleuse qui s'était emballée, et à laquelle tout le monde feignit de croire. Mais ce qui créa la surprise générale, est qu'ils s'installèrent à la même table, côte à côte et main dans la main : nous en fûmes tous ébahis. Faut dire que par chez nous, les orages, s'ils sont nombreux, sont aussi de courte durée et qu'il ne faut jamais s'entremettre dans une dispute, que ce soit entre amis ou amants. Ça vous retombe toujours dessus que d'avoir pris parti pour l'un ou pour l'autre qui hier se battaient ainsi que des chiffonniers et aujourd'hui arrivent bras dessus bras dessous en vous reprochant vertement de vous être mêlé de leurs affaires. Ainsi donc, ils avaient fait la paix et leur litige n'était plus que du passé : plus question de servitude non plus que de souffrances. Norbert avait retrouvé sa maman et l'herbe pouvait repousser tranquillement tout le long de la maison de Fernand, nul ne s'en souciait plus. Babette aussi fit une entrée assez remarquée. Elle traversa la rue le nez en l'air, contemplant on ne sait quel oiseau juché sur on ne sait quelle branche. Elle se pencha, tendit la main comme pour ouvrir la porte qui était grande ouverte à cause de la chaleur. Patatras, elle s'allongea de tout son long sur le paillasson de l'entrée. Bernard, la releva et la conduisit à la table de Lili en lui recommandant de ne plus bouger.

Les autres franchirent le seuil du bistrot presque tous en même temps : Fernandel en uniforme, mademoiselle Luce et son monstre de chien, Jeanine la coiffeuse, Luc et Marie-Rose, le Chemineau, la Josette tirée à quatre épingles, Reynold, Jacqueline fraîchement plâtrée de la main à l'épaule, Michel le boucher, Pépé le pompier, Anita, Zoé, Finette la sœur de Bernard, Buridan et même l'huissier Bertusse avec sa tête de pince à linge. Seuls, Père Edgard et Krim le turfiste manquaient à l'appel.

Réjane alluma la télévision posée sur un socle métallique dans un coin du bistrot, c'était l'heure de « *Question pour un champion* ». L'émission avait été annulée, ce n'était décidément pas un jour comme les autres. À la place, la télé nous montrait des tours en feu à New York, des gens affolés dans les rues et quantité de pompiers à l'œuvre.

- C'est un exercice d'incendie grandeur nature, prétendit Pépé.

Babette le détrompa en affirmant qu'il y avait eu un accident bien réel, qu'un pilote un peu distrait, sans doute, était allé flanquer le nez de son avion contre un « builedingue » et qu'un deuxième passant par là, avait probablement trouvé le jeu plaisant puisqu'il avait fait pareil…

- C'est à se demander ce qu'on leur apprend encore à l'école à tous ces gaillards, franchement, c'est à croire qu'ils dorment en pilotant ! intervint Jacqueline.

Réjane éteignit la télé. Il y eut alors un long silence, un silence lourd et noir, tout chargé de mots qui ne savent pas comment pleuvoir et se répandre. Attablée en face de Zoé, la vieille Luce mâchouillait une tranche de cervelas qu'elle avait au préalable trempée dans l'Orval afin de l'amollir. C'est elle qui ouvrit les débats.

- Ça me fait tout drôle, tiens, de voir la chaise de Fernand inoccupée, de ne pas sentir l'odeur de son tabac ; comme on dit, un seul être vous manque et tout est dépeuplé, pas vrai Michel ?

Le Chemineau roula des yeux de chien sournois, poussa un grognement rauque et vaguement approbateur en plongeant le nez dans sa bière.

Reynold, seul dans son coin, déjà bien mûr, ricanait bêtement, un riri dans chaque main.

– Eh eh eh ! grinçait-il, la pipe à Fernand, la belle pipe en écume, jamais plus il ne l'allumera, eh eh eh.

Personne ne comprit où il voulait en venir, on voulut le faire parler mais juste à ce moment-là, entra un personnage que nul n'attendait. Le maire, Didier de Metz. Tout le monde se tint coi. Il affichait un sourire de baleine, se tenait droit comme un i, marchait comme un général d'armée après la victoire, avait un œil d'aigle qui survole une vallée.

– Mes amis, mes amis, dit-il les bras ouverts, tout est arrangé. Grâce à mon intervention, demain la brasserie recommencera à fonctionner normalement et les camions livreront à nouveau les fûts et les bacs comme auparavant. Bien sûr, il a fallu toute mon autorité pour infléchir les projets insensés de la direction et pour ramener un climat serein parmi les travailleurs. Cela, je ne vous le cache pas, au prix de négociations à couteaux tirés desquelles finalement, vous, les consommateurs, êtes sortis gagnants.

Il y eut des bravos, des yeux admiratifs, des mines réjouies. Seule Anita dont la méfiance est toujours en éveil, ajouta sèchement :

– Polo n'est pas homme à faire marche arrière sans contrepartie... Je me demande bien quel est le prix de ces belles paroles.

- Eh bien chers amis, poursuivit le maire en esquivant la remarque, chers amis fidèles, il est temps de fêter cette victoire difficile. Madame Réjane, veuillez s'il vous plaît, mettre un verre pour moi à l'assemblée, afin que nous trinquions... Par ailleurs, un fait assez troublant m'a été rapporté, fait qui justifie aussi ma présence parmi vous, ce soir. Vous n'ignorez pas à quel point j'ai le souci de votre quotidien, d'accompagner mes électeurs dans leurs épreuves et de me tenir étroitement au courant de leurs problèmes. On m'a donc informé de la disparition mystérieuse de Fernand Sassoye qui ne se serait plus montré depuis dimanche et dont il y aurait lieu de craindre qu'un malheur lui soit arrivé. Quelqu'un a-t-il vu quelque chose ou pourrait-il aider aux recherches ? À ce stade, nous n'avons pas ouvert d'enquête officielle, il est beaucoup trop tôt. Chacun est libre de circuler comme il l'entend, de quitter son chez-soi à sa guise sans pour autant avoir à en rendre compte. Mais, d'ici quelques semaines, si nous devions demeurer sans nouvelles, je ne dis pas que...

Ces propos allumèrent un grand tumulte, chacun voulut parler plus fort que l'autre, on ne s'entendait plus. Le maire leva haut le bras pour faire cesser le tapage. Et les yeux rivés à son échancrure, il donna la parole à Lili :

- Monsieur de Metz, je voudrais d'abord dire que je suis bien contente d'avoir un maire comme vous. Ah ça oui ! Sans vous pour arrêter toute cette mondialisation, eh bien, demain on se serait retrouvés sans Jupiter dans le magasin ; on vous doit une fière chandelle, et je sais que bientôt vous allez vous occuper de l'ornière...

- Mieux vaut tard que jamais, grommela Jacqueline en levant son plâtre.

- Moi, Monsieur le Maire, j'ai pas peur de le dire, poursuivit Lili, moi, j'ai voté pour vous...

- C'est bien mon p'tit, c'est très bien... dit le maire les lèvres pleines de miel, continuez mon p'tit...

- Eh bien, ce que je voudrais dire, c'est que nous autres au magasin, on n'a rien avoir avec tout ça, faut pas que la police vienne nous tarabuster...

Sous ses dehors de petit chef et de piqueron, Lili est en réalité une âme fragile qu'un rien apeure. Ses yeux s'étaient voilés, on la sentait au bord des larmes. Elle continua avec une boule dans la gorge :

- Moi, je l'ai livré le bac de bière, lundi matin comme tous les lundis. Les bouteilles de vodka, je les ai comptées, faudra pas venir prétendre que j'ai volé Fernand. Je ne sais pas qui a déplacé le bac ni qui a piqué la bouteille... Et puis, M'sieur le Maire, il faut me croire, faudra le dire à la police, moi je ne sais rien de tout ça, et je n'ai rien vu...

- Allons, allons, dit le maire d'une voix caressante, on ne vous reproche rien, mon p'tit, remettez-vous...

La Josette se leva et se dirigea vers les toilettes, un petit sac en crocodile sous le bras :

- Je pourrais en témoigner, dit-elle les lèvres pincées, au cas où l'on viendrait à mettre en doute la parole de cette, de cette...de cette malheureuse.

La vieille Luce qui épluchait son deuxième cervelas piaula soudain comme un vanneau :

- Avoue, Michel, avoue que c'est toi qui as sifflé la bouteille... On ne t'embarquera pas pour si peu, mon garçon.

Le Chemineau voulut regimber mais l'institutrice ne le lâcha pas :

- Tu es passé rue du Casino, lundi, d'après moi vers seize heures, et tu as vu le bac et les bouteilles de vodka sur le seuil de la maison. Tu t'es dit que ça n'était pas normal de les trouver là si tard dans l'après-midi. Tu la connais si bien, Michel, la rue du Casino, n'est-ce pas ? Tu as pensé qu'avec la grève et la peur de tomber sans Jupiter, quelqu'un de malhonnête pourrait voler le bac, tu l'as pris et tu l'as déposé à l'arrière, dans la véranda. Puis tu as jugé que pour ta peine, tu méritais bien d'être récompensé, et tu t'es payé de la bouteille. Voilà la vérité, elle était à ton goût, au moins, la vodka ? Allons, Michel, avoue...

Le Chemineau était bien mal dans ses bottes et dodelinait d'embarras. Il tourna la tête vers la vieille Luce mais ne put soutenir son regard qui le transperçait comme le fer d'une lance.

Il se mit à rougir, baissa la tête piteusement :

- Ben ouais, c'est moi. Je ne voulais pas qu'on lui vole son bac au vieux Fernand, il fallait que je le mette à l'abri sinon... Puis, il faisait si chaud et si soif, alors euh...

- Ah ah ! mon gaillard, cette fois-ci, ton compte est bon, rugit Fernandel en empoignant l'épaule du Chemineau.

– Taisez-vous, Fernandel ! Taisez-vous, lâchez cet homme et allez vous rasseoir, ordonna le maire.

On était tous un peu gênés pour Michel. Dans le fond, ce n'était pas bien grave, ce qu'il avait fait mais on ne savait comment lui dire. Lili, toute heureuse d'être innocentée, sauva la situation.

– Ce n'est rien, Michel, demain je repasserai par là, et j'en remettrai une de bouteille. C'est le magasin qui te l'offre. De toute façon, Fernand ne t'aurait pas reproché de t'être servi. N'en parlons plus.

Ces paroles détendirent l'atmosphère et réveillèrent un brouhaha confus de verres cliquetants et d'aménités. Tout à coup, piqué par on ne sait quelle mouche, Buridan, alluma ses grands yeux de hibou et se mit à vociférer :

– La Mamounia ! Vernouillet !

Nul n'avait remarqué Krim le turfiste, entré à pas de loup, silencieux, presque transparent, caché à l'extrémité du comptoir. Interpelées par les cris et les grands gestes de Buridan, les têtes se tournèrent vers le turfiste, les yeux fondirent sur lui comme une pluie de flèches et toutes les bouches s'écrièrent en chœur :

– Et alors !?!

– Ben alors, c'est la pagaille. Les radios sont devenues folles et ne parlent plus que de New York. Pas moyen d'avoir les résultats. Mon ordinateur est tombé en panne et j'ai dû téléphoner à Paris pour…

Krim avait croisé les bras sur le zinc du bistrot et tournait le dos à l'assemblée, tête baissée, fixant ses belles chaussures vernies.

- Krim ! On t'a posé une question ! s'exclama Anita d'une voix rauque.
- Il a fait un départ fulgurant, oh ça, il paraît que...
- Et après ?
- Après, euh... Après, il est arrivé au premier obstacle et quelque chose de pas normal s'est produit.
- Qu'est-ce qui s'est produit ?
- Eh bien, il s'est dérobé à l'obstacle, il a désarçonné son jockey et l'a envoyé valdinguer dans la haie.
Un grand oh de déception vibra dans le café.
- Je suis désolé, souffla le turfiste...
- On t'a écouté, dit Buridan avec amertume, et voilà le résultat : on a tous perdu. Adieu, Mamounia, bonjour la binette et la bêche...
- Non, il y en a un qui n'a pas perdu.
- Comment ça ? tonitrua Cécile de derrière son pare-brise. Faudrait savoir mon ami, ou on a tous gagné ou on a tous perdu !
- C'est-à-dire que samedi, Fernand est passé au bureau. Il m'a dit, Krim, tu mettras cinquante francs dans la troisième de mardi. J'ai pensé qu'il voulait les mettre sur Vernouillet mais non. Surprise du Lupin, qu'il a dit, mets cinquante francs sur le numéro 7. Et le Lupin, il a coiffé tous les autres en arrivant avec plusieurs longueurs d'avance.
- Combien ? minauda Finette.
- Je ne sais pas, les rapports ne sont pas encore tombés mais sûr que ça va chercher loin. Toutes les cotations le

donnaient pour un tocard, faudra compter au moins dans les trente mille...

- Eh bien, tant mieux pour Fernand, fit Anita dont le sourire cachait un couteau.

- Si ça se trouve, il ne viendra pas toucher son magot. Mon Dieu ! S'il a passé outre, le gain ne sera jamais réclamé... Roooh, la déveine ! Mais j'y pense, le billet est peut-être quelque part chez lui, dit Finette, les yeux tout pétillants.

- Tu ferais mieux de te taire, grogna Bernard.

Fernandel était assis seul à l'écart, maussade et décontenancé. Il n'avait pas prévu l'arrivée du maire qui par sa présence inopportune lui avait volé la vedette. Il s'était vu orchestrant les débats, forçant les aveux d'une main de maître, rayonnant du prestige et de l'autorité que lui procurait son uniforme. Au lieu de cela, ce Didier de Metz intempestif, était tombé comme un cheveu dans la soupe et avait enrayé la belle mécanique de son enquête. Jugeant que le moment était venu de se faire entendre, il tendit les bras pour réclamer le silence :

- Mes amis, moi, j'y étais ce matin, chez Fernand, et, en bon policier, habitué à déceler d'un seul coup d'œil les indices, à décrypter les signes, il ne m'a pas fallu longtemps pour résoudre l'énigme. Il n'y a pas de mystère dans tout ça, nous avons simplement affaire ici à un vol qualifié avec circonstances aggravantes. Nanard et moi, lorsque nous sommes entrés dans le salon, nous avons trouvé le cadre d'un tableau tout esquinté ; ce qui signifie que des individus se sont introduits chez Fernand, qu'ils ont voulu s'emparer de ce tableau de grande valeur, que le vieux aura sans doute reçu le coup fatal en voulant les en empêcher. Les malfrats auront donc embarqué le corps en même temps que leur butin. Puis, à quelques kilomètres d'ici, ils auront abandonné le cadavre dans la nature. Voilà ce qui s'est passé. Si vous aviez vu, comme moi, ce cadre brisé et tout disloqué, vous seriez de mon avis, et vous vous diriez : il a raison Fernandel, il a vu clair...

- Tu te trompes, Fernandel, tu te trompes, fit Mélanie, d'une façon mal assurée et penaude.

- De quoi tu te mêles, toi la Belge ? Tu y étais peut-être ?

- Taisez-vous, Fernandel, ordonna à nouveau le maire, laissez parler Mélanie.

- Ben, M'sieur le Maire, le cadre, c'est tout simple, c'est moi qui l'ai cassé. Vendredi matin, je faisais le ménage chez monsieur Fernand. La dernière fois, il avait dû partir avec Nanard et m'avait laissée seule chez lui. Ce n'est pas l'habitude, vous savez, que Fernand me laisse seule. J'en étais assez surprise. Pour une fois que je ne l'avais pas dans les jambes, j'en ai profité pour faire un peu de zèle et bien mal m'en a pris. Car monsieur Fernand, quand je nettoie, il est toujours là à me houspiller, il n'aime pas trop qu'on touche à ses affaires. Le tableau, ça faisait déjà quelques mois que ça me démangeait de lui mettre un coup de peau de chamois, il y avait bien un doigt de poussière dessus. Mais à chaque fois, monsieur Fernand me disait : laissez, laissez ! Ce n'est pas la peine. Vendredi, comme j'étais seule, j'ai dit au tableau : toi mon ami, tu vas y passer ! À peine effleuré, le voilà qui s'est décroché, est tombé par terre et que son cadre était foutu. J'en ai pleuré, vous savez, oh oui, j'en ai pleuré. Quand Fernand est revenu, je m'attendais à ce qu'il se fâche tout rouge mais non. Il avait l'air tout bizarre, un peu triste. Je lui ai dit que j'étais bien désolée, il l'a bien vu d'ailleurs. Il m'a juste fait un signe de la main et m'a dit : « Ce n'est rien, ce ne sont que des bouts de bois... »

- Et le tableau dans tout ça ?

- Oh ça, je n'en sais rien. Je ne pourrais pas dire ce qu'il en a fait. Les débris du cadre sont restés sur la table, quant au tableau, il l'a rangé contre le mur de la cheminée. C'est tout ce que je peux dire.

Fernandel revint à la charge.

- Le cadre n'a aucune espèce d'importance dans l'affaire. Nanard et moi, avons fouillé toute la maison, et on a bien constaté que le tableau avait disparu, pas vrai Nanard ?

- Oui, répondis-je. Et puis, en plus, la pipe à Fernand est demeurée dans le cendrier, ce n'est pas normal ça, que Fernand soit sans sa pipe...

- Beuh, ce n'est qu'un détail tout à fait anodin opina Reynold, vous n'êtes que des apprentis, des amateurs, de mauvais Sherlock Holmes...

- Comment ça un détail ? mugit Fernandel en colère. Toi aussi, tu fais le ménage chez Fernand ?

- Meuh non, gros lourdaud, je vais te dire une bonne chose Fernandel, ce qui est arrivé, tu n'en sais rien du tout ! T'es là à te gargariser d'indices, à te projeter des films, à nous enfumer, à déplacer beaucoup de vent mais à la vérité tu patauges ! J'ignore ce qu'il est advenu du tableau, c'est un fait, mais la pipe, si tu avais eu la jugeote de l'examiner, tu aurais constaté qu'elle est cassée, gros benêt !

- Attention Reynold, attention ! Outrage à agent, ça va te coûter cher...

- Taisez-vous Fernandel et allez vous rasseoir, soupira le maire excédé.

- Dimanche, expliqua Reynold, Fernand et moi, avons pris l'apéro ensemble au *Sportif*. Nous avons conversé de choses et d'autres. Tout en parlant, j'ai remarqué qu'il fumait une pipe en bruyère et non sa pipe habituelle, celle en écume dont le fourneau représente une tête de marin. Je lui ai fait la remarque. Il ne savait pas bien comment cela s'était produit, m'a-t-il dit, mais la pipe s'était fissurée depuis la mortaise, tout le long de la tige. Il avait donc cessé de la fumer pour ne pas l'abîmer davantage. Tout simplement.

- Je crois que vous vous égarez dans des broutilles bien superflues, intervint Josette. De mon avis, si l'on veut éviter de se perdre en conjectures fumeuses, il faut s'en tenir à ce qui, ces derniers jours, est advenu de façon inhabituelle et singulière. Tout d'abord, il y a cette lettre que monsieur Sassoye a reçue jeudi, en recommandé. Il se trouve que, par hasard, j'ai été mise au courant de l'existence de ce pli en provenance d'Espagne. Ce dernier était peut-être porteur de nouvelles pouvant justifier le départ inopiné et précipité de mon voisin.

– Qu'est-ce qui vous permet de dire que c'est là un fait exceptionnel ? interrogea le maire en fronçant ses gros sourcils, vous m'avez l'air bien au fait de la correspondance de monsieur Sassoye, me semble-t-il...

À ces mots, la de Germiny se troubla et fut prise de court. Elle pâlit, ne sut que dire et bredouilla confusément :

– Oui, oui sans doute, euh, rien ne me permet d'affirmer que...

On entendit alors la voix lugubre de Bertusse qui accoudé au bar près de Krim, n'avait encore rien dit :

– Cette lettre, Madame, ne vous apprendra pas grand-chose. Elle provient en effet d'Espagne, et j'en ai eu connaissance. Monsieur Sassoye me l'a montrée. Je ne puis ici entrer dans les détails, mais afin de ne pas vous égarer sur de mauvaises pistes, sachez qu'il ne s'agit que de documents purement administratifs liés à la vente d'un bien que l'intéressé possédait dans ce pays. Cette vente s'est négociée, il y a quelques années et le document n'a pour effet que de clôturer définitivement l'opération. Il n'annonçait donc aucune nouvelle de nature à provoquer un départ précipité et ne pourrait justifier la disparition de Fernand, si tant est que disparition il y ait.

Un homme de taille imposante parut alors dans le café. Un homme que je n'avais jamais vu auparavant. Il était vêtu d'un complet sombre et tenait un grand paquet dans la main droite. Il avait des yeux sombres et perçants, une fine moustache taillée avec soin, des cheveux gominés et plaqués vers l'arrière : une vraie gueule de truand comme on en voit dans les films.

- L'homme à la berline ! hurla Josette en agrippant l'épaule du Chemineau.

- L'homme du *Sportif* ! renchérit Jacqueline.

Un silence inquiet envahit tout à coup le *Derby*. Personne ne pipait mot. Réjane occupée à servir demeura comme pétrifiée, son plateau en main, au milieu du bistrot. Plus rien ne bougeait. L'inconnu resta immobile un moment près de l'entrée, à considérer tous ces visages qui le toisaient, les uns atterrés les autres vaguement hostiles. Il en parut contrarié, intimidé et chercha un instant quelqu'un à qui s'adresser. Il fixa enfin la Josette puis, levant le doigt :

- Madame… Vous me reconnaissez ? Je suis passé chez vous ce matin !

- Je ne vous connais pas, Monsieur, répondit-elle cramponnée au blouson du Chemineau.

- Il ne faut pas avoir peur, fit l'homme d'un air confus, je cherche simplement monsieur Sassoye.

- Que lui voulez-vous ? dit le maire d'un ton bourru.

- Je m'appelle Sylvestre Riboulet, de la maison Simoneau et fils à Amiens.

- Et alors ?

- Vous connaissez notre maison ?

- Je n'ai pas cet honneur, fit le maire froidement.

- Ah Monsieur, la maison Simoneau existe pourtant depuis 1925, elle est réputée dans toute la France. Nous fabriquons des cadres sur mesure ainsi que des cadres standards de tous les genres et de toutes grandeurs aussi bien pour les particuliers que pour les artistes peintres, les entreprises, les administrations, les galeries, les photographes. Nous offrons une très large gamme de supports et d'encadrements pour broderie, travaux d'aiguille, peinture à l'huile, posters, aquarelles, dessins, peintures sur soie, marouflages, cadres de fantaisies avec motifs. Nous pouvons vous proposer un grand choix de moulures dessinées et de baguettes sur mesure. Si vous le souhaitez, je peux vous montrer le catalogue...

- Monsieur, s'il vous plaît, interrompit le maire en joignant les mains, dites-moi ce que vous lui voulez à monsieur Sassoye.

Le Riboulet de la maison Simoneau et fils posa alors son grand paquet sur le bar, défit les deux ficelles qui l'enserraient, dégagea l'emballage et brandit un tableau qu'il présenta à tous les clients avec un sourire fier et satisfait.

- Le tableau de monsieur Fernand! cria Mélanie.

- Mais oui, c'est le tableau de monsieur Sassoye... Beau travail, n'est-ce pas, fit l'inconnu en lissant des doigts le champ du cadre. Bois de chêne, de 100 fois 1850 et par 27 millimètres, assemblage à goujons encollés de 100 millimètres. Fixation des moulures avec clous à tête perdue et cachés par des bouchons de chêne. Nous avons également remplacé l'ancien châssis par un châssis à clés. Voyez-vous, ces tasseaux au revers ? Selon qu'on les enfonce plus ou moins loin dans les fentes, ils permettent de régler la tension de la toile sur la structure, en cas de changement important de température  ou d'un taux d'humidité élevé...

– Monsieur, s'il vous plaît, répéta le maire, comment ce tableau est-il arrivé dans vos mains ?

La gravité du maire et le ton un peu comminatoire avec lequel il avait posé sa question intimidèrent le représentant, il parut soudain troublé et soucieux.

– Il n'est rien arrivé de fâcheux à monsieur Sassoye, j'espère ?

– On ne sait pas, il a disparu.

– Alors ça, c'est assez ennuyeux. C'est que je dois me faire régler la réparation et l'encadrement, voyez-vous.

– Vous avez toujours le tableau en garantie.

– Oh, vous savez, une toile pareille, vous n'en auriez pas dix francs aux puces, même pas la valeur du cadre. Monsieur Fernand m'a confié qu'il avait une valeur sentimentale. En fait, il nous a contactés vendredi passé en nous expliquant qu'une femme de ménage étourdie avait laissé choir le tableau par terre et qu'il fallait refaire le cadre. Cela tombait à point, je devais me rendre à Mouchin le samedi matin pour une autre affaire, je suis donc passé prendre le tableau. Mais à partir de demain, je suis sur l'est de la France pour un certain temps, un musée qui nous demande un devis assez copieux, je ne pense donc pas repasser avant quinze jours.

– Madame Réjane, je vous prie, payez la note de cet homme et gardez le tableau, je viendrai vous dédommager demain, fit le maire en grand seigneur.

Le Riboulet soupira de soulagement et voulut aller chercher son catalogue dans sa voiture afin de montrer à

Didier de Metz toutes les réalisations de la maison Simoneau.

Mais ce dernier lui tendit une bière en lui disant que, pour l'instant, il avait d'autres chats à fouetter, que s'il le voulait, il pourrait repasser dans quinze jours.

- Et toi Nanard ? Toi qui es l'ami de Fernand, tu ne sais rien ? Il ne t'a rien dit ? me lança Bertusse avec un mauvais sourire.

- Non, il ne m'a rien dit.

- Qu'êtes-vous allés faire en ville, vendredi ? Il paraît que vous vous êtes disputés, ajouta la Josette.

- Madame de Germiny, ce ne sont pas vos affaires ! Où nous allons et ce que nous faisons, Fernand et moi, ça ne regarde personne.

- S'il te confie les clés de chez lui, il doit bien aussi te mettre au courant d'autres choses, renchérit Lili. Si quelque chose de pas net s'est produit, Nanard, il faudra bien que tu t'expliques !

Ils me regardaient tous comme un criminel, avec des yeux méchants, tous autant qu'ils étaient, me soupçonnaient de quelque chose, je ne sais de quoi.

- Le taxi, Nanard ! fit Mélanie hystérique, où est-ce qu'il vous a conduits pendant que je faisais le ménage ? Quand il est revenu, monsieur Fernand, il n'était plus le même. Je suis sûre que tu lui as causé du souci, ça se voyait sur son visage !

- Foutez-moi la paix et mêlez-vous de vos oignons !

J'ai vidé ma bière et j'ai quitté le *Derby*. Les poings serrés dans mes poches, je me suis mis à marcher bouillonnant de colère, accablé par l'image de ces regards hostiles et défiants : sûr qu'à présent, ils sont tous à parler de moi, à élucubrer Dieu sait quoi contre ma personne. Moi, je n'y comprends rien à toute cette histoire, je n'ai rien fait et je ne sais rien. Il faut que je marche, il faut que je me calme sinon les vertiges vont venir, la tête va me tourner, j'aurai du mal à garder l'équilibre et mes jambes se déroberont, il ne faut pas que je tombe. Ça me prend sans prévenir, ainsi, après une forte émotion ou lorsque les ennuis me perturbent ; je ne sais pas ce que c'est, l'inquiétude peut-être, le mal de vivre ou la peur. La peur de quoi ? C'est venu comme ça, il y a quelques mois. Parfois, il m'arrive de ne plus savoir où je vais, d'oublier que je marche et que je ne vais nulle part, d'oublier qu'il est tard, que je n'ai rien à faire ici ou là, que je ferais mieux de rentrer chez moi. Chez moi. Chez moi, où est-ce chez moi ? Où quelqu'un m'attend ? Où donc aller, où donc trouver deux yeux ouverts qui m'écoutent ? Quelque chose se passe en moi, quelque chose s'en va de moi, c'est une sensation curieuse, ça ne fait pas mal, au contraire, mais ça me fait peur. On dirait que je glisse lentement vers le vide, vers un sommeil définitif dans lequel tout sera purifié, tout sera clair et apaisé. Quelque chose s'en va de moi. Le soir est tombé dans l'eau du canal, j'aperçois au loin le grand squelette du Pont de la Folie, son arche sombre et sinistre. Tout s'est éteint. Il me faut bien aller quelque part.

Je sens la clé de Fernand dans la poche de mon pantalon, son gros anneau de fer et son panneton tout rouillé.

Pourquoi ne pas aller chez Fernand ? M'allonger dans le canapé du salon et attendre, attendre, attendre.

La serrure grince, on dirait un cri de hibou au fond la nuit et la porte proteste en vibrant lourdement contre le sol. Il faudrait la raboter. Je décapsule une dernière bière et m'installe dans la véranda. Tout est noir, lugubre, vide et mort dans la maison. À la colère succède une tristesse profonde qui m'empoisse l'âme et me fait mal à l'estomac, me prend à la gorge et me transit jusqu'aux os.

Vous savez, la nature et par conséquent la vie, ont toujours été bien chiches à me faire des cadeaux. Le corps qu'on m'a donné ne suscite que moqueries chez les hommes et mépris chez les femmes. Tout en moi inspire la disgrâce et chaque regard posé sur ma personne n'a de cesse de me le rappeler. Chaque peau de banane qui traîne sur le trottoir est pour ma pomme, chaque écueil est pour moi. J'essaye pourtant d'être utile aux autres, d'avoir quelque prix à leurs yeux. Les hommes me le rendent en me tirant la langue, les femmes en éclatant de rire. Nanard le nabot, Nanard tête de betterave, Nanard que quand il arrive, on dirait qu'il part, Nanard ceci, Nanard cela... C'est le fardeau de tous les jours, la soupe froide et sure du quotidien. Même les enfants se rient de moi quand je passe au *Petit Colisée*. Si petits qu'ils soient, leur jeune museau flaire déjà l'anomalie, la dissemblance, le ridicule ou le sinistre, mieux que des limiers la bête sauvage. Ils me le disent à leur manière, par des quolibets ou, pire encore, par des pleurs. Ma mère aussi fut horrifiée de me voir grandir et mon père était ailleurs. Si bien qu'en cette vie, je n'ai pas le souvenir d'une caresse ni d'une étreinte, fût-elle simplement amicale. J'ai évidemment essayé les filles, celles qu'on paye pour quelques minutes de bonheur. Elles ont pris mon argent mais mon corps muet fut incapable de prendre le leur : je reculais d'effroi comme devant un abîme, plus incrédule qu'un désert, impuissant à prendre autant qu'à me donner. Toujours, jusqu'où porte mon regard, j'écorche mes genoux. Aide-toi toi-même ! dit Père Edgard. Bien sûr qu'il y eut aussi les plaisirs solitaires, ceux qui, à leur terme, vous font bien prendre toute la mesure de votre misère et vous recroquevillent sur vous-même ainsi qu'un enfant battu. Au final, je me suis mis à haïr ce corps qui me refusait une place parmi les hommes si ce n'est celle de bouffon, à l'enlaidir encore davantage, à le malmener par l'alcool, le laisser-aller, la négligence, l'incurie. Autant s'était-il moqué de moi, autant j'entrai dans son jeu et dans mon rôle d'avorton qui dépassa très vite et de loin, ce qu'il avait si méchamment prémédité pour moi. Si bien que mon esprit qui ne lui doit rien ou si peu, aura toujours une longueur d'avance sur lui et qu'un jour, ce même esprit le verra mourir et disparaître enfin.

Il est près de minuit maintenant. Le quartier s'est éteint, le silence est épais comme peut l'être un brouillard. Des larmes me viennent, c'est ridicule sans doute, mais cela doit sortir : je me mets à braire comme un ânon. Tout en moi est mélange d'attente et d'angoisse, attente de Fernand, mon ami, le seul homme qui, mis à part le curé, ne m'ait jamais regardé comme une raclure. Là-haut, venant des frondaisons noires des arbres, quelque chose a frémi, j'entends comme un bruit de rivage et de vagues, le vent s'est levé et m'apporte une odeur de vanille, délicate d'abord, puis forte et suave. Un éclair soudain traverse et déchire le ciel.

Je vais tâcher de dormir un peu. Avant de m'allonger, du pouce et de l'index, je soulève doucement le bras du tourne-disque et pose l'aiguille sur son sillon. Le vieux vinyle de Fernand se met à crépiter comme un feu de brindilles sèches. Dans le salon, montent des sons tranquilles, un rythme léger, une caresse. Puis une voix douce et tendre, une voix de femme se met à chanter, à chanter pour moi, rien que pour moi :

*Baisse un peu l'abat-jour,*
*Laisse-moi te bercer.*
*Chéri, le temps qui court*
*Sera vite passé,*
*Car je resterai là*
*À te parler d'amour, tout bas, tout bas,*
*Jusqu'au lever du jour,*
*Baisse un peu l'abat-jour.*[4]

---

[4] *Baisse un peu l'abat-jour* de Bourtayre et Delmas, chanté par **Élyane Célis**.

# CHAPITRE XI

Baisse un peu l'abat-jour

Une journée rien qu'à moi, une évasion, c'est un peu ça que j'ai voulu m'offrir. Hier, j'ai pris le train et j'ai refait le voyage. Probablement pour la dernière fois. Il me fallait revoir ces rues, sentir les odeurs, entendre les vagues qui fondent en longs tapis d'écume sur la plage. Marcher longtemps, à mon rythme. Écouter le murmure encore tiède du vent, m'asseoir sur un banc, contempler cette mer si indifférente aux vicissitudes humaines : il me fallait accorder à mes souvenirs un dernier désordre, une ultime marée, une dernière ivresse peut-être, avant le silence. J'avais trouvé à me loger du côté du boulevard Moureaux, non loin de la Promenade, et ce matin de bonne heure, je me suis mis en route. L'aube venait de poindre, un soleil tout oblique réchauffait timidement les couleurs de la ville. Une brume légère caressait les façades aux contours indistincts, elle avait un goût de saumure et de goémon. Quelques boutiques commençaient à ouvrir, au fond des rues, on entendait leur volet métallique rechigner et gémir. J'allais comme une ombre dans un lacis de ruelles où les odeurs de poisson se mêlaient à celles du pain frais. Trouville s'éclairait peu à peu, s'éveillait tout en nuances, mélange de gris profond et de bleu. J'avais de la chance : la journée serait belle.

Au coin de la rue Biais et de la rue Clémenceau, j'aperçus l'ancienne demeure à colombages où Marion avait autrefois sa chambre. À quelques mètres de là, devant un bar-tabac, une jeune serveuse s'affairait à installer la terrasse, frottant les tables, rangeant les chaises d'une façon énergique et machinale. La jeune fille m'apporta un grand-crème ; elle avait des yeux en amande légèrement soulignés par un maquillage ténu, un regard doux et bienveillant au fond duquel quelque chose semblait faire confiance à la vie. Tel était, j'imagine, le regard de Marion lorsqu'elle vint demeurer ici et qu'elle loua cette chambre de bonne haut perchée dans les combles, une chambre modeste, meublée d'un dénuement triste mais aussi d'espérances tranquilles.

Marion Herzog, ainsi s'appelait-elle. Elle appartenait à l'une de ces familles alsaciennes qui, à la fin du dix-neuvième siècle, avaient fui l'Alsace au lendemain du traité de Francfort. L'annexion allemande avait mis sur les routes quantité de ces gens qui migrèrent vers la Meurthe, à Paris et en Normandie. Ses grands-parents s'installèrent en pays de Caux ; plus tard, son père fut embauché aux Sécheries de Fécamp. Mes parents et les siens habitaient une petite bourgade à quelques kilomètres de là et se lièrent d'amitié.

J'étais bon élève; elle, très sauvage et polissonne. Souvent, elle revenait de l'école gratifiée d'une punition. À sa mine déconfite, je devinais de suite que la journée avait été difficile. Nous nous attablions alors à la cuisine et, laborieusement, contrefaisant de mon mieux son écriture hésitante, je copiais cent fois « je dois être attentive en classe et ne pas perturber le cours » tandis qu'elle posait sa tête contre mon épaule et suçait son pouce pour se consoler de cet injuste pensum. J'étais son aîné de deux ans. Durant l'enfance, cet écart compte pour beaucoup, si bien que je tins toujours auprès d'elle le rôle protecteur d'un grand frère, celui qui éponge les maladresses et ramasse le verre brisé. Marion se montrait plus garçonne que fillette, jamais je ne la vis dorloter une poupée ou se parer de coquetteries ; non, elle recherchait la compagnie des garçons et faisait de son mieux, selon son âge, pour y être admise, y tenir son rang. Ensemble, nous avons connu les aventures qui éveillent au monde, douleurs et enchantements, les écorchures, les genoux en sang, l'appel de la nature, les courses haletantes sur les chemins, dans les bois et les champs, les arbres dans lesquels on se juche, les jeux où l'on rivalise d'audace, les émerveillements, les peurs et, en premier lieu, cette disponibilité complice et sans réserve à l'égard du dehors. J'entends par là que notre première mémoire, la plus décisive, s'imprima des mêmes images, des mêmes événements à partir desquels, en tâtonnant, on s'aventure à donner à l'existence ses premiers linéaments. Nos parents étaient pauvres mais jamais rien dans nos foyers n'inspira la misère. Juste entourés et nourris que du nécessaire, il ne me souvient pas d'avoir été un jour malheureux ou d'avoir manqué de quoi que ce fût. Les maisons n'offraient qu'un confort rudimentaire, l'unique poêle à charbon qui les chauffait était vénéré à l'égal d'un dieu. Le prolétariat existait encore, il avait sa dignité et, oserais-je dire, sa noblesse. L'éloignement de la campagne nous protégeait des souffrances de la ville, du spectacle de l'inégalité, de l'humiliation, de la différence. Nous étions pauvres mais nos jeunes esprits ne le savaient que confusément. En ce temps-là, les jours de paie étaient jours de fête, les hommes la remettaient à leur femme après l'avoir un peu élaguée au bistrot du village. Les hommes assuraient l'essentiel et les femmes s'employaient à le faire durer.

La guerre passa devant nos portes et emporta avec elle, notre innocence et toute une époque. Lorsque la France fut libérée, on entendit un peu partout, dans les bals, les cafés, les fêtes, une chanson populaire, une de ces chansons un peu mièvre aux paroles doucereuses, toutes empreintes de cajoleries maternelles, de douceur simple voire simpliste, dont les foules aiment à se bercer au lendemain des grands désastres.

*Baisse un peu l'abat-jour.* Marion avait à peine dix ans, je l'emmenais souvent le samedi soir, sur la place du village ou à Fécamp, voir les gens danser, s'étreindre et rire aux accords de cet air vaguement heureux. Nous restions assis longtemps côte à côte, sur les marches de quelque perron à regarder le bal, à envier peut-être, la légèreté de ces couples insouciants qui tournaient devant nous. Marion posait sa tête contre mon épaule et suçait son pouce, les punitions de la vie n'étaient pas celles de l'école, il ne suffisait pas d'écrire cent fois « je m'appelle Marion et je n'ai plus de père » pour s'en acquitter. Marion était orpheline.

– Passez une belle journée, Monsieur... La voix de la serveuse avait un ton sincère, enveloppant et serein, j'y perçus plus qu'un souhait, comme une connivence, un accompagnement. Il me sembla qu'elle avait lu dans mes pensées, qu'elle feuilletait un à un mes souvenirs et se trouvait au fait de mes songes et de ma rêverie, qu'elle connaissait le fantôme qui habitait là-haut, dans les combles de la grande maison encore endormie derrière ses croisées sombres et silencieuses. Avant de m'engouffrer dans la rue Biais, je me suis retourné : elle m'observait appuyée contre la vitrine et me sourit en me faisant un signe de la main. Je me dirigeai vers le boulevard et les quais.

En repensant à ces années qui précédèrent la Libération, j'ai le sentiment qu'elles étaient une période d'avant le temps, d'avant la chute, un monde protégé par un écrin, essentiellement statique, non soumis aux effilochements des heures et des jours qui passent. Un trésor. Et s'il me faut considérer mes années en un seul coup d'œil, je dirais que ce temps-là ne m'évoque que des sensations denses et refermées sur elles-mêmes, intemporelles, une éternité, alors que le temps d'après ne me revient que comme une succession d'événements reliés entre eux par une logique froide et quasi mécanique, insipide en somme. J'avais dix-sept ans lorsque, douloureusement, s'éveillèrent en moi les deux antagonismes les plus ardents et, en apparence, les plus insolubles qui soient : les idées et la foi, le siècle et l'éternité, l'ordre des hommes et l'ordre céleste. On pourrait parler à raison d'une crise à la fois mystique et matérialiste, au sens premier du terme. Entre ces deux extrêmes dévorants, exclusifs, il n'y avait de place pour rien sinon parfois pour le doute. Les égarements de l'Église me faisaient fréquenter la Maison du Peuple, les limites de celle-ci me renvoyaient à l'Église.

Un an plus tard cependant, j'entrai dans les ordres, au séminaire de Coutances et fus ordonné en 1957, année où, sur la promenade de Trouville, ma vie bascula, où d'un seul événement, elle fut tout entière écrite. Une vie bien banale au demeurant, ponctuée par les baptêmes, les communions, les enterrements, les œuvres de charité, les offices, un ministère où, très vite, si l'on n'y prend garde, l'ennui s'installe, où la ferveur fléchit, où le merveilleux, le vivant ne perdurent qu'en fonction de la foi que l'on est capable d'y mettre. Dieu n'oblige personne, pas même ses prêtres.

Sur les bords de la Touques, à hauteur de la Mairie, les bateaux de pêche sont ramassés au long du quai comme un bouquet de printemps aux couleurs chaudes et généreuses. Une image de carte postale. À marée basse on les voit descendre jusqu'à s'enquiller sur le lit du fleuve, tenus par des chaînes ou des aussières. De là, en longeant les berges et laissant derrière soi le tohu-bohu du boulevard, la criée du Marché aux Poissons, on peut rejoindre l'embouchure et la jetée.

Au retour de Coutances, je m'arrêtais parfois à Trouville pour rendre visite à Marion. Par beau temps, nous faisions cette balade jusqu'au phare et restions longtemps à regarder les embarcations qui, quittant le port, chaloupaient doucement dans les eaux de la Manche. Elle avait délaissé le village, était venue sur la côte, tenter sa chance, chercher du travail, vivre « sa vie ». Un restaurant l'embaucha pour faire la plonge et astiquer les cuisines, tard le soir. La journée, en saison, un fleuriste lui confia une espèce de carriole à pousser le long de la Promenade, elle vendait des œillets, des orchidées, des roses à toutes sortes de gens, faux riches arrogants et prétentieux, jeunes dandys en quête d'aventure ou vieux barbons étourdis par quelque fille. Notre conversation était décousue, futile et sans objet réel. Nous effleurions les choses, le passé, le présent, l'avenir, en les ponctuant de longs silences.

- Alors, quand tu seras prêtre, je ne pourrai plus t'appeler Edgard, je devrai dire « Père Edgard » ou « Monsieur le Curé », n'est-ce pas ? Elle riait, s'amusait de cette situation burlesque à ses yeux, et considéra toujours, je le pense, mon engagement dans la foi comme un fourvoiement.

Je n'oublierai jamais un certain samedi du mois de mai. Le printemps s'était dressé soudain plein de vigueur, de fougue et de profusion. Marion m'attendait devant la gare, elle portait une robe à fleurs dont l'extrémité lui caressait les genoux, des mèches de cheveux, échappées d'une couette bleue, couraient en désordre sur son visage, de ses escarpins gauchis par la marche, jaillissaient des jambes vives et pleines d'audace.

- Viens vite, Edgard ! J'ai quelque chose à te montrer...

Elle me tira par la main, exaltée, enjouée, heureuse. Quelques minutes plus tard, nous fûmes à la rue Biais, devant sa porte. Comme j'hésitais à entrer, elle me chuchota d'un ton railleur :
– Ne crains rien, ce n'est pas la caverne de Belzébuth ! Entre donc, la maison est vide, personne ne te verra...
La chambre était obscure, pauvrement éclairée par une lucarne au travers de laquelle une frange de lumière tranchait la pénombre et révélait, ici et là, une humilité propre et bien rangée. Un lit en fer, une vieille armoire, une valise, un lavabo, une table, une lampe, rien de plus. Elle tourna la clé de son armoire qui s'entrebâilla plaintivement, en retira un sac de toile et le posa sur la table en me disant avec des yeux émerveillés : « Regarde ! » Puis, elle exhuma du sac une valisette rouge qu'elle ouvrit avec précaution. C'était un tourne-disque, de la marque « *La Voix de son Maître* », un petit tourne-disque qu'elle avait payé de ses deniers au terme d'économies opiniâtres et souffreteuses. Elle glissa ensuite un vinyle noir sur le plateau et posa délicatement le bras de l'appareil sur le sillon du 78 tours : « *Baisse un peu l'abat-jour* ».
Ainsi donc, la chanson de la Libération nous revenait bien des années plus tard, réveillant par ses accords déjà surannés, nos souvenirs d'autrefois, redonnant vie aux amoureux du bal mais aussi au visage de son père, inutilement emporté par la débâcle, quelque part du côté de Sedan. Plus tard, bien des années après, je compris que cette chanson n'avait jamais eu d'autre évocation que celle d'un homme disparu, on ne savait pas au juste dans

quelles circonstances, et qu'inconsciemment, les notes douces et tranquilles de cet air appelaient en elle l'impossible retour d'un soldat mort.

Elle avait sa journée, nous partîmes pieds nus sur la plage en direction d'Honfleur. Est-ce ici le moment de confesser que jamais auparavant ni par la suite, je n'ai désiré une femme avec une telle violence, autant d'abandon, autant de pureté aussi, moi, l'ordinand voué pour toujours au célibat ? Nous marchions seuls dans cette immensité que l'azur du ciel et le jusant de la mer ouvraient devant nous, et ce fut en ce monde, mon dernier instant d'éternité qu'un seul geste, une seule étreinte, un seul baiser eussent anéanti sur le champ. Est-ce cet instant d'éternité et d'absolu que nos poètes occitans appelaient jadis le *fin'amor*, en évoquant cet amour chaste des amants allongés sur une couche toute une nuit et séparés l'un de l'autre par une épée en forme de crucifix ? Le garçon manqué qui courait sur les chemins, les jambes couvertes d'éraflures, l'œil espiègle et le visage maculé de poussière, le garçon manqué qui rentrait de l'école en portant un cartable lourdement chargé de punitions, s'était transfiguré en une femme d'une beauté cruelle et rayonnante. Rayonnante, oui, telle était Marion lorsqu'elle foulait l'écume des vagues et tournait vers moi son visage lumineux, ses regards profonds, ses lèvres aux commissures à peine esquissées qui lui faisaient un sourire fugitif et mystérieux. La vie affluait en elle, tant et tant qu'elle se transformait en lumière, montrant ainsi que Marion était à présent prête à la donner, cette vie.

Devina-t-elle le feu intérieur qui me rongea tout au long de cette belle journée du mois de mai ? J'en doute encore. Au retour, nous avons marché jusqu'à l'estacade dressée sur ses enrochements couverts d'algues et de mordorures, le soleil déclinait vers le large en se posant sur une mer étale ponctuée ici et là par quelques voiliers qui regagnaient le port. Durant un long moment, le bleu du ciel absorba son regard, un regard qui ne se posait plus sur rien et semblait nourrir des rêves lointains, des pensées secrètes, inaccessibles. – Il est temps que tu t'en ailles à présent, avait-elle enfin soupiré d'une manière un peu triste, irrésolue, comme si elle se détachait d'un songe vain.

Nous nous séparâmes un peu avant le pont qui traverse le fleuve et mène à la gare. Sans plus rien ajouter, elle déposa sur ma joue un baiser furtif et disparut dans la rue Notre-Dame.

 On ne peut rien contre la volonté d'un homme, disait Mitterrand. Oui sans doute. Mais cette volonté n'œuvre qu'à l'intérieur d'un accomplissement de nos destinées, elle ne peut les définir, elle ne les dépasse pas, ne s'en éloigne jamais, elle les affirme, les confirme sans toutefois nous éclairer de ce qui les a suscitées. Entre une prédestination irrecevable à nos yeux parce qu'absurde et les illusions d'une liberté donnée dès le départ, s'étend un désert jonché de toutes les paroles que l'on a pas dites, des mots que l'on n'a pas su prononcer quand il en était encore temps, de toutes ces choses que nos yeux obnubilés par l'immédiat n'ont pas vues, de l'amour que l'on n'a pas donné car nous n'avons pas entendu son appel, d'un présent qu'on n'a pas osé enfreindre, de la main qu'on n'a pas tendue, d'un amas enfin de peaux mortes, cumul de nos mues, de nos renoncements successifs par lesquelles, jour après jour, nous nous faisons enfin à l'idée de mourir. De cette soustraction indéfinie, ne résulte qu'une espèce de résignation muette et navrée que certains appellent les regrets ou que d'autres s'aventurent à vouloir justifier, bien vainement à mon sens.

Je n'ai pas pris la main de Marion, je ne l'ai pas embrassée, je n'ai pas prononcé les mots qui eussent peut-être tout changé, ma vie, la sienne, notre vie : peut-on parler ici d'un choix ? Ou simplement d'une obédience obscure, inconsciente, aveugle à notre être le plus profond, le plus caché, celui qui nous échappe et qui, en fin de compte et malgré nous, souvent, tranche et décide? Durant les jours et les semaines qui suivirent, l'indécision ne cessa pas de me perturber, la confusion de me perdre ; la prière ne me fut d'aucun secours, je ne savais plus prier. J'écrivis des lettres puis les déchirai, je voulus prendre le train et ne le pris pas, j'envisageai de renoncer à l'ordination et fus ordonné deux mois plus tard. Le diocèse de Lille recherchait un prêtre pour l'une de ses paroisses, je postulai et l'on me confia l'affectation sans me poser de questions. J'en informai Marion, dans une lettre succincte, neutre, volontairement impersonnelle. Et tout fut dit.

Une année passa. Un jour d'hiver, à la tombée de la nuit, je reçus un coup de téléphone. Une voix éteinte, entrecoupée de sanglots, m'appelait par mon prénom : - Edgard, il faut que je te parle, il faut que je te voie...

Le lendemain de cet appel, sous un ciel bas et triste de décembre, je vis comme une ombre tourmentée par le crachin et le vent glacial, emprunter l'allée et se diriger lentement vers le presbytère. Marion m'était revenue, pauvrement vêtue d'un maigre manteau, d'une robe flétrie, elle portait une valise. Son regard était vide, son visage ruiné, ses paupières gonflées et ses lèvres serrées à l'extrême inspiraient une détresse indicible. Lorsqu'elle fut devant moi, ses mains bleues agrippèrent mes épaules et tout son désespoir vint s'accoler contre moi. Marion était enceinte.

À partir de ce jour, un fantôme entra dans ma vie, un homme sans visage dont je ne savais rien et dont l'ombre hanterait pour toujours celle de cet enfant que je vis naître et grandir. Que s'était-il passé à Trouville qui justifiât ou, tout au moins, pût éclairer non pas l'indifférence mais la froideur glaciale qu'elle eut toujours pour son fils ? Elle ne me l'avoua jamais. Lorsque naquit cet enfant, je proposai à Marion de lui donner le prénom de son père mort à la guerre, elle refusa avec horreur et me chargea de lui en trouver un moi-même. Venu au monde un 20 août, jour de la Saint-Bernard, il reçut ce prénom et le quartier l'appela Nanard.

Accoudé au parapet de l'estacade, longtemps, j'ai regardé les eaux du fleuve hésiter, refluer un instant, couvrir d'écumes les flots miroitants et se perdre enfin dans celles de la Manche. « – Il est temps que tu t'en ailles à présent. » Cette parole décisive et tranchante m'est revenue à l'esprit. Quel message lui avait murmuré l'azur du ciel, ce jour-là ? Qu'avait-elle entrevu dans la longue rêverie qui l'absorbait, les yeux perdus dans l'horizon ? Les portes de l'enfance à peine refermées derrière elle, la vie de Marion ne fut, en somme, qu'une désillusion sans fin, une vaine attente de quelqu'un qui ne viendrait pas, d'un jour qui n'aurait pas lieu, de mots qu'elle n'entendrait jamais. Parfois, j'ai vu passer dans ses yeux jadis si purs, ce poison violent, ces chatoiements haineux qui maudissent l'existence, qui maudissent Dieu.

À ses derniers jours, elle me chargea d'une étrange mission que je remplis à contre-cœur, par seul respect de notre amitié et de son ultime volonté. Elle me demanda d'expédier par colis postal le tourne-disque rouge de Trouville et son vinyle au pénitencier de Château-Thierry. Le colis était accompagné d'une lettre préparée à l'avance.

Fernand. Où l'avait-elle connu ? En vendant ses fleurs sur la Promenade des Planches ? Dans ce restaurant où elle travaillait le soir ? Ailleurs ? Dans quelles circonstances sa route croisa-t-elle celle de cet ange du mal ? Je l'ignore. Marion était obstinément taiseuse quant à cette rencontre et tout ce qui touchait Fernand. Ce que je vais livrer ici n'est en fin de compte qu'un mélange d'aveux sommaires, de suppositions, de déductions, rassemblés et mis bout à bout tant bien que mal.

À la mort de Marion, son fils et moi avons entrepris de ranger et de trier ses affaires. Nanard était indifférent aux objets de sa mère, il ne voulut rien reprendre. Quant à moi, je ne gardai que les photos, des livres et quelques bibelots. Parmi les photos, j'en trouvai une qui avait été prise sur la promenade de Trouville, on y voyait Marion en compagnie d'un homme qui m'était alors inconnu. Il y avait aussi des coupures de journaux relatant ici un braquage en région parisienne, là un jugement, là encore une incarcération. Puis un livre d'un certain Fernand Sassoye qui avait pour titre « Ma vie ».

Fernand, dit aussi « le Beau Fernand », était né à la fin des années vingt à Sedan, là où, précisément, était tombé le père de Marion. Son épaule droite portait un tatouage, « Undique Robur », la force de partout, devise de la ville. Cette coïncidence me troubla quelque temps. Aujourd'hui, tenant pour vaine leur interprétation, j'ai cessé d'interroger ces malices du destin. Fernand était ce qu'on appelle un monsieur, un vrai truand, de ceux qui inspirent des films ou des livres. Combien d'hommes avait-il tués dans sa vie ? Nos conversations ne pénétraient jamais ces zones d'ombre. Tout au plus, lorsqu'il relatait telle ou telle période de sa vie, se limitait-il à les suggérer du bout des lèvres, ou tout simplement à les laisser en suspens. Il barouda un peu partout, aurait fait partie de la Résistance, puis plus tard, de l'OAS, aurait rempli certaines « missions » au Congo, aux Comores, au Bénin, aurait aussi eu des intelligences avec certains mouvements tantôt d'extrême droite tantôt terroristes de gauche. Voilà pour la partie romanesque du personnage. Le Beau Fernand fut surtout connu de la police, pour ses activités dans le milieu, propriétaire de tripots, de maisons de passe, braquages de bijouteries et de banques, et c'est en prison qu'il passa le plus clair de son existence. Sa carrière s'acheva un beau matin devant une agence du Crédit Lyonnais, en région parisienne. Une attaque à main armée qui tourna mal. Des trois hommes qui participèrent au braquage, deux purent s'enfuir. Il y eut des échanges de tirs, un brigadier fut abattu ; quant à Fernand, on le crut mort, touché par une balle qui se logea près de la colonne vertébrale. Opéré à plusieurs reprises, il finit par s'en tirer en gardant pour le restant de sa vie, une claudication assez prononcée et des douleurs récurrentes dans le dos. Puis, la prison l'usa lentement. Lors du procès, le juge retint la récidive légale et Fernand écopa de vingt-deux années en maison centrale. Il y avait eu mort d'agent de police, père de deux enfants, ses recours en grâce furent rejetés. On ne le libéra qu'à l'âge de soixante-dix ans, selon ce que prescrit la loi. Durant son incarcération à Château-Thierry, il publia quelques livres qui se vendirent honorablement, il s'adonna aussi à la peinture.

Fernand ne revit jamais Marion. Averti de sa maladie par le colis et sa mystérieuse lettre, il arriva deux mois trop tard. Ce jour-là, je vis sortir de la gare un personnage qui claudiquait et frisait le grotesque par une élégance clinquante et surannée. L'homme qui monta dans ma voiture était un vieillard au visage creusé, ridé par les

épreuves de la vie carcérale. Dans ses yeux toujours un peu vitreux, un peu humides, coulait une espèce de lassitude et d'accablement qui inspiraient comme un renoncement à tout désir, à toute prétention, tout calcul. Mais sa voix au ton rauque et affirmé contredisait cette première impression. Elle était ferme et tranchante, animée par un esprit vif, toujours en éveil, aussi bien armé à se défendre qu'à attaquer et dans sa bouche, chaque mot avait une ombre, chaque affirmation un versant obscur et nébuleux. En lui, se battaient incessamment la vérité et la ruse, la sincérité et la rouerie.
- C'est donc vous... lui ai-je dit d'une voix méprisante et triste.
- Comme tu dois me haïr, n'est-ce pas curé ?
- Vous avez détruit sa vie.
- L'enfant n'est pas de moi.
- Vous mentez...
Longtemps, je suis resté incrédule face à ses dénégations, longtemps il m'arriva de vouloir non pas sa mort mais sa souffrance. Son repentir, fût-il sincère, ne me suffisait pas, il me fallait plus, il me fallait le voir crever lentement dans la douleur et le tourment. Dois-je le confesser ? Il m'est arrivé, moi aussi, d'avoir dans les yeux ces chatoiements haineux qui maudissent Dieu et l'existence. Contre mon attente et contre mon gré, il s'installa à l'Escalette, et se mit à rechercher subtilement la compagnie de Nanard, à l'inviter chez lui, à lui faire des cadeaux, à gagner enfin son amitié, sans toutefois lui révéler son passé ni sa liaison avec sa mère. Révolté par cette perfidie et ce que je

tenais alors pour de la perversité, je me rendis chez Fernand lui faire part de mon indignation et le prier de mettre fin immédiatement à ces agissements hypocrites et coupables. Je voulais qu'il s'en aille. Notre discussion fut violente et enflammée mais ce jour-là, j'eus devant les yeux la lettre de Marion et réalisai que je m'étais trompé, que j'imputais à cet homme des maux dont il n'était pas responsable, du moins, en partie.

Lorsque j'eus reposé la lettre, je compris que Marion était tombée amoureuse du Beau Fernand et lui avait voué toute une vie d'attente et de fidélité muette. « – Je ne voulais pas m'encombrer de cette gamine, avouait-il dédaigneux, j'avais d'autres chats à fouetter.» Dans son désir éperdu de se rapprocher de cet homme, elle s'était mise à fréquenter les bars et le milieu, les endroits louches, à faire en sorte d'être toujours au plus près de lui. Que s'était-il passé au cours d'une de ces nuits de dérive et d'attente ? Avait-elle été violée ? Avait-elle été trompée par quelque machination ? S'était-elle livrée à un homme par dépit ? Sa lettre parlait d'un « accident », nous n'en saurions jamais davantage. Quant à Fernand, il avait payé sa dette envers la société. S'était-il installé chez nous pour en payer une deuxième ? Avait-il trouvé en Bernard une ultime raison de vivre et la possibilité d'un rachat ? Ces deux hommes avaient comme un rendez-vous et dans leur nuit respective, leur nuit si profonde et si différente, une lumière vint à poindre. Fernand avait su donner au fils de Marion, quelque chose comme de l'amour, quelque chose que personne, pas même moi, n'avait été capable de lui donner.

Mais voici.

Au printemps de l'année 2001, la santé de Nanard s'altéra soudain. Jamais, je ne pourrai me pardonner mon aveuglement ni ma légèreté de n'avoir pas décelé dans son comportement, les signes pourtant ostensibles de la maladie, moi qui le côtoyais tous les jours. Comment ai-je pu être à ce point dissipé et stupide, si peu attentif et si coupablement indifférent ? Les gens de l'Escalette, Fernand y compris, ne furent pas plus perspicaces que moi. On attribua les déséquilibres et les absences de Nanard à l'alcool, ce qui se confirmait en partie, mais en partie seulement.

Il avait fallu la sagacité d'un chef de service plus clairvoyant pour que le verdict tombât et que la vérité fût enfin connue. Ce dernier pensa d'abord, tout comme nous, qu'il avait affaire à un cas d'alcoolisme ordinaire, assez fréquent, presque banal à la Poste, et multiplia les avertissements. Mais ensuite, touché par je ne sais quelle intuition, il fit convoquer Nanard devant la Médecine du Travail sans toutefois le mettre en arrêt de maladie. Les examens se multiplièrent anormalement, les médecins étaient réservés, ne communiquaient que des informations vagues et éparses. Je crus longtemps que Bernard serait envoyé en cure de désintoxication pendant un mois ou deux au terme desquels il reprendrait le travail. J'ignorais encore que de sa vie, il ne remettrait plus une lettre à qui que ce fût.

Le vendredi 7 septembre 2001, en début d'après-midi, Nanard se rendit chez Fernand. Ils prirent un taxi qui les emmena à l'hôpital pour ce qui devait être une ultime séance d'examens. Ils furent reçus par un neurologue qui leur communiqua un diagnostic accablant, hélas définitif. Syndrome de Fahr, maladie neurologique incurable voisine de la maladie de Parkinson, se manifestant notamment par des troubles de l'équilibre, une déficience dans la coordination des mouvements et se traduisant aussi par la perte progressive de la mémoire, un déclin intellectuel inéluctable.

– Le p'tit n'a rien compris à ce qui lui arrive, il ne saisit pas la gravité de son état, m'avoua Fernand à son retour. Ensuite, la Poste le mit en disponibilité au motif de pathologie lourde, il fut admis à Sainte-Marie de Dieu, une institution spécialisée dans les cas d'aliénations graves ou bénignes, les tentatives de suicide et l'alcoolisme profond : un asile psychiatrique que notre époque obnubilée par la pudeur des appellations appelle un « centre de santé mentale ». Nanard était sans famille et sans argent, il ne pouvait plus compter que sur moi-même et sur Fernand. Lors de leur entrevue, le médecin avait confié à ce dernier qu'on parquerait Bernard dans une aile de l'asile réservée aux débiles profonds, où les chambrées de malades pouvaient comporter jusqu'à huit lits étroitement claquemurés dans un espace minuscule. Nous comprîmes qu'à ce régime-là et contraint à une telle promiscuité, Nanard qui avait alors toute sa conscience, dépérirait à court terme et serait sous peu irrémédiablement perdu. Il y avait bien d'autres alternatives, il y avait les « pavillons », espèces de maisonnettes qui abritaient quatre à cinq patients qu'on ne bourrait pas de sédatifs, qui recevaient des soins appropriés et vivaient une vie « normale » dans un espace protégé. Mais l'option était très onéreuse, hors de portée.

Ce même vendredi, Fernand d'un ton quelque peu mystérieux, m'informa qu'il aurait à s'absenter trois ou quatre jours, une semaine tout au plus, qu'il partait sans prévenir personne hormis moi, qu'il se ferait conduire là où il devait aller par Vincent, le Gaulois. Ils quittèrent la ville le dimanche soir et furent de retour le jeudi dans l'après-midi. Je compris par la suite que le but de l'expédition était de récupérer une importante somme d'argent dont je ne sus jamais l'origine. Était-ce le butin du Crédit Lyonnais qui avait dormi quelque part pendant de longues années ? Était-ce autre chose ? Ni le Gaulois ni Fernand ne me laissèrent entrer dans la confidence. La pension de Nanard dans les « pavillons protégés » fut payée pour deux ans. Fernand retourna habiter Paris et céda sa maison au Gaulois qui y demeure encore aujourd'hui avec sa femme, Zoé, et une ribambelle d'enfants.

Nanard intégra Sainte-Marie de Dieu en octobre 2001 et chaque week-end, sans exception et durant deux années, Fernand prit le train pour passer deux jours auprès de lui. Il arrivait le vendredi soir, logeait au presbytère et ne repartait que le lundi matin. Mais il arriva qu'un jour, à son arrivée au centre psychiatrique, une infirmière accourut vers lui en disant : « Monsieur Sassoye ! Le médecin souhaite vous voir... »

Après une heure d'entretien, Fernand quitta le bureau du neurologue et lorsqu'il pénétra dans le pavillon, Bernard ne le reconnut pas. Ce fut sa dernière visite.

Le lundi suivant, Fernand m'emmena dans une agence du Crédit Général et fit établir à mon nom une procuration sur un compte créditeur de deux cent mille euros.

– Utilise-le pour Bernard, pour ta cambuse et ce que tu veux, c'est tout ce que je peux encore faire pour lui, me dit-il.

Ce jour-là, j'accompagnai cet homme devenu mon ami jusqu'au quai de la gare, un homme à présent muni d'une canne et qui cheminait péniblement en boitant, dans un costume d'une élégance éteinte et surannée.

– Adieu, curé, porte-toi bien et veille sur le p'tit...

Adieu Fernand, adieu Trouville. Il est temps que tu t'en ailles à présent, mon vieil Edgard, rejoindre l'Escalette et finir tes jours dans ce quartier qui s'étend depuis les portes de la ville jusqu'à l'orée d'une campagne morne, sans audace ni relief. Un quartier dans lequel les yeux de tous se portent sur chacun et les yeux de chacun sur tous, un quartier replié sur lui-même, qui égrène des heures monotones, toutes tristement pareilles aux autres, où l'ennui est tel qu'il prête au moindre incident une importance sans mesure et des commentaires sans fin. C'est là que durant plus de trente ans, j'ai semé la parole de Dieu et qu'en retour je reçus celle des hommes qui seule, rappelons-le, élève à la première.

L'église Saint-Paul et le presbytère s'y trouvent comme en quarantaine, relégués tout au fond de sa rue principale, aux confins du bourg et des champs. Une longue allée de graviers mène au parvis ainsi qu'au cimetière où dorment à présent bon nombre des acteurs de cette intrigue. Certains jours de demi-teinte ou de vague à l'âme, il m'arrive d'errer parmi eux, d'appeler leur image du fond de ma mémoire comme on tourne une à une les pages d'un vieil album de famille. Au fond de ce jardin, un lierre bleu et vif court avec effusion sur une tombe anonyme, c'est là que j'ai mis Marion après lui avoir fermé les yeux et lui avoir administré les derniers sacrements. C'est à ses côtés, que j'ai réservé ma place.

Dix-huit heures, déjà. Il est temps de quitter cette ville et son fantôme qu'il est désormais vain d'interroger. Au large le soleil décline et avec lui, l'été et les parfums de mon seul amour terrestre. On peut dire que la journée fut belle et sans fausse note. Appelons cela une journée sans histoires.